Ruth Lauren

VALOR

DIE VERSCHWÖRUNG IM KÖNIGREICH

Aus dem Englischen
von Maren Illinger

GULLIVER
von BELTZ & Gelberg

Für Lauren

MIX
Papier aus verantwortungsvollen Quellen
FSC® C089473

Dieses Buch ist erhältlich als:
ISBN 978-3-407-74158-5 Print
ISBN 978-3-407-74874-4 E-Book (EPUB)

Übersetzung: Maren Illinger
Lektorat: Elisabeth Gayer
Neue Rechtschreibung
Einbandgestaltung: © Isabelle Hirtz
Satz: publish4you, Bad Tennstedt
Druck- und Bindung: Beltz Grafische Betriebe, Bad Langensalza
Printed in Germany
1 2 3 4 5   24 23 22 21 20

Weitere Informationen zu unseren Autor_innen und Titeln
finden Sie unter: www.beltz.de

Ruth Lauren

Valor

Die Verschwörung im Königreich

VALOR
Die Verschwörung im Königreich (Band 1)
Rivalinnen der Macht (Band 2)

Ruth Lauren lebt mit ihrer Familie und vielen Katzen in den West Midlands in England. Die ehemalige Lehrerin liebt es, Spazieren zu gehen und so viele Bücher zu lesen, wie sie nur kann. »Valor. Die Verschwörung im Königreich« ist ihr erster Roman.

KAPITEL 1

»Valor!«

Ich achte nicht auf die Stimme, die mir meinen Namen hinterherruft, dränge mich schneller durch die Menge und verberge das Gesicht hinter den Ohrenklappen meiner Uschanka. Als sie mich eingeholt hat, renne ich beinahe.

»Valor.«

Mutter bekommt mich am Mantel zu fassen und hält meinen Arm fest, sodass ich stehen bleiben und mich zu ihr umdrehen muss. Ihre Hände stecken in Fäustlingen aus dem bläulich weißen Pelz des Schneehasen und die bittere Kälte hat ihre Wangen dunkelrosa gefärbt. Unter ihren dunklen Augen sind Schatten und feine Linien, die vor einem Monat noch nicht da waren.

»Hast du mich nicht gehört?« Sie zieht an einem der Lederbänder meiner Mütze.

Ich stoße die Stiefelspitze in den festgetretenen Schnee

zwischen den Pflastersteinen und bemühe mich, nicht zum Uhrturm hinüberzublicken. Ich habe keine Zeit.

»Wo willst du hin? Vater und mir wäre es lieber, wenn du in unserer Nähe bleibst«, sagt sie und deutet auf die Menschenmenge, die den Platz füllt. Markthändler ziehen ihre Karren hinter sich her und der Duft von heißer Schokolade und gerösteten Maronen liegt in der Luft. Bauern und Adlige laufen durcheinander auf der Suche nach einem geeigneten Aussichtspunkt, um dem königlichen Festzug zuzusehen. Aber auf den besten Platz werden sie nicht kommen. Dort werde ich sein.

Ich ringe mir ein Lächeln ab, auch wenn sie das sicher nicht von mir erwartet. Es wurde per Dekret erlassen, dass alle Untertanen der Königin sich heute hier versammeln sollen – sogar meine Eltern, obwohl sie in Ungnade gefallen und auf unseren Hof außerhalb der Stadt verbannt worden sind. »Ich suche mir einen besseren Platz. Der heutige Tag wird schließlich in die Geschichte unseres Reichs eingehen.«

Ich wiederhole nur das, was Vater gestern gesagt hat. Ich versuche, den Gedanken zu verdrängen, dass Vater immer noch versucht, das Wohl des Reichs über alles andere zu stellen, obwohl es ihm so großes Leid zugefügt hat. Ich darf mich jetzt nicht beirren lassen.

»Bitte! Ich möchte so gerne die Zeremonie sehen.«

Sie blinzelt den Raureif von ihren Wimpern, die so lang und schwarz sind wie meine eigenen, und überlegt.

Trotz der doppelten Fellschicht meiner Stiefel spüre ich die Kälte der Pflastersteine. Ich öffne den Mund, um etwas zu sagen, irgendeine Ausrede vorzubringen, warum ich nicht neben meinen Eltern stehen kann, aber Mutter kommt mir zuvor. Sie streckt die Hand aus und legt sie auf meinen Arm. Keine von uns kann die Berührung durch die Schichten unserer schweren Kleider und Mäntel fühlen, aber das spielt keine Rolle.

»Du hast recht. Du hast nichts falsch gemacht, und ich benehme mich so, als trügest du einen Teil der Schuld.«

Ich bin es nicht gewohnt, Mutter zaudern zu sehen. Es ist schwer für sie, sich hier zu zeigen, nachdem ihr die Tat meiner Schwester das Herz gebrochen hat. Sie sieht nicht einmal mehr so aus wie früher, ohne ihren grauen Pelz, an dem sich die offiziellen Bediensteten der Königin erkennen lassen.

»Aber komm hinterher gleich wieder zu uns.«

»Die königliche Garde ist hier, Mutter, mir wird nichts geschehen. Dieser Tag ist ... sehr wichtig für mich.« Meine Brust schmerzt bei dieser Lüge, aber ich darf mich um keinen Preis von meinem Vorhaben abbringen lassen.

Rufe des Erstaunens gehen durch die Menge, als die erste Eisskulptur auf den Stufen des Palasts enthüllt wird. Es ist eine Tänzerin. Sie reckt die glitzernden Arme in die Höhe und springt aus einer riesigen geöffneten Hand. Sie ist mitten im Sprung, ihre Beine sind graziös gebogen, und ihre Haare fließen in gefrorenen Wellen durch die Luft, als tanzte sie zu einer unhörbaren Musik.

Hinter ihr erhebt sich der Palast funkelnd im Morgenlicht, seine strahlenden Türme und Kuppeln zeichnen sich scharf vor dem schneeweißen Himmel ab. Eine Absperrung wurde errichtet, um einen Weg vom einen Ende des großen Platzes bis zum anderen freizuhalten. Er führt von den goldenen verschnörkelten Toren am Rande der Palastgärten zu dem gefrorenen Brunnen in der Mitte des Platzes und weiter zum Markt auf der anderen Seite. Zu beiden Seiten des Platzes säumen Geschäfte und Stände die Menschenmenge – ein Blumenladen, eine Bäckerei, eine Goldschmiede. Sie alle sind jetzt geschlossen, da ihre Besitzer das Spektakel nicht verpassen wollen.

Mutter drückt mir kurz die Hand. Ich habe den Eindruck, dass sie noch etwas sagen will, doch dann lässt sie los, und ich atme erleichtert auf, als sie zu Vater zurückkehrt, der unverwandt Richtung Brunnen starrt. Sein bronzefarbenes Gesicht ist undurchdringlich.

Hinter den Toren öffnen sich die großen gebogenen Eichentüren des Palasts. Die goldenen Einlegearbeiten, Runen und Ornamente, glänzen im eisigen Sonnenlicht. Der Festzug beginnt. Ich sollte die Gelegenheit nutzen und gehen, doch ich bleibe sekundenlang stehen, während die Leibwachen der Königin auf die Treppe treten. Sie sind in schwarze Pelze mit goldenen Schärpen gehüllt, an den Seiten tragen sie funkelnde Schwerter und auf dem Rücken eine Armbrust. Dann folgt die Königsfamilie.

Ich reiße mich los und schlüpfe durch Löcher in der Menge, zurück über den Platz, bis ich vor der Ballettschule stehe, deren Türmchen fast so hoch in den Himmel ragen wie die Kuppeln des Palasts.

Alle Geschäfte, alle Schulen, alle Schänken sind leer, genau wie ich erwartet habe. Obwohl die Spieluhr, ohne die das Friedensabkommen nicht unterzeichnet werden wird, noch immer verschwunden ist, hat Königin Ana den heutigen Tag zum Feiertag erklärt. Ich danke ihr im Stillen, während ich in die enge, gepflasterte Gasse neben der Ballettschule biege und zur Hintertür laufe.

Jetzt muss ich schnell sein. Ich streife die Fäustlinge ab, augenblicklich umgibt Kälte meine Hände und drängt Blut und Wärme in meinen Körper zurück. Ich habe nur wenige Sekunden, bis meine Finger steif und ungeschickt werden. Ich ziehe einen kleinen weichen Lederbeutel aus den Falten meines Rocks, nehme zwei lange, dünne Metallwerkzeuge aus einem Kästchen und schiebe sie ins Schloss. Meine Hände zittern und ich werfe einen Blick hinter mich.

Die Menge stößt einen weiteren Seufzer der Bewunderung aus. Zehn Eisskulpturen säumen den Weg, den die Königin entlangschreiten wird, und eben ist die zweite enthüllt worden. Mein Herz schlägt schnell, aber ich bin gut in der Zeit. Das Schloss gibt ein vielversprechendes

Klicken von sich, und ich ziehe die Fäustlinge wieder über, bevor ich mich durch die Tür schiebe. Ich werde meine Hände noch brauchen.

Drinnen lasse ich das Kästchen mit den Werkzeugen auf den Boden fallen und verpasse ihm einen leichten Tritt, sodass es unter einer Bank landet, auf der stapelweise weiche Tanzschläppchen liegen. Es tut mir leid, es hier zurückzulassen, aber man würde es mir später ohnehin abnehmen. Ich laufe durchs Erdgeschoss, vorbei an den Umkleiden, durch den hellen Ballettsaal mit dem glatten Holzboden, der immer nach Politur riecht, bis zur Wendeltreppe auf der gegenüberliegenden Seite.

Ich habe vor einem Monat mit dem Tanzen aufgehört, als ich meine Lehrzeit begonnen habe, aber ich kenne die Schule in- und auswendig. Sasha und ich hatten jahrelang Unterricht. Als wir klein waren, habe ich einmal ein nagelneues Paar Ballettschuhe gleich beim ersten Tragen verkratzt, und Sasha ahnte meine Angst vor Mutters Zorn. Sie rieb Spucke darauf, und als das nicht half, stibitzte sie das Wachs unserer Lehrerin und polierte die Schuhe damit, versteckt hinter einem Berg Pelzmäntel.

An diesem Abend konnte ich nicht einschlafen. Aber ich stellte mich schlafend, als unsere Eltern die Tür zu unserem Zimmer öffneten und ein schmaler Lichtstreifen auf mein Bett fiel. Mutter sagte etwas, das ich nicht hören konnte, und dann sagte Vater: »Sie liebt sie mehr als sich selbst.« Ich habe nie erfahren, welche von uns er meinte, aber das spielte weder damals noch heute eine Rolle. Ich tue es für meine Schwester, weil ich weiß, dass sie dasselbe für mich tun würde.

Schnell steige ich die eiserne Wendeltreppe hoch. Im ersten Stock eile ich durch den engen Flur, dann eine weitere Treppe hinauf, höher und höher, bis ich die Falltür zum großen Turm erreiche.

Die Holzbretter der Tür werden von schwarzen Eisenstreben zusammengehalten und ein schwarzer Eisenring hängt über meinem Kopf. Ich ergreife ihn und drücke dagegen. Die Tür sollte nach oben schwingen, aber das tut sie nicht. Irgendetwas Schweres liegt darauf. Ich drücke fester. Jeden Augenblick muss die dritte Eisskulptur enthüllt werden. Die Königsfamilie wird jetzt schon am Palasttor sein und gleich den Festplatz betreten. Vom anderen Ende her wird Fürstin Olegevna, die Regentin der Nachbarprovinz Magadanskya, kommen. Die beiden Herrscherinnen werden sich in der Mitte treffen – vor dem Brunnen, den Königin Anas Ururgroßmutter hat erbauen lassen –, um den Frieden zwischen unseren Nationen zum Ausdruck zu bringen. Ich sollte längst mit einsatzbereiter Ausrüstung unter der Zwiebelkuppel im Turm sein. Die Zeit rennt mir davon.

Der Jubel draußen wird lauter, der Applaus dringt bis zu mir in den engen, staubigen Gang herauf, der nach muffigen Kostümen und Bühnenschminke riecht. Mein Atem geht zu schnell, und ich bemühe mich, ihn ruhiger fließen zu lassen. Ich stelle mich unter die Falltür und stemme mich mit dem Rücken dagegen. Ich beginne zu schwitzen. Das Holz, krumm von der Zeit und starr durch die seltene Nutzung, gibt mit einem Ächzen nach. Ich danke im Stillen dafür, dass ich groß und stark bin, und ziehe mich in die kalte Luft des Glockenturms hinauf.

Ich schließe die Falltür und spähe über die Brüstung auf die Szene tief unter mir. Auf dem Platz drängen sich die Untertanen der Königin, vom Bettler bis zum Gutsherrn sind alle erschienen. So eine Versammlung habe ich noch nie gesehen. Ich wünschte, meine Eltern wären nicht hier.

Die Eisskulpturen am Wegrand funkeln. Sieben Mitglieder der Garde marschieren vor der Königsfamilie. Königin Ana schreitet langsam auf den Brunnen in der Mitte des Platzes zu. Hinter ihr gehen ihr Ehemann, König Fillip, und ihr Sohn, Prinz Anatol, beide in graue Pelze gehüllt. Als Letzte folgt, obwohl es ihr Recht wäre, neben ihrer Mutter zu gehen, Prinzessin Anastasia. Ihr wäre die Ehre zuteilgeworden, die Spieluhr zu tragen.

Wenn meine Schwester sie nicht gestohlen hätte.

Die öffentliche Zeremonie wird als Zeichen des guten Willens abgehalten, aber Vater sagt, das Abkommen werde erst unterzeichnet, wenn die Spieluhr gefunden ist. Sasha hat mir oft erzählt, dass sie das schönste Kunstwerk im ganzen Reich sein soll. Es heißt, sie sei unbezahlbar. Sasha kannte alle Details ihrer Geschichte – nicht nur, dass sie dem Reich von Magadanskya gehörte, vor langer Zeit in einer Schlacht geraubt wurde und seither bei uns in Demidova war. Sie kannte auch alle möglichen Namen und Daten von Königinnen und Kriegshelden aus längst vergangener Zeit, die ich mir nie merken konnte. Dass Königin Ana die Spieluhr nach all den Jahren an ihre rechtmäßige Besitzerin zurückgeben wollte, sollte das Friedensabkommen besiegeln und unser Land vor Krieg bewahren. Vater sagt, jetzt fürchte die Königin, dass die Verbindung scheitert und der kalte Krieg zwischen den Reichen in eine blutige Schlacht ausartet. Es wurden schon aus geringeren Gründen Kriege ausgetragen. Die Königsfamilie und ihr Gefolge gehen nun an der vierten Eisskulptur vorbei. Es sind zwei riesige Phönixe mit gekreuzten Schwanzfedern, deren Flügel wie zum Flug weit ausgebreitet sind und kurz meine Sicht auf sie verdecken.

Die Königin ist ganz in Weiß gekleidet, die Diamanten und Perlen auf ihrer Kokoschnik leuchten wie ein Heiligenschein um ihren Kopf. Selbst aus der Entfernung kann ich die aufwendigen schwarzen Ornamente erkennen, die um ihre Augen gemalt sind. Der königliche Schmuckmeister scheint heute besonders früh aufgestanden zu sein.

Ich wende mich ab, lehne mich gegen die Mauer und beginne, die Gegenstände, die ich benötige, aus ihren

Verstecken zu holen. Zwei Metallteile aus verborgenen Fächern an den Seiten meiner Stiefel. Ein langes, dünnes Holzstück aus der Innenseite meiner Hose.

Schnell leere ich alle Verstecke – von der Mütze bis zu den Stiefelsohlen – und setze die Teile zusammen. Nachdem ich drei Wochen lang Tag und Nacht geübt habe, ist jede meiner Bewegungen flink und präzise. Ich wünschte, meine Gedanken würden sich ebenso leicht kontrollieren lassen, aber sie springen hierhin und dahin.

Zuletzt noch die Kleider. Ich werde nicht auf dem Weg zurückgehen, den ich gekommen bin, und in den langen Röcken kann ich nicht rennen. Ich kämpfe mich aus dem Mantel und meterweise besticktem Stoff, bis mein Kleid und Mieder auf dem Boden liegen. Darunter trage ich meine Jagdkleidung, die ich vor einem Monat zu Sashas und meinem dreizehnten Geburtstag bekommen habe – dem offiziellen Beginn meiner Lehrzeit bei Mutter und Sashas Lehrzeit bei Vater. Sasha bekam außerdem mehrere Bücher über die Geschichte Demidovas. Ich konnte sie nur mit Mühe dazu bewegen, sie eine Weile beiseitezulegen, um mit mir ein Stück Geburtstagskuchen zu essen.

Ich schaue gerade rechtzeitig wieder zum Festzug, um zu sehen, wie die Königin den Brunnen erreicht, in dessen Mitte eine große, steinerne Stute steht, die direkt aus dem Boden in die Luft zu galoppieren scheint. Gefrorene Wassertropfen sind um das Tier herum erstarrt, und es sieht so aus, als wäre es gerade eben aus einer verwunschenen unterirdischen Quelle ans Tageslicht geschleudert worden.

Ich schiebe meine nun vollständig zusammengesetzte Armbrust auf den Vorsprung vor mir. Auf der anderen Seite des Platzes schlägt der Glockenturm elfmal. Die Sonne steht hoch über den Kuppeln des Palasts und lässt das Blau, Gold, Rot und Weiß der Ornamente erstrahlen. Eine leichte Schneedecke bedeckt jede der Kuppeln wie Zuckerguss. Die Königin stützt sich auf die Hand einer Wache und steigt auf den breiten Brunnensockel. Die riesigen Hinterhufe der Stute und die Strahlen aus Eis blitzen, als sie daran vorbeigeht.

Die Königsfamilie stellt sich ebenfalls auf den breiten Steinsockel, auf dem Sasha und ich als Kinder immer gespielt haben, sodass sie höher steht als das Volk. Prinz Anatol steht auf der Seite, die zu mir zeigt, auf einer Linie mit meinem Turm, genau wie ich es vorhergesehen habe.

Ich versuche, den Gedanken beiseitezuschieben, wie er mir damals die Hand gereicht hat, als ich vom Pferd gestürzt bin. Atemlos, mit geprelltem Bein und einer ordentlichen Portion Brennnesselstiche, ließ ich mir von ihm aufhelfen. Dann ließ ich seine Hand los, so schnell ich konnte. Ich war immer stolz darauf gewesen, dass meine Mutter für seine arbeitete, dass meine Familie der seinen diente. Es hatte sich falsch angefühlt, mir von ihm helfen zu lassen – es hätte andersherum sein sollen.

Aber jetzt sind andere Dinge wichtiger. Ich musste ein Mitglied der königlichen Familie auswählen, und meine Schwester würde nicht wollen, dass ich auf die Prinzessin ziele.

Fürstin Olegevna nähert sich auf ihrem Pferd. Ihr tiefvioletter Umhang reicht bis auf den Boden, ihr Gefolge sitzt auf kleineren Reittieren. Sie umrunden den äußeren Ring des Brunnens und die Menge jubelt, winkt und klatscht. Diese Allianz wurde hart erkämpft.

Mein Finger ruht auf dem Abzug meiner Armbrust, während ich sorgfältig auf Prinz Anatol ziele. Als wir zehn waren, habe ich versucht, Sasha bei uns im Garten das Schießen beizubringen. Sie tat ihr Bestes, aber sie war nicht kräftig genug, und der Pfeil flog zu weit – geradewegs durch einen Kissenbezug, den die Magd auf die Wäscheleine gehängt hatte. Sashas erschrockenes Gesicht brachte mich zum Lachen und wir flohen in den Obstgarten und kicherten uns halb tot.

Aber jetzt ziele ich nicht zur Übung. Der Umhang des Prinzen wird am Hals von einer goldenen Klammer zusammengehalten und darunter blitzt seine hochgeschlossene pfauenblaue Tunika hervor. Ich habe ihn schon einmal bei einem offiziellen Treffen darin gesehen – goldene Stickerei ziert die Vorderseite bis hoch zum Kragen, der steif um seinen Hals steht. Während ich die Hände ruhig halte und ihn ins Visier nehme, schaut er verstohlen zur Seite und zerrt an seinem Kragen, bevor er wieder der Menge winkt. Unter anderen Umständen hätte mich das vielleicht zum Lächeln gebracht. Er ist nur wenig älter als ich, noch keine vierzehn.

Die Königin tritt vor, um zu ihren Untertanen zu sprechen, und die Menge verstummt. Kleine Schauer überlaufen meinen Körper. Ich rede mir zu, dass es nur an der Kälte liegt, und hole tief Luft. Dies ist der Moment, auf den ich gewartet habe. Dies ist die Minute, auf die ich mich seit Wochen vorbereite.

Ich bewege den Pfeil ein winziges Stück nach links, ziele direkt neben Anatols Schulter, dann halte ich den Atem an, bete, dass er sich nicht bewegt, und schieße.

KAPITEL 2

Der Pfeil gleitet durch die Luft und zischt über die Köpfe hinweg. Ich spähe über den Vorsprung und verfolge seinen Flug. Meine Muskeln verspannen sich. Es ist beinahe unerträglich, doch ich kann den Blick nicht abwenden.

Einige Leute in der Menge sehen auf, weil sie die Bewegung über sich bemerkt haben, aber der Pfeil fliegt unbeirrt weiter und bohrt sich mit einem dumpfen Geräusch in den dicken Eisstrahl hinter dem Prinzen. Ich atme erleichtert aus, während ich die Armbrust sinken lasse, um sie wieder zu zerlegen.

Einige Sekunden lang reagiert niemand. Ich sammle die Einzelteile meiner Armbrust zusammen, werfe eins davon zu Boden und schiebe ein anderes in den Stiefel. Dann, während ich mir den Mantel überziehe und die Fäustlinge über die eiskalten Hände stülpe, dreht sich der Prinz um. Jemand in der Menge zeigt mit dem Finger und Stimmen dringen zu mir herauf.

Ich lasse einen meiner Handschuhe fallen und hebe ihn schnell wieder auf. Ich will zwar Hinweise auf mich hinterlassen, aber meinen Handschuh brauche ich noch. Die Königin unterbricht ihre Rede. Fürstin Olegevnas Pferd schnaubt leise und scheut und das Klappern seiner Hufe auf dem Pflaster übertönt die lauter werdenden Stimmen.

Die Garde erwacht zum Leben, genau wie ich, und meine Brust krampft sich schmerzhaft zusammen. Die Hälfte der Wachen zieht die Schwerter, es ertönt das Klirren von Metall. Ich springe über die Brüstung des Turms und lande auf dem Ziegeldach darunter. Die übrigen Mitglieder der Garde bringen ihre Armbrüste in Position und ich lasse einen weiteren Teil meiner eigenen Waffe fallen. Er rutscht über die Ziegel in die Dachrinne, und mein Herz taumelt mit ihm über die Kante, als die Leute sich umdrehen, mich sehen, rufen, auseinanderweichen.

Ich warte nicht länger ab. Ich renne los. Ich weiß, dass die restliche Garde aus dem Palast stürmen und die königliche Familie in Sicherheit bringen wird. Und mich werden sie jagen.

Das Dach ist auf der sonnenabgewandten Seite von harschem Reif bedeckt. Meine Stiefel rutschen ab und ich verliere das Gleichgewicht. Ich fange mich und rudere mit den Armen, während ich einen weiteren Teil meiner Waffe verliere. Mir entweicht ein kleiner Schrei, den ich schnell unterdrücke. Die Stiefel der Garde donnern durch die Gassen unter mir. Anordnungen werden gebrüllt, die Untertanen der Königin sollen die Straßen frei machen.

Ich springe auf das nächste Dach. Auf der angrenzenden Seite des Platzes beginnen mehrere Mitglieder der Garde, Feuerleitern hinaufzuklettern. Mein Atem gefriert vor mir in einem Fluss aus Nebel, als wäre ich ein Eis speiender Drache. Ich renne. Geradeaus über das Dach des Blumenhändlers, als die Sonne im Zenit steht.

Das angrenzende Dach ist ein wenig niedriger. Damit habe ich gerechnet, trotzdem zögere ich kurz. Ein Ziegel löst sich und zerbricht, als ich mich an die Kante schiebe. Ich blicke nach unten auf den zersplitterten Ziegel, dann hinüber zur Garde, die durch die Straßen schwärmt und über die Dächer auf mich zukommt.

Der Boden ist weit. Aber niemand darf misstrauisch werden. Wenn ich nach Tyur'ma will, muss mein Fluchtversuch überzeugend aussehen.

Ich halte den Atem an, höre das Blut in meinen Ohren rauschen und springe. Ich lande hart auf den kalten Ziegeln. Der Aufprall schießt mir wie ein Blitz durch die Knochen, doch ich bin schon wieder auf den Beinen und renne und renne, zum nächsten Gebäude und weiter nach unten, Richtung Boden.

Meine Hände tasten nach der Leiter, die ich an die Seite der Bäckerei gelehnt habe. Ich finde sie nicht. Meine Brust bebt. Ich beuge mich tiefer über die Regenrinne und bewege die Hände schnell an der Wand entlang. Verzweifelt lege ich mich auf den Bauch und greife so weit ich kann nach unten. Bittere Kälte durchdringt meinen Körper. Bevor ich ihn unterdrücken kann, entweicht mir ein panischer Schrei. Sie ist weg.

Ein Mitglied der Garde ruft etwas hinter mir. Ich stemme mich wieder hoch. Ein weiterer Wächter taucht hinter dem ersten auf, und dann sehe ich eine ganze Reihe, alle mit Schwertern, Armbrüsten und Dolchen bewaffnet, die sie nicht nur zum Schmuck tragen. Mein Körper verspannt sich, als ich meine Möglichkeiten abwäge – die näher kommenden Wachen oder den Sturz auf den kalten, harten Boden.

Ich mache einen Schritt nach vorn und lasse mich das steile Dach der Bäckerei hinunterrutschen. Während ich schneller werde und auf die Kante zurase, denke ich, dass das alles eine entsetzliche Idee war. Wie konnte ich nur glauben, dass mein Plan funktionieren würde?

Ein Pfeil zischt an meinem Hals vorbei. Als ich über die Dachkante fliege, löst sich eine Strähne aus meinem Zopf, flattert in der Luft, und die Zeit steht still. Der Pfeil stürzt mit mir und überschlägt sich. Ein königlicher Pfeil, identisch mit dem, der jetzt im Eis des Brunnens steckt.

Mein Körper schlägt auf das Vordach, beim Aufprall weicht alle Luft aus meinen Lungen. Ich springe auf, rolle vor, lande auf der Straße und renne weiter. Pfeile folgen mir über den nun leeren Platz, einige von ihnen hageln auf die Pflastersteine, einige treffen die verlassenen Stände vor mir. Ich ducke mich unter ihrem Pfeifen hinweg und tauche kopfüber in die Marktstände, kippe eine Kartoffelkarre hochkant und verschwinde in den engen, gewundenen Gängen zwischen Wagen und Ständen.

Meine Beine brennen, aber ich bin leise wie die Jägerin, die ich hätte werden sollen, und die Wächter mit ihren schweren Schwertern und Stiefeln sind laut. Als ich an einem Wagen mit Obst vorbeirenne, bleibt die Schärpe meiner Jagdkleidung an einem Nagel hängen, und der Stoff reißt. Ich packe die Schärpe und reiße sie los.

Eine Hand schießt unter dem Wagen hervor und greift nach meinem Bein. Ich unterdrücke einen Schrei. »Runter«, zischt eine Stimme, und die Hand winkt mich zu sich. Ich schüttele meinen Fuß, aber die Finger umklammern meinen Stiefel. »Komm runter. Du kannst nicht vor ihnen wegrennen, sie sind schneller als du.« Ein schmutziges Gesicht erscheint hinter dem Wagenrad und späht zu mir auf. Es ist ein Junge mit dunklen Haaren und Elfengesicht. Er hat bronzene Haut wie ich, aber noch dunklere Augen. »Du führst sie direkt zu mir, wenn du nicht endlich hier runter kommst«, sagt er scharf.

Ich weiß nicht, was ich sonst tun soll, also schleudere ich den letzten Teil meiner Armbrust soweit ich kann über den Platz. Er scheint auf etwas Weichem zu landen – vielleicht der Markise eines Marktstands –, weil kein Aufprall zu hören ist. Ich ducke mich unter den herabhängenden Stoff des Wagens und der Junge zieht ihn wieder zurecht und legt den Finger an die Lippen. Er kauert auf dem Pflaster und ist in mehrere Pelze gehüllt, die schon bessere Tage gesehen haben. Neben ihm steht eine prall gefüllte Tasche, deren langen Riemen er quer um den Körper geschlungen hat.

Langsam wird das Hämmern meines Herzens schwächer, und der Junge senkt die Hand, anscheinend zuversichtlich, dass wir nicht jeden Augenblick aufgespießt werden. »Sind sie hinter dir her?«, fragt er kaum hörbar. Seine Worte bilden kleine weiße Wölkchen vor seinem Gesicht. Es macht keinen Unterschied, wenn er es erfährt.

»Was hast du getan?« Er greift nach seiner Tasche, und ich weiche unwillkürlich zurück, aber er hebt beschwichtigend die Hand und schüttelt den Kopf. »Keine Angst. Ich brauche nur eine kleine Stärkung.« Er holt ein Päckchen Datteln heraus und öffnet es mit einem Messer, das ich kaum sehe, bevor es schon wieder verschwunden ist. Er hält mir das Päckchen hin.

Ich rühre mich nicht und antworte auch nicht auf seine Frage. Das ist nicht Teil des Plans.

»Da, nimm«, sagt er. »Du weißt nicht, wann du das nächste Mal etwas bekommst.«

Er hat recht, und ich merke plötzlich, dass ich hungrig bin. Sasha und ich lieben Datteln.

»Greif zu«, flüstert er und streckt den Arm noch weiter zu mir. »Keine Sorge, ich bin kein Giftmörder.«

Ich ziehe einen Handschuh aus, stecke eine klebrige Frucht in den Mund und lecke mir die Finger ab. »Nein, das glaube ich auch nicht. Nur ein kleiner Dieb«, sage ich und mustere seine Tasche.

»Ich ziehe Sachenbefreier vor. Und du bist wohl auch keine Heilige, wenn du dich hier versteckst.«

Ich muss lächeln, auch wenn es komisch ist, so nah neben diesem Strolch zu sitzen. Ich glaube nicht, dass ich schon einmal mit einem Dieb zu tun hatte, ich habe immer nur von ihnen gehört.

»Wer bist du?«, fragt er und nimmt sich auch eine Dattel.

Ich schlucke.

»Also?«, fragt er.

Ich überlege, ob ich lügen soll. »Mein Name ist ... Valor«, sage ich schließlich. Es hat ohnehin keinen Sinn mehr, meinen Ruf oder den meiner Familie zu schützen. Er wird so oder so erfahren, was ich getan habe.

Der Junge lacht leise. »*Valor* – Mut. Dann ist mein Name wohl ›der Glückliche‹«, sagt er. »Aber du darfst mich Feliks nennen. Also, Valor, was meinst du, wie kommen wir hier raus?« Er hält still und lauscht. Die Garde durchsucht den Markt und verteilt sich in die umliegenden Gassen. Sie werden die ganze Stadt auseinandernehmen, wenn es sein muss.

In dem Augenblick wird mir klar, dass ich mich nie hier hätte verstecken dürfen. Ich muss weiter, sonst sieht es so aus, als wäre er mein Komplize. Aber ich arbeite allein.

»Du solltest hierbleiben«, sage ich. Bis ich die Garde so weit wie möglich weggeführt habe, füge ich in Gedanken hinzu.

»Was ist mit dir?« Er fragt, als sei er ernstlich besorgt, als würden wir uns kennen und mein Schicksal eine Rolle für ihn spielen. Er ist nicht älter als ich – vermutlich eher jünger. Ich bekomme einen Kloß im Hals und schlucke.

»Ich muss gehen.« Ich warte seine Antwort nicht ab, schlage den Stoff zurück, ziehe ihn hinter mir zu und renne so schnell ich kann über den Marktplatz. Die Straßen sind still und verlassen, niemand widersetzt sich den Befehlen der Garde. Alle tun ihren Teil, um zu helfen, dass die vermeintliche Attentäterin der Königsfamilie gefunden wird.

Ich renne an leeren Geschäften vorbei und merke, dass ich den Weg zum Hafen eingeschlagen habe, zu frischer Luft und kaltem Meer. Einen Moment lang habe ich das Gefühl, ich könnte ewig so weiterrennen, schnell und lautlos in meinen Stiefeln. Bis zu einem Schiff, das mich in eine neue Welt bringt. Meine Beine fliegen und tragen mich näher zu den Lagerhäusern. Es ist so ruhig, dass ich Meilen entfernt einen Hund bellen höre. Ich werfe einen Blick über die Schulter. Hinter mir, in der Ferne jenseits der Stadt, erheben sich die hohen Mauern von Tyur'ma.

Die Gefängnisfestung ist an eine steil abfallende Felswand gebaut, sodass es aussieht, als wäre sie direkt aus dem Berg gehauen. An den drei übrigen Seiten ist sie von Steinmauern umgeben. Die Einzigen, die diese Mauern überwinden können, sind Vögel. Aber ich habe mit eigenen Augen gesehen, wie Vögel vom Himmel geschossen wurden, als sie der Festung zu nahe kamen.

Jemand stürzt sich auf mich und wirft mich zu Boden. Mein Kopf wird zur Seite gedreht und ich stoße einen Schrei aus. Ein Wirbel aus Schwarz und Gold bewegt sich über mir, aber ich bin schon wieder auf den Beinen, leicht auf meinen Füßen, und weiche tänzelnd dem Schwert aus, das die Wächterin gezogen hat. Ein weiterer Wächter taucht hinter mir auf. Er steckt sein Schwert in den Gürtel und nimmt die Armbrust vom Rücken auf die Schulter. Er zielt auf meinen Kopf, während die erste Wächterin näher kommt und die Schwertspitze direkt auf mein Herz richtet.

»Ihr … Ihr müsst mich festnehmen.« Ich spüre, wie dünn die Schicht aus Haut und Knochen zwischen der Klinge und meinem hämmernden Herzen ist. Das habe ich nicht erwartet. Die Königin ist eine strenge Richterin, aber sie ist gerecht. Ich dachte, sie würde mich lebendig wollen.

Die Wächterin starrt mich an. In ihren Augen sehe ich, wie sich ihr Erstaunen über meine Jugend in kühle Entschlossenheit wandelt. Sie wird mich nicht festnehmen –

sie wird mich auf der Stelle töten. Mein Blut wird den Schnee tränken, und Mutter und Vater werden nie erfahren, warum ich das getan habe. Ich versuche noch etwas zu sagen, doch ich kann nur den Kopf schütteln.

Dann nimmt sie, ohne mich aus den Augen zu lassen, mit der freien Hand ein Horn von ihrem Gürtel und bläst einen langen Ton. Ich zucke zusammen. Ich bin den Klang des Jagdhorns gewohnt, aber nicht, wenn ich selbst die Beute bin. Weitere Wachen versammeln sich um uns. Sie bilden eine Kette, ich bin umzingelt. Genau in diesem Augenblick beginnt es zu schneien. Weiche, dicke Flocken setzen sich auf die schwarzen Mützen der Wachen.

Ich hebe das Gesicht zum weißen Winterhimmel.

Die Wache mit dem Schwert beginnt zu sprechen. »Wir verhaften dich wegen des versuchten Mordes an seiner königlichen Hoheit Anatol von Demidova, Kronprinz des Reichs und Bruder der künftigen Königin Anastasia.«

Ich sinke beinahe vor Erleichterung zu Boden.

Zwei Wachen stellen sich neben mich, zwei vor mich und die Frau mit dem Schwert und der Mann mit der Armbrust hinter mich. Sie führen mich durch die Straßen zum Palast, das Schwert ruht zwischen meinen Schulterblättern und die Pfeilspitze der Armbrust bohrt sich in meinen Nacken.

Als wir die goldenen Tore vor den Palastgärten erreichen, strömen weitere Wachen heraus. Ich würde am liebsten schreien, dass ich keine Mörderin bin, dass ich nicht gefährlich bin, nicht das, wofür sie mich halten. Aber ich darf nicht.

Die goldenen Tore öffnen sich. Ich betrete die königlichen Gärten und fasse Mut. Ich bin kurz davor, mein Ziel zu erreichen.

KAPITEL 3

Der Schnee fällt jetzt schnell und setzt sich auf meinen Mantel und die gefrorenen Gärten um uns. Ein Großteil der Garde bleibt zurück und bildet eine Linie um die goldenen Tore. Ich gehe mit den sechs Wachen, die mich umringen, auf die Palasttreppe zu.

Wir kommen an einer der Eisskulpturen vorbei, deren Enthüllung mir nun bereits Tage zurückzuliegen scheint. Es ist das übergroße Abbild der Kokoschnik, die Prinzessin Anastasias Kopf während der Zeremonie geschmückt hat. Meine Schwester wäre bezaubert gewesen, sie liebt alles, was fein und schön ist. Die Türen zum Palast öffnen sich. Die goldenen Runen in dem alten Holz funkeln im Sonnenlicht. Als wir klein waren, haben Sasha und ich immer davon geträumt, die Schwelle des Palasts zu überschreiten. Als wir älter wurden und gelegentlich in den Palast gebeten wurden – allerdings immer durch einen der Hintereingänge –, verbrachten wir die Nächte nach diesen Besuchen damit, uns unter der Bettdecke Geschichten auszudenken, wie wir eines Tages durch das große Portal schreiten würden.

Allerdings war keine der Geschichten auch nur annähernd so wie diese.

Die Wachen bringen mich in eine große Halle mit Mosaik am Boden und massiven Marmorsäulen, die sich bis zu einer Galerie erstrecken. Noch immer ist niemand außer mir und meinen Verfolgern zu sehen, es ist, als wäre die ganze Stadt menschenleer. Unsere Schritte hallen durch den Saal. Ich schlucke und beginne, in der Wärme des Palasts zu schwitzen.

Mein Blick fällt auf eine hohe Glastür zu meiner Linken, hinter der ein wildes Durcheinander exotischer Pflanzen zu erkennen ist. Grüne Blätter, Farne und große geriffelte Blüten in Dunkelrosa und Sonnengelb. Es ist also wahr – der Palast hat ein eigenes Gewächshaus.

Dann werde ich durch einen Gang gezerrt, vorbei an schweren blauen Samtvorhängen, meterweise Stoff, der von den hohen Fenstern bis auf das polierte Parkett herabfällt. Und überall ist Gold.

Plötzlich ragt das Ende des Gangs vor mir auf. Eine der Wachen zieht mich nach rechts, eine Wendeltreppe hinunter. Die Temperatur fällt augenblicklich, als wir uns in die Gänge tief unter dem Palast bewegen.

Die steinernen Mauern scheinen die Kälte förmlich auszuatmen, die Luft ist abgestanden wie in einem Verlies.

Mein Herz schlägt laut unter der feinen Jagdkleidung, die ich plötzlich ganz deutlich auf meiner Haut spüre. Drei dunkle Zellen gehen von einem schmalen Gang ab. Vier der Wachen richten ihre Armbrust auf mich, während die Schwertkämpferin mir befiehlt, stehen zu bleiben und die Hände an die Wand zu legen. Sie durchsucht mich grob. Einen Moment lang glaube ich, dass sie den Teil der Armbrust in meinem Stiefel nicht finden wird, aber sie tut es dann doch.

Ich werde in eine Zelle geschubst. Das schwere Eisengitter fällt hinter mir zu, ein Schlüssel dreht sich im Schloss und die Wachen gehen. Ich atme zitternd ein und betrachte meine Zelle. Die hintere Wand besteht aus solidem Stein, die drei anderen aus Eisenstangen. In einem Halter auf dem Gang brennt eine Fackel, aber sie leuchtet nur schwach.

Etwas tropft hinter mir auf den Boden. Ich schlinge die Arme um den Oberkörper.

»An deiner Stelle würde ich mich von dieser Seite der Zelle fernhalten.«

Ich drehe mich hastig nach rechts um. Ein Junge mit schmutzigem Gesicht und einer mehrere Nummern zu großen Uschanka nähert sich den Stangen von der anderen Seite. Er ist dünn, aber fast so groß wie ich, und seine Augen blitzen. Es ist der kleine Dieb vom Marktplatz. Feliks.

»Du wurdest gefangen«, sage ich enttäuscht. »Was ist

passiert?« Etwas Schweres schlägt gegen die Stangen hinter mir und streift einen meiner Zöpfe. Ich schreie auf und mache einen Satz nach vorn.

Feliks zuckt die Schultern. »Ich hab dich gewarnt.«

Aus der Nachbarzelle greift eine riesige Hand an der Stelle in die Luft, an der ich gerade noch stand. Sie gehört zu einem kräftigen Arm, der durch die Stangen gesteckt wurde. Das Gesicht seines Besitzers liegt, wie der Rest, im Schatten.

Der Arm wird zurückgezogen und verschwindet in der Dunkelheit. »Er hat noch kein Wort gesagt«, erklärt Feliks.

»Was will er?«, frage ich flüsternd, wobei ich nicht annähernd so mutig klinge, wie ich es mir wünsche.

Feliks senkt verschwörerisch die Stimme. »Ich glaube, er hat Hunger.«

»Was?«

»War nur ein Witz. Hoffe ich. Ich bin auch erst seit zwei Minuten hier. Sie haben mich nahezu in derselben Sekunde, in der du weggerannt bist, unter dem Wagen hervorgezogen. Woher soll ich wissen, was er will?« Er hebt die Hände und grinst. Einer seiner Schneidezähne ist kleiner als der andere oder er ist abgebrochen.

»Es spielt keine Rolle«, sage ich. »Ich werde nicht lange bleiben.«

Feliks runzelt die Stirn. »Woher willst du das wissen?«

»Das ist ... nur so ein Gefühl.« Ich gehe in die Ecke neben seiner Zelle, setze mich auf den Boden und strecke die Beine aus. Dies ist der dreckigste Ort, den ich je gesehen habe, aber jeder Muskel in meinem Körper ist müde.

»Auf dein Gefühl verlasse ich mich lieber nicht, wenn du gestattest«, sagt er. »Traue niemals einer Kriminellen.« Er lässt sich auf der anderen Seite des Gitters nieder, sodass seine schmutzigen Pelze meine berühren. Mein Arm versteift sich und er rückt ein Stück zur Seite. Gut. Ich bin nicht hier, um Freundschaften zu schließen. Ich darf mich durch nichts ablenken lassen.

Die Fackel vor unserer Zelle ist beinahe heruntergebrannt, als Feliks mir in die Rippen stößt und mich aus meinen Gedanken holt. »Da kommt jemand.« Er rutscht in den Schatten im hinteren Teil seiner Zelle. Es sind Wachen. Diesmal nur zwei. Sie schließen meine Tür auf und fesseln meine Hände. »Viel Glück«, höre ich eine grimmige Stimme sagen, während ich die Steintreppe hinauf und zurück in den Palast geführt werde.

Ich werde in den Thronsaal gebracht. Ich erkenne ihn von den Beschreibungen meines Vaters wieder. Noch vor wenigen Wochen hätte er bei einer solchen Gelegenheit an der Seite der Königin gesessen. Die Türen, weiß mit aufwendigen goldenen Spitzenornamenten verziert, schwingen auf, um mich durchzulassen. Am Ende eines großen Raums, der von der Decke bis zum Boden mit bunten Wandteppichen behängt ist, befindet sich ein vierstöckiges Podest. Ganz oben sitzt die Königin auf einem silbernen, perlenverzierten Thron mit einem Rückenteil aus Hunderten Pfauenfedern. Sie trägt die offizielle Robe der Justiz, tiefblau mit goldenem Brokat am Kragen und an den Ärmelaufschlägen. Ihre Augen sind immer noch von der zeremoniellen schwarzen Schminke umrahmt, und sie sitzt kerzengerade und beobachtet mich, während ich durch den Raum gehe. Je näher ich komme, desto lauter schlägt mein Herz.

Zur einen Seite der Königin sitzt der König in seinem gold-blauen Gewand und zur anderen Prinzessin Anastasia. Ihr Thron ist ein kleines Stück niedriger als der ihres Vaters, doch schon in wenigen Monaten wird er angehoben werden, um zu zeigen, dass sie das dreizehnte Lebensjahr erreicht hat. Sie hat ein blauschwarzes Kätzchen auf dem Schoß, auf das ich meinen Blick richte, als ich vor die königliche Familie geführt werde.

Neben Anastasia sitzt Prinz Anatol, allerdings etwas tiefer, wie sein Vater in Blau und Gold gekleidet. Seine Haare sind kohlschwarz, dunkler als die der übrigen Familienmitglieder. Wir hatten nie eine enge Verbindung – nicht wie meine Schwester und die Prinzessin –, trotzdem kann ich auch ihm nicht ins Gesicht sehen.

Die Königin hebt und senkt ihr Zepter, und ich kann nicht anders, als den apfelförmigen Diamanten an der Spitze anzustarren, der mit dem königlichen Emblem der goldenen Faust geschmückt ist. »Nur ein Mädchen«, sagt sie. »Ihr könnt zurücktreten.« Es ist klar, dass sie die Wachen meint, auch wenn sie sie nicht ansieht.

Und so stehe ich allein da, die Hände vor dem Körper gefesselt, unter dem Blick der Königin von Demidova. Ich richte mich auf und stelle die Füße auf Schulterbreite. Sie scheint mich nicht zu erkennen. Die Tochter ihrer ersten Jägerin, die Erstgeborene ihres politischen Beraters – und sie sieht mich an wie einen beliebigen Verbrecher aus ihrem Kerker.

»Du bist des Mordversuchs an Seiner Königlichen Hoheit Prinz Anatol angeklagt. Meinem Sohn.« Bei den letzten zwei Worten wird ihre Stimme scharf.

Ich stehe ganz gerade. Auf keinen Fall darf ich jetzt schwach werden. Ich muss sagen, was jeder vernünftige Mensch in meiner Lage sagen würde. »Ich war es nicht.«

Die Königin hebt eine Augenbraue. Ich fühle Prinz Anatols Blick auf mich gerichtet. Sasha hat mir erzählt, wenn er nicht reitet, dann liest er – oft dieselben Bücher, die meine Schwester in der königlichen Bibliothek ausleiht. Manchmal hat sie sich beschwert, wenn er Bücher zu lange behielt und sie sie nicht ausleihen konnte. Er hat den Drang, die Dinge zu ergründen, zu verstehen. Aber ich will nicht, dass er ergründet, warum ich hier bin.

Königin Ana nickt einer Person hinter mir zu und eine Wache bringt mehrere Gegenstände herbei und legt sie ihr zu Füßen. Es sind die Teile meiner Armbrust, mein Kleid, das Kästchen mit den Werkzeugen, die ich benutzt habe, um das Schloss der Ballettschule zu öffnen, und der Pfeil, der aus dem Eis des Brunnens gezogen wurde. Ganz oben liegt ein Stück Stoff.

»Was ist das?«, fragt Prinzessin Anastasia.

Die Königin antwortet nicht, sie mustert nur den Riss in meiner Schärpe, bis ihre Tochter ihrem Blick folgt.

»Bestreitest du immer noch, dass du es warst?«

»Ja, Hoheit.«

»Für wen arbeitest du?«

»Ich arbeite für niemanden.« Das sind meine ersten wahren Worte und irgendwie scheint Prinz Anatol es zu spüren. Sein Kopf neigt sich seitwärts.

»Und doch trägt die Waffe, die du benutzt hast und von der Teile bei dir gefunden wurden, das königliche Wappen. Kannst du das erklären, Valor Raisayevna?«

Sie weiß also doch, wer ich bin. Sie weiß es und es kümmert sie nicht.

»Wolltest du Vergeltung?«

»Hoheit?«

Der Kiefer der Königin zittert. »Wolltest du uns für die Entehrung und Verbannung deiner Eltern bestrafen? Das hast du deiner Schwester zu verdanken, Valor, nicht mir.«

Mein Herz zieht sich zusammen, doch ich sage nichts.

In diesem Augenblick ertönt eine Stimme vor dem Thronsaal. Trotz der Entfernung und der dicken Mauern erkenne ich sie. Mutter. Ich kann nicht hören, was sie sagt, nur wie. Flehend. Verzweifelt. Am liebsten würde ich ihren Namen rufen, zu ihr stürzen.

Es ertönt ein einzelner Schlag an der Tür. Mein Puls rast, mein Körper strebt gegen meinen Willen zu meiner Mutter. Ich will, dass die Tür sich öffnet. Ich sehne mich danach. Aber sie bleibt verschlossen.

Der Blick der Königin ist bei dem Geräusch hochgeschnellt, doch jetzt ruht er wieder auf mir. »Oder ist es die Absicht deiner Familie, das Friedensabkommen zu vereiteln, auf das ich jahrelang hingearbeitet habe?« Ihre Stimme ist kalt, zornig. »Weißt du, wie nahe wir dem Krieg sind? War es der Plan deiner Eltern? Hat deine Mutter dir diese Waffe gegeben?«

Anastasia berührt den Arm der Königin mit ihrer behandschuhten Hand. »Mutter, sie würden sicher nicht ihr einziges verbliebenes Kind schicken, nicht nach Sasha. Sie kennen die Konsequenzen.«

Ich sehe im Geiste vor mir, wie Mutter auf der anderen Seite der Wand weggezerrt und aus dem Palast geworfen wird. Aber dass die Prinzessin den Namen meiner Schwester sagt, gibt mir Kraft und erinnert mich an mein Ziel. Ich hebe das Kinn. »Nein. Meine Eltern haben nichts damit zu tun. Gar nichts.«

Die Königin nickt. Ihre Schultern sinken abwärts, als wäre sie traurig. »Ich werde ihnen mitteilen lassen, was du getan hast. Und wo du jetzt bist.«

Mein Magen zieht sich zusammen. Das war es. Ich konzentriere mich auf das Gesicht meiner Schwester, ohne an Mutter und Vater zu denken. Irgendwann werden sie es verstehen. Ich stelle mir vor, wie Sasha hier gestanden hat – vielleicht genau an dieser Stelle –, vor drei Wochen, nachdem sie festgenommen wurde, weil sie die Spieluhr aus dem Palast entwendet hatte. Die feierliche Rückgabe der Spieluhr an Fürstin Olegevna hätte den Höhepunkt des heutigen Tages bilden sollen – endlich sollte der einzigartige Schatz zu seiner rechtmäßigen Besitzerin zurückkehren.

Ob Sasha Prinzessin Anastasia angesehen hat, als ihre Mutter ihr Urteil verkündete? Sie war bei Vater in der Lehre, ich bei Mutter. Irgendwann wäre sie die Beraterin der Prinzessin geworden, so wie Vater der Berater ihrer Mutter war.

Königin Ana erhebt sich, um meine Strafe zu verlesen. Ich weiß, was sie sagen wird. Ich weiß es und ich will es. Und doch kann ich das Zittern nicht unterdrücken, das mich vom Kopf bis zu den Zehenspitzen überläuft.

»Wegen versuchten Mordes an einem Mitglied der königlichen Familie von Demidova verurteile ich dich zu lebenslanger Gefängnisstrafe. Du kommst noch heute nach Tyur'ma.«

KAPITEL 4

Die Königin steht sehr aufrecht, als sie der Garde befiehlt, mich wegzubringen, und ich weiß nicht, wie es mir gelingt, ebenfalls aufrecht zu bleiben. Alles in mir zieht mich nach unten. Ich habe so hart gearbeitet, um meinen Plan perfekt zu machen, und es hat funktioniert. Es hat wirklich funktioniert. Aber Königin Anas Worte – lebenslange Haft – treffen mich wie ein Pfeil meiner eigenen Armbrust.

Auf Beinen, die sich anfühlen, als wären sie nicht meine eigenen, stolpere ich zu meiner Zelle zurück, ohne das Gold zu sehen, ohne die Wärme des Palasts zu spüren. Kalte Steinstufen. Kalte, schale Luft. Ich werde in meine Zelle gestoßen und habe gerade noch genug Geistesgegenwart, um auf Feliks' Zellenseite zu wanken. Die eiserne Gittertür fällt hinter mir zu und dann ist es wieder dunkel und still.

»Wohin haben sie dich gebracht?« Feliks' schmutziges

Gesicht erscheint zwischen zwei Eisenstäben. Ich krieche in den hinteren Teil der Zelle zu dem Strohhäuflein, das wohl ein Bett sein soll, aber eher als Mäusefutter dient.

»In den Thronsaal.« Ich setze mich, obwohl der Boden feucht und die Steinwand rau ist.

Seine mageren Finger schließen sich um die Stäbe. »Vor die Königin?«

»Vor die ganze Königsfamilie.«

Seine Augen werden groß. Die Schmutzschicht auf seiner Stirn kräuselt sich. »Du bist keine gewöhnliche Diebin. Was hast du getan?«

Ich reibe mir die Arme. Ich bin Kälte gewohnt, aber ich kann einfach nicht aufhören zu zittern. »Ich habe mit der Armbrust auf Prinz Anatol geschossen«, sage ich. Jetzt, da alles vorbei ist, kann ich kaum glauben, dass ich es wirklich getan habe. »Hast du es nicht gesehen?«

Er schüttelt den Kopf. »Während die ganzen aufgeputzten Leute ihren Angelegenheiten nachgegangen sind, habe ich mich um meine eigenen gekümmert. Du hast den Prinzen *getötet?*«

Der riesige Schatten in der anderen Zelle schnauft und bewegt sich. Feliks senkt die Stimme. *»Warum?«* Er rückt ein Stück von mir ab, nur ein wenig, aber ich sehe und fühle es, und es gibt mir einen Stich. Er ist entsetzt. Ein schmuddeliger Gassenjunge, der festgenommen und in den Kerker des Palasts geworfen wurde, ist entsetzt. Von mir. Von meiner Tat. Aber damit habe ich gerechnet. Die Königsfamilie ist sehr beliebt.

Ich habe allerdings nicht damit gerechnet, dass es mich so traurig machen würde.

»Ich habe niemanden getötet. Ich habe ihn nicht getroffen«, sage ich. »Ich wollte ihn gar nicht töten.« Anatol war schon immer ein bisschen zu ernst, er lächelt nie und ist im Gegensatz zu seiner Schwester nicht für jeden Spaß zu haben. Er hat aber auch noch nie geschmollt, so wie sie es manchmal tut. Und er ist ein ebenso guter Reiter wie ich, wenn auch ein nicht ganz so guter Bogenschütze. Ich würde ihm nie etwas antun.

Die Fackel an der Wand brennt jetzt hell. Anscheinend wurde sie ausgetauscht, als ich hierher zurückgebracht wurde. Feliks kommt vorsichtig wieder näher. Schwarze Eisenspäne krümeln von den Stäben unter seinen Fingern. »Warum hast du es dann getan? Alles in Ordnung da oben?« Er streckt die Hand durch die Gitterstäbe und tippt mir mit einer rußigen Fingerspitze an die Schläfe, dann zieht er schnell den Arm zurück.

»Ja, alles in Ordnung da oben, vielen Dank.« Ich drehe mich zu ihm um und er grinst, seine großen Schneidezähne leuchten weiß im Fackelschein. Er hat etwas an sich, das man einfach mögen muss. Ich fühle mich so, wie ich früher war, wenn ich mit ihm rede, nicht wie diese neue Valor, die Geheimnisse hat und Pläne schmiedet.

»Ich musste etwas tun, was schlimm genug ist, um dafür ins Gefängnis zu kommen, und da ich gut schießen kann, war das der einfachste Weg. Ich habe nichts gegen Prinz Anatol.« Ich muss daran denken, wie er mich im Thronsaal angestarrt hat. Ich habe vielleicht nichts gegen ihn, aber er hat jetzt ganz sicher was gegen mich.

»Ich hab doch gewusst, dass du nicht ganz richtig im Kopf bist. Du willst im Kerker leben? Du hast noch nicht gesehen, was es hier zu essen gibt.«

Ich schüttele den Kopf. »Nicht im Kerker. In Tyur'ma.«

Sein Mund und seine Augen werden kreisrund. »Aber *warum*?«

Ich werfe einen Blick in die andere Zelle, doch dort rührt sich nichts. Die Schatten sind pechschwarz. Ich senke trotzdem die Stimme. »Erinnerst du dich daran, wie vor ein paar Wochen die Spieluhr aus dem Palast gestohlen wurde?«

Er schnaubt. »Ob ich mich erinnere? Es wurde ja über nichts anderes geredet. Warte mal – warst *du* das?«

Ich umklammere die Stäbe zwischen uns und ziehe mich näher zu ihm heran. Dunkle Strähnen schauen unter seiner Uschanka hervor. »Nein. Es war meine Schwester Sasha.« Mein Hals schmerzt, als ich ihren Namen ausspreche. Ich schlucke. »Sie haben sie nach Tyur'ma gebracht. Sasha hat nicht gestanden, wo die Spieluhr ist, und deshalb ...«

Der Junge sieht mich aufmerksam an. »Und deshalb

kann die Königin sie nicht Fürstin Sowieso zurückgeben?«, fragt er.

»Genau.«

»Sie ist also im Gefängnis und du bald auch.«

Ich nicke.

»Hat sie lebenslänglich bekommen?«, fragt er.

»Ja.«

Er schluckt. »Und du?«

Ich nicke wieder und versuche, mich aus der Schlingpflanze der Angst zu befreien, nicht zu wissen, was ich tue, und zu ahnen, dass es noch einen anderen Weg hätte geben müssen, um Sasha zu helfen. Etwas anderes, was ich hätte tun können.

Feliks kauert sich zusammen und lehnt sich an die Wand. Ich glaube nicht, dass er noch etwas sagen wird. Wasser tropft mit lautem Hall auf den Boden meiner Zelle.

»Du musst sie verdammt gern haben, wenn du dein Leben aufgibst, um bei ihr zu sein.« Er klingt traurig und nachdenklich.

»Wir sind Schwestern«, sage ich. »Zwillinge. Ohne sie bin ich nicht vollständig.«

Sasha hatte einmal ein Spielzeug, das sie sehr liebte, einen Prinzen, den man aufziehen konnte. Sie nahm ihn auseinander, um zu sehen, wie er funktionierte, und weinte bitterlich, als sie ihn nicht wieder zusammensetzen konnte. Ich brauchte drei Tage, um ihn wieder zum

Laufen zu bringen. Ich habe damals nicht aufgegeben und werde es auch heute nicht tun.

Aber ich tue das alles nicht nur, um bei Sasha zu sein. Jedenfalls nicht in Tyur'ma. Ich habe einen anderen Plan. Aber den werde ich Feliks nicht verraten.

»Wo ist deine Familie?«, frage ich ihn.

»Hab keine.« Seine Stimme ist jetzt leise. »Aber es ist schön, jemanden kennenzulernen, der seine eigene so sehr liebt, Valor.«

»Es ist auch schön, dich kennenzulernen, Feliks«, erwidere ich. Und meine es auch so.

Ich werde vom Klirren der Tür aus dem Schlaf gerissen. Der düstere Gang vor der Zelle ist voller schwarzer Gestalten, die das Licht der Fackel verdecken. Ich springe auf und presse mich mit klopfendem Herzen an die Wand. Plötzlich erwachen vier weitere Fackeln zum Leben, und ich sehe, wie sie von Wächtern in die Halter an der Wand vor meiner Zelle gesteckt werden.

Feliks ist neben mir. Ich warte darauf, dass die Wachen etwas tun, aber sie gehen nur durch den Gang zurück und die Steinstufen hinauf. Feliks und ich schauen uns verwirrt an. Dann sehe ich, wie er entsetzt das Gesicht verzieht und alle Farbe daraus weicht. Er taumelt rückwärts. Ich drehe mich um und sehe einen Riesen in meiner Zelle stehen.

Seine Muskeln sind so dick, dass seine Arme in schrägem Winkel neben dem Körper herabhängen. Sie stecken nicht in der Uniform der Garde, sondern sind von den Schultern, die wie große glasierte Schinken aussehen, bis zu den dicken Fingern von schwarzen Tätowierungen bedeckt. Gezackte Muster, große Augen und wilde Tiere mit gebleckten Zähnen sind zu erkennen.

Ich weiche zurück, bis ich gegen die kalte Steinmauer stoße. Der Riese macht einen Schritt auf mich zu, sodass er hoch über mir aufragt. Ich bin nicht klein für ein Mädchen meines Alters, trotzdem befinden sich meine Augen gerade mal auf der Höhe seiner Brust. Ich blicke auf und atme scharf ein. Das rotäugige Gesicht eines höhnisch grinsenden Dämons blickt auf mich herab, seine Hörner winden sich über das Kinn des Riesen und enden neben seinen Mundwinkeln.

Nur Friedenswächter, die unerbittlichen Gefängniswärter von Tyur'ma, tragen diese Zeichen. Je mehr sie haben, desto länger haben sie dort gedient. Dieser hier hat Tätowierungen, die bis unter den Kragen seiner schwarzen Kluft kriechen. Er ist gekommen, um mich nach Tyur'ma zu bringen.

Mit einem Mal muss ich daran denken, wie ich vor fünf oder sechs Jahren im Dunkeln auf der obersten Stufe der Holztreppe in unserem Haus gesessen und meine Eltern und Mutters Jagdgesellschaft belauscht habe, die über das Gefängnis und die Friedenswächter sprachen. Sie hatten ein Mädchen gefangen, das auf den Ländereien der Königin gewildert hatte. Mutter, als oberste Jägerin, hatte keine andere Wahl, als sie vor die Königin zu bringen, die sie verurteilte.

Das Gefängnis war errichtet worden, um Kinder und jugendliche Gefangene getrennt von den Erwachsenen unterzubringen, die länger und härter in den Minen tief in den Bergen arbeiten mussten. Aber mein Vater war unzufrieden mit den Bedingungen in Tyur'ma. Königin Anas strenge Haltung gegenüber Straftätern war beim Volk beliebt, doch Vater war der Meinung, mit schweren Strafen allein könne man nichts erreichen. Er wollte die Struktur umkrempeln und Bildungsangebote und Lehrstellen schaffen. Die Erwachsenen diskutierten lange darüber. Erst, als ich steif und kalt war und beinahe einschlief, hörte ich im Dunkeln ein Schniefen aus Sashas Zimmer. Ich schlich davon, bevor Mutter es hören konnte, suchte nach meiner Schwester und fand sie schluchzend am Fuß ihres Türrahmens vor.

Ich zog sie in ihr Zimmer, wo sie sich zitternd an mir festklammerte. »Warum steigst du auch aus dem Bett und hörst dir das an?«, flüsterte ich, besorgt, dass man mir die Schuld geben würde. Wir waren Zwillinge, aber ich war die Erstgeborene. Sie war schon immer empfindsamer gewesen als ich, gänzlich ungeeignet, Mutter auf die Jagd zu begleiten.

Sasha rieb sich die Augen und ließ sich von mir ins Bett bringen. Ich zog die schweren Decken zurück und legte mich neben sie. »Du hast doch selbst gelauscht«, sagte sie. »Ich wollte es auch hören. Warum hat Mutter zugelassen, dass das Mädchen an diesen Ort gebracht wurde? Es klingt schrecklich.«

Ich beruhigte sie und strich ihr die dunklen Haare aus dem Gesicht, die an den Schläfen tränennass waren. »Das Mädchen ist eine Diebin. Sie hat von den Ländereien der Königin gestohlen. Mutter hatte keine andere Wahl.«

»Aber Valor.« Sasha schaute mit großen dunklen Augen, die im Sternenlicht glänzten, zu mir auf. »Was sie über die Friedenswächter gesagt haben ... Ketten sie die Kinder wirklich an und zwingen sie zu arbeiten? Bringen ... bringen sie sie wirklich um, wenn sie versuchen zu fliehen?«

»Und wenn es so wäre?«, fragte ich zurück. »Es ist ihre Arbeit, so wie es Mutters Arbeit ist, Hirsche und Eber zu jagen und die Stadt und die Dörfer vor Berglöwen und anderen wilden Tieren zu schützen.«

Sie vergrub das Gesicht an meinem Hals.

»Friedenswächter sind auch nur Menschen und du und ich werden nie einem begegnen, also schlaf jetzt und vergiss das alles.«

Ihre Brust zuckte immer noch, aber sie nickte, und ihre Haare kitzelten mein Kinn.

Ich habe Sasha damals versprochen, dass wir nie einem Friedenswächter begegnen würden, und jetzt stehe ich selbst vor einem und kann nicht aufhören, an sie zu denken. Sie muss entsetzliche Angst gehabt haben.

Ich versuche, mich zusammenzureißen. *Es sind nur Tätowierungen,* rede ich mir zu, aber ich stoße trotzdem einen kleinen Schrei aus, als er die Hand ausstreckt und mich packt. Er trägt einen dunklen Metallgegenstand. Seine riesigen tintenschwarzen Hände legen sich auf meine und etwas Kaltes, Schweres zieht meine Arme nach unten.

Feliks atmet scharf ein und ich höre ihn durch seine Zelle laufen. Der Blick des Friedenswächters springt hoch und folgt der Bewegung, als könnte er im Dunkeln sehen. Er verlässt die Zelle, schleift mich hinter sich her wie einen nassen Sack und schließt Feliks' Zelle auf.

»Ich nicht! Ich muss nicht nach Tyur'ma!«, ruft Feliks. »Ich hab nur was zu essen genommen. Ich werde eine Lehre machen und nie wieder stehlen. Ich bleibe hier. Valor, wenn wir da hingehen, kommen wir nie wieder raus!Ich glaube nicht …«

Der Friedenswächter macht einen Schritt auf Feliks zu, überraschend schnell für einen so großen Mann, und Feliks huscht nach vorn, das Weiße seiner Augen wird sichtbar, als er den Kopf zu den Steinstufen dreht. Er will fliehen. Ich weiß, was Friedenswächter mit Kindern machen, die versuchen zu fliehen.

Ich springe vor, fange Feliks mit den Ketten zwischen meinen Handgelenken ein und halte ihn so fest ich kann, während er zappelt und seinen mageren Körper aufbäumt. Ich brauche all meine Kraft, um auf den Beinen zu bleiben. Ich spüre, wie der Griff des Friedenswächters meine Schulter quetscht.

»Was machst du?«, zischt Feliks. Meine Stiefel rutschen auf dem Stroh aus, aber ich lasse ihn nicht los.

»Wir sind bereit«, sage ich zu dem Friedenswächter. Auch wenn er weder meine Zustimmung noch meine Erlaubnis braucht. Er starrt mich ausdruckslos an. Ich habe nicht erwartet, dass er schweigt. Aber was gibt es auch zu sagen? Wir werden mit ihm gehen, ob es uns gefällt oder nicht, und wenn Feliks sich aus meinem Griff windet und zu fliehen versucht, bedeutet das sein Todesurteil.

Der Friedenswächter lässt mich los, dreht sich um, legt Eisenschellen um Feliks' Handgelenke und hält uns beide auf eine Kettenlänge Abstand. Feliks weicht vor mir zurück und zischt wütend: »Ich hätte es geschafft! Jetzt sitze ich fest und das ist deine Schuld.« Er atmet schwer unter seinen Pelzen.

Ich weiß nicht, was ich sagen soll. Er hätte es nicht geschafft. Ich glaube es jedenfalls nicht. Der Friedenswächter ist zu schnell und zu stark. Feliks würde jetzt im Stroh liegen und ich würde den Kerker des Palasts allein verlassen.

Trotzdem hat er recht – sollte er irgendeine Chance gehabt haben, so ist sie jetzt vorbei, und das ist meine Schuld. Ich weiß nicht, warum ich ihn festgehalten habe. Ich tue das alles nur für Sasha. So habe ich es geplant, und ich habe mir tausendmal eingeschärft, mich an meinen Plan zu halten.

Ich sehe Feliks an, der dasteht und düster vor sich hin starrt. Eine Kette bindet uns aneinander, eine weitere ist an dem stacheligen Gürtel des Friedenswächters befestigt. Ich habe keine Ahnung, wie er sich so flink, so schnell bewegen konnte. Die Ketten liegen schwer und kalt zwischen uns.

»Nennt mich Friedenswächter Rurik«, sagt er und geht los. Er läuft schnell und zieht uns beide hinter sich her, während das Dröhnen seiner Stimme in meinem Kopf widerhallt.

Feliks starrt mich finster an, als wir die steinernen Stufen hinaufgeführt werden. Die Wachen, die zuvor die Fackeln angezündet haben, erwarten uns dort. Sie umringen uns, sodass wir nichts vom Palast sehen, nur seine Wärme spüren, bis die großen Türen sich vor uns öffnen.

Wir stehen auf der Schwelle und schauen auf den verlassenen Platz. Draußen ist es dunkel, was mich überrascht, aber natürlich ist es Nacht. Natürlich sind die Stunden wie üblich vergangen, während mein ganzes Leben sich verändert hat. Und ich kann es nie wieder rückgängig machen.

Ich stehe angekettet und von Wächtern umgeben auf den Stufen des Palasts und denke über all das nach, als ich durch die Lücken zwischen den schwarzen Uniformen einen Blick auf Blau und Gold erhasche. Prinz Anatol steht vor der Glastür des Gewächshauses und starrt mich an.

Ich versuche, mich gegen seinen Blick zu wappnen, mir zu sagen, dass ich bald bei Sasha sein werde, doch die Hitze schießt mir ins Gesicht. Etwas an der Art, wie er mich ansieht, macht mich plötzlich froh, dass wir den Palast verlassen. Bald werde ich in Tyur'ma sein, weit fort von Anatols kaltem, durchdringendem Blick.

Die Wachen bewegen sich im Gleichschritt voran. Friedenswächter Rurik folgt ihnen und Feliks und ich werden hinaus in die beißende Kälte gezerrt. Nach Tyur'ma, wo ich die nächsten drei Jahre meines Lebens verbringen werde, wenn ich so lange am Leben bleibe. Jedenfalls denken sie das.

KAPITEL 5

Die Nacht ist klar, tausende Sterne funkeln am schwarzvioletten Himmel. Mein Atem bläst eisige Wölkchen in die kalte Luft. Am Ende der Palastgärten öffnet ein Wächter die goldenen Tore und Friedenswächter Rurik, Feliks und ich treten auf den verlassenen Platz. Unsere Stiefeltritte sind auf dem frischen Schnee kaum zu hören.

Ich frage mich, ob die Ausgangssperre so lange gilt, bis ich weggebracht worden bin. Ich würde es ohnehin nicht ertragen, die Gesichter meiner Eltern zu sehen. Ich sollte das kleine Mädchen in mir, das sich wünscht, sie würden kommen und mich nach Hause holen, lieber auslöschen. Ich werfe einen Blick auf Feliks, doch der starrt vor sich auf seine gefesselten Hände. Unsere Ketten klirren leise an der Stelle, an der sie an Friedenswächter Ruriks Gürtel zusammenlaufen.

Wir gehen über den leeren Marktplatz, wo die Stände

jetzt mit schwerem Sackleinen abgedeckt sind, durch stille, schwach erleuchtete Straßen, das Händlerviertel und die engen Gassen zwischen Wohnhäusern, bis wir den Stadtrand erreichen.

Dort zweigen Straßen in verschiedene Richtungen zu anderen Städten und Dörfern ab, aber gerade vor uns liegt die Straße nach Tyur'ma – und in der Ferne das Gefängnis selbst, wie jede Nacht hell erleuchtet von Hunderten Fackeln. Es gibt keine Dunkelheit um Tyur'ma. Keine Schatten, um sich zu verbergen.

»Halt.« Friedenswächter Rurik nimmt eine Kette in jede Hand. Er führt uns zu einem robusten Holzwagen, der von zwei kräftigen schwarzen Pferden mit Scheuklappen gezogen wird. Sie schnauben und stampfen und ihre schwarzen Satteldecken zeichnen sich scharf vor dem Schnee ab.

Auf dem Wagen befindet sich ein großer eiserner Käfig. Rurik holt uns ein wie Fische an der Angel, und ich muss mich zusammenreißen, um mich nicht gegen die Kette zu stemmen. Ich will nicht in seine Nähe kommen.

Er lässt die Ketten durch die Schlaufe an seinem Gürtel gleiten, schubst uns durch die Käfigtür und kettet uns je an einer Seite fest. Feliks verfolgt jede seiner Bewegungen und mustert die Schlösser und Schlüssel, die an dem dicken, mit Eisenspitzen besetzten Gürtel um seine Taille hängen.

Ich schüttele kaum merklich den Kopf, falls er über

einen weiteren Fluchtversuch nachdenkt, obwohl ich selbst verzweifelt die Schlüssel in Augenschein nehme.

»Lass mich in Ruhe«, flüstert Feliks. »Hast du noch nicht genug Schaden angerichtet?« Er starrt mich trotzig an, während der Wagen einen Satz nach vorn macht und auf die Straße rumpelt.

»Gefangene sprechen nur, wenn sie etwas gefragt werden«, brummt der Friedenswächter. Seine riesenhafte Gestalt füllt den Sitz vorn auf dem Wagen vollkommen aus, und die Zügel in seinen Händen wirken so schmal wie die feinen Bänder, die Sasha immer in den Haaren trug, bevor sie ihre Stellung im Palast annahm. Von da an bestand Prinzessin Anastasia darauf, Sasha ihre persönliche Friseurmeisterin zur Verfügung zu stellen. Sie war wirklich sehr großzügig, und es schmerzt mich, daran zu denken, wie Sasha ihr Vertrauen missbraucht und die Spieluhr gestohlen hat. Ich weiß immer noch nicht, warum.

Ich denke lieber daran, wie Sasha kreischend durchs Haus rannte, als ich sie mit dem Fell eines Eisfuchses überm Kopf jagte. Oder wie Sasha in Vaters Schreibstube am Feuer saß und in seinen Büchern las, während er über Staatsfragen räsonierte. Mich machte das immer schläfrig, aber Sasha konnte ihm die ganze Nacht zuhören, wenn es ihr nur gelang, so lange still zu sein, bis Vater vergaß, dass sie da war.

»*Weinst du etwa?*«, fragt Feliks tonlos. Er versucht, spöttisch zu wirken, aber er sieht selbst so aus, als würde er gleich weinen, und weitere Tränen trüben meine Sicht.

Ich schüttele den Kopf und lege einen Finger auf die Lippen. In Tyur'ma herrschen strenge Regeln. Regeln, die nicht gebrochen werden dürfen. Daran werden wir uns beide gewöhnen müssen.

Es dauert nicht lange, bis wir in den Wald kommen und die Stadt hinter uns verschwindet. Der Schnee dämpft alle Geräusche, nur das Quietschen und Ächzen des Wagens und das Schnauben der Pferde sind zu hören. Die Lichter von Tyur'ma kommen näher, als wir den Wald wieder verlassen und die Steppe erreichen. Die Ländereien der Königin erstrecken sich meilenweit um das Gefängnis herum, endlose Flächen, auf denen Ziegen- und Schafherden weiden. Sollte es jemals einem Gefangenen gelingen, die mächtigen Mauern von Tyur'ma zu überwinden, würde er hier gesehen werden, bevor er ein Versteck finden könnte.

Ein schneidender Wind weht, wirbelt die oberste Schneeschicht auf und bläst mir eisige Kristalle ins Gesicht. Ich zittere. Ein Heulen schallt über die Ebene und lässt mich die Augen weit aufreißen. Ich beobachte Friedenswächter Rurik. Eine seiner Hände liegt auf der Armbrust neben ihm.

Ein zweites Heulen antwortet dem ersten, und plötzlich heult ein ganzes Wolfsrudel, während ein anderes zurückruft. Ich suche die Steppe ab, aber außer dem schwarzen Sternenhimmel über uns und dem eisigen Boden unter uns ist nichts zu sehen. Dann entdecke ich in der Ferne eine dunkle Silhouette im Schnee. Der Wolf ist beinahe so groß wie die Pferde, die unsere Wagen ziehen. Ich versuche, die Panik niederzukämpfen, die in mir aufsteigt, weil ich hier wehrlos im Wagen angekettet bin. Wenn Mutter hier wäre, würde ich mich sicher fühlen. Jetzt muss ich mich auf Friedenswächter Rurik verlassen.

Er raunt den Pferden etwas zu und wir machen einen Satz vorwärts, schneller und schneller fliegen wir Richtung Tyur'ma. Meine Arme, die von den Ketten oben gehalten werden, werden steif, und dann verpasst Feliks mir einen leichten Tritt mit dem Stiefel. Wir sind da.

Die weißen Berge erheben sich über uns, kalt und uralt, glitzernd vom Schnee, mit grausamen, felsigen Zacken. Dies ist die Grenze von Demidova. Jenseits der Berge im Osten liegt Magadanskya, das Land von Fürstin Olegevna. Im Westen liegt Pjots'k. Die Königin dieses Reichs will Königin Ana seit Monaten dazu bewegen, sie die demidovanischen Häfen nutzen zu lassen. Doch Königin Ana hat ihr Gold ausgeschlagen, da sie weiß, dass die Königin von Pjots'k die Häfen nutzen will, um Kriegsschiffe und keine Handelsschiffe auszuschicken. Ein Ziel des Abkommens mit Magadanskya ist es, Demidova gegen diese Forderungen zu stärken, von denen Vater sagt, sie seien in letzter Zeit immer drängender geworden.

Ich werfe einen letzten Blick auf die Wölfe, schätze die

Entfernung zwischen ihnen und uns ab und wende mich Tyur'ma zu.

Ein Pfad windet sich zu den Toren der Festung den Berg hinauf. Die schwarzen Mauern sind höher, als ich erwartet habe. Steinblock um Steinblock ragt vor uns auf, sodass es wirkt, als könnte nur ein Riese die Festung erbaut haben. In die Felsmauer ist ein eisernes Fallgatter eingelassen, das kaum groß genug zu sein scheint, um uns durchzulassen.

Die Pferde mühen sich den Pfad hinauf, ihre Hufe rutschen immer wieder auf losen Steinen ab. Zahnräder und Ketten knirschen, als das Fallgatter sich langsam in Bewegung setzt. Gerade noch rechtzeitig ziehe ich die Finger von den Gitterstäben des Käfigs weg, als wir hindurchfahren, bevor sie am Stein aufschürfen. Der Durchgang ist nur um ein Haar breiter als der Wagen.

Drinnen ragt eine weitere Mauer vor uns auf und dazwischen führt ein schmaler Gang einmal rund um das Gefängnis. Beim Anblick der doppelten Wand stöhnt Feliks auf. Wir wechseln einen Blick, als Friedenswächter Rurik die Pferde zum Stehen bringt und unseren Käfig öffnet.

Der Friedenswächter löst die Ketten von den Stäben und befestigt sie wieder an seinem Gürtel. Wir lassen den Wagen zurück und gehen durch den engen Durchgang zwischen den beiden Mauern. Der schmale Streifen Himmel über uns ist jetzt tiefschwarz. Unser Weg ist von Fackeln erleuchtet, die in regelmäßigen Abständen an der inneren Mauer befestigt sind. Dann biegen wir um eine Ecke und stehen vor einer soliden Eisentür, die nicht größer als eine einfache Tür in einem bescheidenen Haus ist. Sie öffnet sich nach innen, und wir gehen hindurch und gelangen in einen weiteren Eisenkäfig, der unmittelbar dahinter steht.

Ich bin in Tyur'ma. Erregung zischt durch meinen Körper, weckt meine müden Glieder und holt den Gedanken an Sasha zurück.

Eine glatte, schneebedeckte Fläche erstreckt sich vor uns, an drei Seiten von den hohen Mauern eingefasst, an der vierten von einer unheimlich steilen weißen Felswand, die bis in die Wolken reicht.

Krumme, vom Wind gebogene Eiszapfen hängen von den Traufen und Simsen jedes Wachturms und jeder Gefangenenbaracke. Eine Frau im grauen Pelz der Bediensteten des Königshauses kommt mit einem freundlichen Lächeln auf uns zu. Solche Pelze haben auch meine Eltern bis vor wenigen Wochen getragen – plötzlich vermisse ich Mutter und Vater so sehr, dass ich das Gefühl habe, meine Brust müsste zerspringen. Ich habe diese grauen Pelze an jedem Tag meines Lebens gesehen. Meine Eltern waren stolz, sie zu tragen, und stolz, dass auch Sasha und ich sie eines Tages tragen würden. Mutter ist nicht mehr dieselbe, seit sie ihr Anrecht darauf verloren hat und den Pelz ablegen musste.

Vielleicht flehen Vater und Mutter in diesem Augenblick ihre Freunde an, die Königin zu beknien. Vielleicht sind sie aber auch zu traurig, zu verzweifelt, um irgendetwas zu tun. Vielleicht sind sie wütend auf mich.

Die Frau bleibt stehen und nickt Rurik zu, der Feliks und mich durch den Käfig ins Freie schubst. Als sie mich ansieht, fühle ich, dass ich rot werde, obwohl ich halb erfroren bin. Ihr Mund lächelt, aber ihre Augen lächeln nicht. Sie sind stahlblau und sehen mich an, als sähen sie mir direkt in den Kopf, als sähen sie jeden Teil meines Plans. Als wüssten sie, warum ich hier bin. Ich zittere.

»Ich bin Aufseherin Kirov, die Vorsteherin von Tyur'ma. Ihr könnt mich einfach Aufseherin nennen.« Sie dreht sich um und geht mit zackigen Bewegungen auf die Baracken zu. Der Friedenswächter folgt ihr, also folgen auch wir, da wir noch immer an seinen Gürtel gekettet sind.

»Ihr werdet in den Minen arbeiten und andere Aufgaben übernehmen, die wir euch zuweisen. Ihr werdet essen, wenn es euch befohlen wird, schlafen, wenn es euch befohlen wird, und arbeiten, wenn es euch befohlen wird. Wenn ihr das Alter von sechzehn Jahren erreicht, werdet ihr ins Erwachsenengefängnis in den Bergen verlegt. Wenn ihr mit Schmuggelware erwischt werdet, werdet ihr bestraft. Wenn ihr Ärger mit anderen Gefangenen verursacht, werdet ihr ebenfalls bestraft.«

Sie hält diese Rede, als wäre sie so abgestimmt, dass sie genau so lange dauert, bis wir ein gemauertes Gebäude mit einer einzelnen Eisentür an der Seite erreichen. Sie öffnet die Tür und nickt Friedenswächter Rurik zu, der meine Ketten löst, nicht aber die von Feliks.

»In der dreihundertjährigen Geschichte von Tyur'ma ist es noch niemandem gelungen, von hier zu fliehen. Solltet *ihr* es versuchen, werdet ihr bestraft. Sofern ihr nicht getötet werdet«, fährt sie fort, noch immer mit freundlichem Lächeln.

Feliks schaut mich an, als unsere Handschellen gelöst und wir getrennt werden, und sein Gesicht zeigt eine Mischung aus Wut, Angst und Vorwürfen. Dann wird er zu einem anderen Gebäude gebracht. Neben Friedenswächter Rurik wirkt sein schmaler Körper winzig.

»Komm, Valor Raisayevna«, sagt die Aufseherin. Beim Klang meines Namens löse ich den Blick von Feliks. Natürlich weiß sie, wer ich bin. Und warum ich hierhergeschickt wurde.

»Rache wird dir, wie du feststellen wirst, hier nichts nützen«, erklärt sie und betritt vor mir das Gebäude. Sie glaubt, ich hätte versucht, Prinz Anatol zu töten, um mich zu rächen, dass die Königin Sasha hier eingesperrt hat. Genau das soll sie auch glauben. Gleichzeitig erfüllt mich der Gedanke mit brennender Scham und ich versuche ihn zu verdrängen. Ich bin jetzt so nah, so nah bei Sasha. Ich darf mich von etwas so Belanglosem wie meinem Stolz nicht beirren lassen.

Ich folge der Aufseherin auf eine Art gemauerten Balkon hinter der Tür und halte den Atem an. Vor mir erstreckt sich ein großes Gewölbe mit Wänden und Boden aus Stein. Es gibt vier Stockwerke – eins unter mir, zwei über mir –, die durch schmale, aus dem Stein gehauene Treppen miteinander verbunden sind. Auf jeder Ebene befinden sich enge, mit Eisengittern verschlossene Gefängniszellen, die direkt in die Felswand geschlagen wurden.

Ich bemühe mich, nicht zu keuchen, doch mein Herz setzt aus und rutscht mir gleichzeitig beim Gedanken an das, was ich getan habe, in die Kniekehlen. Dies ist also das berüchtigtste Gefängnis von Demidova. In jeder dieser Zellen befindet sich ein Verbrecher unter sechzehn Jahren.

Aber meine Schwester Sasha ist auch hier. Irgendwo hier muss sie sein.

Und ich werde sie hier rausholen.

Ich recke den Hals, um die anderen Insassen zu sehen, aber die Zellen sind dunkel. Es ist noch Zeit bis zum Morgen, denke ich, und das Gefängnis ist still.

Festgetretener Schnee fällt von meinen Stiefeln und bildet eine matschige Pfütze zu meinen Füßen. Aufseherin Kirov macht eine einladende Geste mit dem Arm, als würde sie es mir freistellen, ob ich die Steintreppe zu meiner Linken emporsteige. »Deine Zelle ist oben.«

Ich steige die Stufen hinauf und halte mich dabei an der Wand fest. Jetzt erst merke ich, dass es kein Geländer gibt, keine Stütze, nichts, was mich davor bewahren kann, auf den kalten Steinboden in die Tiefe zu stürzen, wenn ich ausrutsche. So ist es in jedem Stockwerk und auch auf den Gängen außerhalb der Zellen.

»Wir haben festgestellt, dass es hier sehr viel geordneter zugeht, wenn sich alle darauf konzentrieren, nicht in den Tod zu stürzen«, bemerkt die Aufseherin in liebenswürdigem Tonfall.

Ich blicke nach unten. Die Stufen sind in der Mitte ausgetreten, einige sind abgeschlagen und uneben. Sie sind kaum breit genug für meine Stiefel. Während wir weitergehen, rückt das dunkle Untergeschoss in weite Ferne. Dann gelange ich auf einen schmalen Vorsprung. Die Zellen liegen vor mir. Ich versuche, mir nichts anmerken zu lassen, aber ich kann nicht anders, als in die Zellen hineinzuspähen. In jeder von ihnen könnte Sasha sein. Sogar in der, in die ich jetzt geführt werde.

Ich hole tief Luft, um das Flattern in meinem Bauch zu beruhigen. Alles, was ich erkennen kann, sind eiserne Stockbetten an den Wänden und dunkle Gestalten darauf.

»Stehenbleiben«, befiehlt die Aufseherin. Sie schließt eine Zelle auf und öffnet die schmale Tür. »Bitte sehr, Valor.« Ich zögere beim Anblick des dunklen Körpers auf der unteren Pritsche und stelle enttäuscht fest, dass es, natürlich, nicht Sasha ist. Ich kann ihr Gesicht nicht sehen, aber dieses Mädchen ist größer als meine Schwester.

Ich balle die Hände in meinen Handschuhen zu Fäusten und schlucke fest. Ich muss da rein. Deshalb bin ich hier. Es würde mir nichts bringen, jetzt für Aufruhr zu sorgen – rein gar nichts.

Ich mache einen kleinen Schritt, dann noch einen, bis ich auf der anderen Seite bin, in der Zelle. Die Aufseherin zieht die Tür zu und verschließt sie. Plötzlich bin ich von Schatten, Kälte und steinernen Wänden umgeben.

»Wir werden dich mit großer ... Aufmerksamkeit beobachten«, erklärt die Aufseherin, bevor sie sich umdreht und geht. Ich bleibe in der Stille zurück. Wen meint sie mit »wir«? Ich habe keine Zeit, länger darüber nachzudenken. Das Mädchen in dem unteren Bett, das sich zum Schlafen zur Wand gedreht hat, bewegt sich.

Ich streiche mir die Haare aus dem Gesicht und setze ein Lächeln auf. »Ich bin Valor«, beginne ich.

»Halt die Klappe«, kommt es zurück.

KAPITEL 6

Meine neue Zellengenossin dreht sich leise auf ihrer dünnen Matratze um. Im trüben Fackelschein kann ich nicht sagen, wie sie aussieht – nur dass sie größer ist als ich. Ich würde gerne Abstand halten, aber ich fühle bereits die Kälte der Steinmauer hinter meinem Rücken. Die Stäbe werfen dunkle Schatten auf ihren Körper und verleihen dem Grau schwarze Streifen.

»Wie bitte?«, sage ich.

»Wenn du schon nicht die Klappe halten kannst, red wenigstens leise«, zischt der Schatten gereizt. »Sprechen ist verboten. Ich habe keine Lust, wegen dir bestraft zu werden. Du weckst noch Daria in der Zelle nebenan und sie wird uns anzeigen.«

»Anzeigen«, wiederhole ich für mich. Ich stehe immer noch vor dem Bett, weil ich nicht weiß, was ich sonst machen soll.

»Kennst du die Regeln nicht?«, fragt sie ungeduldig.

»Nein. Kenne ich nicht. Die Lektion muss ich verpasst haben«, entgegne ich schnippisch. So habe ich mir das nicht vorgestellt. »Hör zu«, beginne ich erneut. »Mein Name ist Valor …«

»Schön für dich. Und jetzt halt die Klappe.«

Ich weiß, ich sollte lieber auf sie hören, aber ich bin jetzt so kurz vor meinem Ziel. »Ich will nur meine Schwester finden. Sie ist auch hier und ich würde … ich würde sie gerne sehen.«

»Ich gebe dir einen letzten Rat: Geh in dein Bett«, sagt das Mädchen. »Wir müssen liegen bleiben, bis der Befehl zum Aufstehen kommt.«

Sie wird mir nicht zuhören, solange ich mich nicht an die Regeln halte, also trete ich einen Schritt vor und strecke die Hände nach der oberen Pritsche aus.

»Erst Hände waschen!«, zischt sie.

Ich lasse die Hände in der Luft verharren. »Was?«

»Da drüben. Da ist Wasser.«

In der Dunkelheit am hinteren Ende der Zelle kann ich eine Schüssel am Boden erkennen.

»Na los!«, knurrt sie ungeduldig.

Kurz ziehe ich in Erwägung, ihr die Schüssel über den Kopf zu kippen.

»Ist das auch eine Regel?«, frage ich und versuche, mich an die Worte der Aufseherin zu erinnern.

»Das ist gesunder Menschenverstand.«

Ich zögere, doch dann ziehe ich meine Fäustlinge aus,

tappe in die Dunkelheit und bücke mich vor der Schüssel. Das Wasser sticht mir in die Finger wie eisige Nadeln, und ich kann ein kleines Keuchen nicht unterdrücken, als es meine Handgelenke berührt.

»Ordentlich schrubben. Du bist vermutlich völlig verseucht.«

Ich kann die Empörung nicht unterdrücken. »Verseucht wovon, bitte? Ich kann dir versichern, dass meine Hände sauber sind. Und wenn sie es nicht gewesen wären, dann wären sie es jetzt.«

»Der Dreck, den man *sehen* kann, ist nicht mein Problem.« Der Schatten schnaubt und dreht sich wieder zur Wand.

Wunderbar.

Sie hat nicht einmal reagiert, als ich gesagt habe, dass meine Schwester hier ist. Ich wünschte, ich wäre so redegewandt wie Vater und Sasha. Sasha kann alles und jeden überzeugen, selbst die Königin. Kurz vor ihrem neunten Geburtstag hat Prinzessin Anastasia Sasha um Hilfe gebeten, weil sie sich ein besonderes Haustier wünschte. Sie hatte Königin Ana angefleht, ihr eine Sphinx-Katze zu schenken, aber vergeblich. Doch als Anastasia Sasha davon erzählte, setzte meine Schwester sich in den Kopf, ihr den Wunsch zu erfüllen. Dokumente über die Vorteile haarloser Katzen wurden vorbereitet – darunter eine Bescheinigung des königlichen Leibarztes, dass die Anwesenheit des haarlosen Tiers Anastasias Gouvernante, die in Gegenwart von Anastasias anderen Haustieren alarmierend häufig niesen musste, keinerlei Probleme bereiten würde. Sie setzte sogar einen Vertrag auf, in dem die Prinzessin erklärte, ganz allein für das Wohl des Tiers verantwortlich zu sein.

Die Königin war gerührt. Und die haarlose Katze wurde gekauft.

Wenn Sasha hier wäre, wären ihre Worte wie eine glitzernde Eisskulptur, schön und blendend. Meine dagegen sind wie ein stumpfes Holzschwert, das auf den harten Brocken einschlägt, der meine Zellengenossin ist.

Ich stehe auf und von meinen kalten, nassen Händen tropft Wasser auf den Boden. Den ganzen Tag war ich so angespannt wie der Abzug meiner Armbrust. Ich bin durch die Stadt gejagt, bedroht und durch die Straßen geschleift worden und habe mich stundenlang halb zu Tode geängstigt. Nichts hat je einladender ausgesehen als das Bett vor mir. Nicht einmal der Anblick des schmutzigen Stoffs, der so stramm über das Stroh gezogen wurde, dass einige Fasern gerissen sind, kann mich abschrecken.

Ich greife nach den Eisenstreben des Stockbetts, um mich nach oben zu ziehen. Da beginnt es tief aus der Erde zur grollen. Meine Muskeln verspannen sich und ich mache mich auf das Schlimmste gefasst. Der Lärm wird lauter, es klingt, als würde die Erde auseinanderbrechen. Plötzlich scheint gleißendes Licht in die Zelle, als wären tausend Fackeln angezündet worden. Ich atme zitternd ein. Meine Zellengenossin springt aus dem Bett und stellt sich vor die Zellentür. Sie ist wirklich größer als ich, mindestens eine Handbreit.

»Was …?«

»Psst«, zischt sie. Ihre Haare sind heller als meine, sandfarben. Ihre Augen und ihre Haut sind ebenfalls hell. Ich habe noch nie so helle Augen gesehen. Vielleicht kommt sie aus Pjots'k. Man scheint mir die Panik ansehen zu können, denn sie gibt nach. Über das grummelnde Donnern aus der Tiefe hinweg ruft sie: »Das ist das Zeichen zum Aufstehen. Und wenn du weißt, was gut für dich ist, dann stellst du dich jetzt hin und hältst endlich dein Plappermaul.« Sie dreht sich wieder um, wobei ihr der geflochtene Zopf über die Schulter schwingt, und ich verkneife mir eine bissige Antwort. Ich habe kein Plappermaul.

Ein kalter Wind weht frische Luft in die Zelle, und das Licht wird taghell, sodass ich blinzeln muss. Die Wände sind rau, ebenso die Decke der Zelle. Abgesehen von dem eisernen Stockbett an der Wand und der Wasserschüssel auf dem Boden ist die Zelle leer. Der Boden ist ebenfalls aus Stein, aber glatt getreten von den vielen Füßen, die sich im Laufe der Jahre darauf bewegt haben. Meine Augen fühlen sich trocken an. Ich schaue sehnsüchtig zum Bett.

Das mahlende Geräusch verstummt, und eine Sekunde

lang schrillt die Stille in meinen Ohren, bevor ein anderes Geräusch einsetzt, eine Art metallisches Knirschen, das den gesamten Raum erfüllt. Ich will mir die Ohren zuhalten, aber auch das könnte gegen die Regeln sein. Die Zellentür, die vor so kurzer Zeit geöffnet wurde, um mich einzulassen, gleitet wie von Zauberhand bewegt in die Steinwand und gibt den Ausgang frei.

Als der Lärm endlich aufhört und unsere Zelle geöffnet ist, ändert sich die Haltung meiner Zellengenossin. Sie beugt sich vor, als würde sie sich bereit machen, einen Speer zu werfen. Und dann wirft sie sich in den plötzlichen Strom aus Mädchen, der sich den schmalen Weg entlangwindet, ein Fluss aus dicken Pelzen und Gesichtern, alle sonderbar still.

Ich stehe wie erstarrt da, unsicher, was ich anderes tun soll, als zuzuschauen. Jede von ihnen könnte Sasha sein. Ich versuche, mir die vorbeikommenden Gesichter anzusehen, aber ich verpasse einige, und Sasha ist kleiner als ich. Wir sind Zwillinge, aber ihre Figur ist zarter, und ihre Hände sind fein, wie dafür gemacht, die Seiten eines Buchs umzublättern, und nicht einen Bogen oder ein Messer zu benutzen.

Ich schaue zu, bis der Strom abebbt, dann wage ich mich aus der Zelle und streife mit der Wange beinahe den gestachelten Gürtel eines Friedenswächters. Sein wie ein Schachbrett schwarz-weiß tätowiertes Gesicht ragt über mir auf. Ich bin ohnehin schon müde und nervös und er lässt mich zusammenzucken und auch den letzten Rest meiner Fassung verlieren.

»Du hast nicht zur vorgeschriebenen Zeit die Zelle verlassen«, erklärt er. Sein Ton ist flach und gefühllos, beinahe gelangweilt.

Ich räuspere mich und suche nach meiner Stimme. »Es tut mir leid, aber ich wusste nicht ...«

»Erster Verweis.« Der Friedenswächter schiebt seine schachbrettgemusterte Hand in einen Lederbeutel an seinem Gürtel und kommt auf mich zu.

Ich stolpere zurück, vergesse, was auch immer ich sagen wollte, und pralle gegen die Wand vor meiner Zelle. Seine Hand hebt sich, und ich weiß nicht, ob ich schreien, weglaufen oder mich wehren soll. Ich halte den Atem an und gebe keinen Laut von mir, während er mit seiner Pranke mein Gesicht zu sich dreht und mir eine körnige Paste auf die Stirn schmiert. Meine Gedanken rasen und versuchen zu verstehen, was er getan hat und was das zu bedeuten hat.

Plötzlich merke ich, dass ich mit zurückgelehntem Kopf den Himmel sehen kann – das weißliche Rosa des frühen Morgens –, und bin verwirrt. Erst als der Friedenswächter zurücktritt und »Los« sagt, wird mir klar, dass das donnernde Geräusch das Dach der Baracke war, das, genau wie die Türen, beiseitegerollt wurde. Das Gewölbe liegt jetzt in der kalten Luft. So etwas habe ich noch nie gesehen. Weit unten in der untersten Etage gehen die letzten Gefangenen durch die Tür in die Außenanlage.

»Los«, sagt der Friedenswächter wieder und greift erneut nach seinem Beutel. Das lasse ich mir nicht noch einmal sagen. Ich flitze los wie ein Schneehase, laufe den schmalen Felsvorsprung vor den Zellen entlang, so schnell ich mich traue, dann die ausgetretenen Stufen an der Wand hinunter und erreiche die Tür nach draußen einen Augenblick bevor sie mit einem metallenen Klirren ins Schloss fällt. Hinter der Baracke erheben sich die weißen Berge, gezackt wie Leopardenzähne. Die steinerne Festung bäumt sich vor dem Bergabhang auf und ragt weit in den arktischen Himmel.

Das Mädchen am Ende der Schlange ist klein und muss beinahe rennen, um mit den anderen Schritt zu halten. Ich hole sie ein, während die Kälte mir in die Wangen sticht und wie Eiswasser in Hals und Lungen dringt, doch sobald ich bei ihr bin, gehe ich langsamer. Wir laufen auf ein Gebäude zu, das ich vorher nicht gesehen habe, weil es im Schnee verborgen war. Es besteht ganz aus Eis. Es leuchtet schauerlich blau im Morgenlicht.

Ich reiße mich zusammen und laufe weiter. Schnee knirscht unter meinen Stiefeln, während ich weitereile und ab und zu aus der Reihe weiche, um nach vorn sehen zu können. Es hilft nichts – ich sehe nur dunkle Zöpfe und braune Pelze und keiner von ihnen gehört Sasha.

Ich hätte ihre Begeisterung für die Spieluhr nie bestärken dürfen. Zwei Wochen bevor sie verschwand, aßen wir in der Küche vor dem Feuer zu Abend. Mutter und Vater waren noch bei der Arbeit, und die Haushälterin war in einem anderen Raum beschäftigt, sodass wir allein waren und uns über unser Lieblingsthema unterhielten – den königlichen Festzug.

»Wir werden natürlich auf dem Platz bleiben müssen, aber Vater wird uns sagen können, von wo wir den besten Blick haben«, sagte ich und nahm meine Hähnchenkeule in die Hand. Sasha sah mich an, legte ihre Gabel weg und tat es mir gleich.

Ihre Augen leuchteten hell im Feuerschein, als sie den Kopf schüttelte. »Ich weiß genau, wo die Spieluhr aufbewahrt wird, und kann doch nie einen Blick darauf werfen, egal, wie oft ich einen Vorwand finde, um im selben Raum zu sein.« Sie seufzte und nahm mit fettglänzenden Fingern die Gabel wieder auf, um ihren Kartoffelbrei zu essen.

Sie war fasziniert von Zahnrädern und komplizierten Mechanismen. In Anbetracht ihres Interesses an Vaters Arbeit und den alten Geschichten in ihren Büchern war ihre Begeisterung nicht überraschend. Sasha hatte sich in den Kopf gesetzt, die Spieluhr vor der Parade eingehend zu betrachten, und alle wussten es. Ich frage mich, ob sie den Diebstahl geplant hatte oder ob sie die Spieluhr einfach eine Weile anschauen und bewundern wollte. Ich hätte es wissen müssen.

»Au!«

»Oh, Verzeihung, tut mir leid!«, rufe ich. Das Mädchen vor mir liegt mit dem Gesicht nach unten am Boden. Sie setzt sich auf und spuckt Schnee. In meiner Eile habe ich sie angerempelt. Ich beuge mich vor, um ihr die Hand zu reichen, doch aus dem Nichts schießt ihr Fuß vor und hakt sich in meine Kniekehlen. Meine Beine knicken ein und ich lande plump auf ihr. Sie schreit wie eine Wildkatze und rollt sich beiseite, als wäre es meine Schuld, dass ich auf sie gefallen bin.

»Valor.«

Ich stemme die Ellbogen auf den gefrorenen Boden. Makellose graue Stiefel kommen in mein Blickfeld. Ich hebe den Kopf.

»Gewalt wird hier nicht toleriert«, erklärt Aufseherin Kirov.

»Aber ich habe nicht ... ich wollte nicht ...«

»Das ist kein guter Anfang, Valor.«

Der Rest der Schlange vor mir ist im Gebäude verschwunden, auch das Mädchen. Ich rappele mich auf, doch Aufseherin Kirov geht bereits weiter.

Nichts, was ich tue oder sage, bedeutet das Gleiche wie früher. Ich war die Tochter zweier hochgestellter Beamter der Königin. Jetzt bin ich nur noch eine Gefangene und Verräterin. Ich klopfe mir den Schnee ab und folge den anderen durch die schmale Tür in eine lang gezogene Halle. Dicke Eisblöcke erstrecken sich durchsichtig und glänzend bis zu einem Dach aus rosa schimmerndem Eis, das die Morgenröte reflektiert.

Auf der einen Seite des Raums befindet sich eine Theke mit einem Mann dahinter, der etwas in Holzschalen füllt, dem Geruch nach ist es Haferbrei. Längs durch den Raum stehen lange Holztische mit Stühlen zu beiden Seiten. Die meisten Plätze sind bereits besetzt. Ich stehe mit großen Augen da, bis mein Magen mich mit einem lauten Knurren daran erinnert, dass ich nichts mehr gegessen habe, seit Feliks mir in seinem Versteck auf dem Marktplatz eine Dattel angeboten hat. Feliks hatte recht. Ich hätte mehr nehmen sollen.

Auf dem Weg quer durch den Raum zur Theke mustere ich die vielen Gesichter um mich herum. Das Mädchen, über das ich versehentlich gestolpert bin, starrt mich düster an. Ich lasse den Blick über meine Zellengenossin hinweggleiten und unterdrücke meinen Ärger, dass sie mir nicht gesagt hat, was passieren würde. Es hätte sie nichts gekostet, mich vorzuwarnen. Beim Gehen merke ich, dass viele der Gefangenen mich anstarren. Nein, nicht mich – meine Stirn. Ich wische mir mit dem Handrücken über die Stirn und sandige schwarze Tinte bleibt daran kleben. Sie starren das Tintenzeichen an. Sasha kann ich nirgends entdecken.

Ich fühle die Blicke noch auf mich gerichtet, als ich an die Theke trete, um mir mein Frühstück zu holen. Der Mann hinter dem großen Kupfertopf reicht mir eine Schale. Auf seine Handflächen und -rücken sind menschliche Augen tätowiert. Schwarz glänzende Wölfe blecken die Zähne und winden sich seine Arme hinauf. Der Brei bedeckt kaum den Boden meiner Schale, und jetzt wird mir klar, wie die Aufseherin es anstellt, mit gerade mal einer Handvoll Friedenswächtern frühmorgens dreihundert Gefangene aus ihren Betten in diese Halle zu holen. Wer nicht rechtzeitig da ist, bekommt nichts zu essen.

Ich drehe mich um und hoffe, einen anderen Weg zurück zu finden, doch ein Meer aus gesenkten Köpfen liegt vor mir. Ich sehe keine Zwischenräume bis auf zwei Plätze, die sich wie auf zauberhafte Weise zu beiden Seiten meiner grimmig dreinblickenden Zellengenossin aufgetan haben. Die anderen finden wohl, dass sie sich mit mir herumärgern soll. Sie sieht so aus, als würde sie mich am liebsten mit ihrem Löffel erschlagen, aber es ist kein anderer Platz frei, und wenigstens sitzt Feliks auf dem Platz gegenüber.

Ich bin so froh, sein noch immer schmutziges Gesicht zu sehen, dass ich lächele, während ich meinen erschöpften Körper und mein armseliges Frühstück zu meiner Zellengenossin hinüberschleppe. Feliks erwidert mein Lächeln nicht. Meine Zellengenossin hat eine volle Schale vor sich, wie alle anderen am Tisch.

Der Friedenswächter mit den Schachbretttätowierungen steht in einer Ecke der Halle, Friedenswächter Rurik steht ihm schräg gegenüber. Im gespenstischen Licht der Eishalle wirken sie wie Statuen.

»Feliks«, sage ich. »Es tut mir so leid, dass ich …«

Er unterbricht mich mit einer scharfen Kopfbewegung. »Psst! Willst du dir noch mehr Ärger einhandeln? Wir sind erst seit fünf Minuten hier.«

Einige der Umsitzenden murmeln zustimmend und werfen mir finstere Blicke zu. Meine Zellengenossin starrt mit unverhohlenem Entsetzen auf Feliks' schmutziges Gesicht. Zwei Jungen in geflickten Pelzen löffeln beängstigend schnell ihren Brei in sich hinein. Ein Mädchen mit schwarzen Haaren wendet den Blick ab, als ich in ihre Richtung sehe.

Ich berühre das Zeichen auf meiner Stirn. Mittlerweile ist es getrocknet. Feliks wirft einen Blick hinter sich und sagt kaum lauter als fallender Schnee: »Du hast schon eine Regel gebrochen – jeder tut, was alle tun, und zwar genau dann, wenn sie es tun.«

»Ich glaube nicht, dass das eine der Regeln ist, Feliks. Und wenn, dann hat es mir niemand gesagt. Obwohl die Gelegenheit dazu da war.«

Der Löffel meiner Zellengenossin verharrt kurz vor ihrem Mund in der Luft, bevor sie ihn weiterführt.

Feliks zuckt die Schultern. »Ich habe jedenfalls kein Zeichen auf der Stirn. Ich habe vor, das zu tun, was alle tun, genau dann, wenn sie es tun.« Er nickt kurz, als wolle er es sich selbst bestätigen, aber vielleicht will er auch den anderen am Tisch mitteilen, dass er nicht so ist wie ich. Er nicht. Niemand hier ist so wie ich. Alle sind in schmutzige Lumpen gehüllt, nur ich trage meine feinen Jagdkleider. Ich bin doppelt fehl am Platz.

Ich senke den Kopf und habe den jämmerlichen Rest Brei in meiner Schale mit drei Löffeln aufgegessen. Der Brei ist salzig und klumpig und füllt die Halle mit dem Geruch nach Schweinefutter, aber, ach, ich wünschte, es wäre mehr.

»Ich werde von jetzt an nichts mehr falsch machen«, verspreche ich. »Aber ich muss meine Schwester finden. Hat irgendjemand …«

»Könntet ihr beide«, zischt meine Zellengenossin mit einem Blick auf den Friedenswächter, der uns am nächsten steht, »einfach die Klappe halten, bevor *Valor* noch einen Verweis bekommt?«

Ich habe seit zwei Tagen nicht geschlafen. Ich habe in der ganzen Zeit praktisch nichts gegessen, wenn man die Dattel und den Fingerbreit Brei nicht mitzählt. Und ich habe meine Schwester noch nicht gefunden. Der Ton, in dem meine Zellengenossin meinen Namen sagt, bringt das Fass zum Überlaufen. Ich springe auf, wobei ich mit dem Unterschenkel gegen die Eisenstange stoße, die den Stuhl am Tisch befestigt, und schreie sie an:

»Es ist dir offensichtlich egal, und du wirst es wohl auch nicht verstehen, aber manche von uns kommen aus einer guten Familie, in der man sich umeinander kümmert!«

Sie starrt mich an, ohne sich zu rühren, ihr Blick ist wild, ihr Mund zusammengepresst, und ich verspüre durchdringende Befriedigung, sie so wütend gemacht zu haben – etwa drei Sekunden lang, bis die roten Augen von Friedenswächter Ruriks Dämonentätowierung direkt über mir auftauchen.

Ich sinke auf meinen Stuhl wie ein abgeschossener Vogel, der vom Himmel fällt. Er greift trotzdem in den Beutel an seiner Taille. Ein Stöhnen geht durch die Menge, als ich die zweite Markierung auf die Stirn bekomme.

»Heute Nacht kein Dach«, erklärt Rurik mit donnernder Stimme, die vom Eis widerhallt. »Stillgestanden zum Arbeitsantritt.«

Alle stellen sich wortlos hinter ihre Stühle. Auch ich, wobei ich versuche, die zusammengekniffenen Augen zu ignorieren, die in meine Richtung sehen. Heute Nacht kein Dach? Er meint doch wohl nicht, dass wir ohne Dach überm Kopf in den Zellen schlafen müssen, oder?

Ich muss weiter darüber nachgrübeln, während der Raum in verschiedene Arbeitsgruppen eingeteilt wird – eine Gruppe für die Küche, eine für die Wäscherei, eine zur Instandhaltung des Eisgebäudes und eine für die Mine. Ich werde mit Feliks in die Mine geschickt. Und mit meiner Zellengenossin.

Während alle Gefangenen aus der Eishalle strömen, kommt Feliks dicht neben mich und flüstert: »Deine Zellengenossin heißt Katia, habe ich gehört. Wenn wir zusammen arbeiten müssen, solltest du aufhören, sie zu verärgern.«

Und wie, bitte, soll ich das tun?, denke ich. Aber ich sage es nicht laut, weil sie direkt vor mir geht. Die Sonne scheint hell und die Temperatur ist um ein paar Grad gestiegen. Eine kleine Gruppe Gefangener kommt aus der Baracke und läuft beinahe direkt auf uns zu. Ich lege die Hand über die Augen, um sie vor der Sonne und dem blendenden Schnee zu schützen. Es ist ein bunt gemischtes Grüppchen, flankiert von mehreren Friedenswächtern.

Als der erste Friedenswächter an uns vorbeigeht, schaue ich stur geradeaus, ohne auf die Tätowierungen zu achten, die seinen Körper bedecken. Ich will mir gar nicht ausmalen, was passiert, wenn ich einen dritten Verweis bekomme.

»Mineneinsatz, hier entlang«, ruft ein großer Junge aus meiner Gruppe. Katia ändert sofort die Richtung, und als ich ihr folge, streift mich ein Junge aus der anderen Gruppe. Hinter ihm sehe ich eine braune Uschanka und dann wird plötzlich alles langsamer und schneller zugleich. Unter der Mütze schaut ein Gesicht hervor, das mir so vertraut ist wie mein eigenes. Die braunen Augen werden groß, der Mund klappt auf, und dann ist es weg, bevor ich auch nur einen Ton herausbringen kann.

Sasha.

Ein Energiestoß rauscht durch meinen Körper und beschleunigt meinen Herzschlag, auch wenn sie bereits verschwunden ist, verdeckt durch den Friedenswächter hinter ihr.

Ich stapfe weiter durch den Schnee, bis wir uns der weißen Felswand nähern, aber mein Kopf dreht sich, und mein Herz hämmert, als wäre ich auf der Flucht vor einem Wolf. Eine Million kleine Erinnerungen schießen mir durch den Kopf – Sasha, die weint, wenn ich weine, lacht, wenn ich lache. Sasha, die sauer ist, weil einer meiner Pfeile ihren Lieblingsrock zerrissen hat. Sasha, die ein Stück Kuchen aus der Küche schmuggelt und mir in mein Zimmer bringt, wenn ich etwas ausgefressen habe und eigentlich keins bekommen soll.

Der Junge am Kopf unserer Gruppe lässt uns anhalten und bellt uns Befehle zu. Wir stehen in losen Grüppchen beisammen, während er redet. Ich höre kein Wort, das er sagt.

»Feliks!«, flüstere ich, ohne den Kopf zu drehen. »Hast du sie gesehen? Das war meine Schwester. Sie ist hier.« Die Erleichterung, die mich durchflutet, ist unglaublich. Ich hatte mir den Gedanken nicht gestattet, dass ihr etwas zugestoßen sein könnte, aber jetzt, nachdem ich sie gesehen habe, merke ich, wie groß meine Angst um sie war.

Eine Sekunde lang fürchte ich, dass Feliks nicht reagiert, doch dann tut er so, als müsste er seinen Stiefel schnüren, und schaut der kleinen Gruppe hinterher, die jetzt in die Eishalle geht. »Warum ist sie nicht bei uns?«

Ich werfe einen Seitenblick auf Katia. Sie sieht nicht mehr wütend aus. Ein anderer Ausdruck liegt auf ihrem Gesicht.

»Was ist?«, frage ich. Plötzlich wird mir schwindlig, mir ist ein bisschen übel. Ihr Blick ist beinahe mitleidig.

Sie presst die Lippen zusammen und scheint zu überlegen, ob sie mir antworten soll.

»Bitte«, flehe ich.

Sie seufzt und ein weißes Wölkchen schwebt durch die Luft. »Man nennt sie die Schwarzen Hände. Das sind die gefährlichsten Gefangenen. Sie werden von den anderen ferngehalten und immer von Friedenswächtern bewacht. Du wirst nicht mit ihr reden können.«

In meinen Ohren rauscht es und Feliks stößt mich an. »Guck nach vorne, Valor. Sonst bringst du uns alle in Schwierigkeiten.«

KAPITEL 7

Ich tue, was er sagt, aber ich starre nur blind vor mich hin, selbst als die Gruppe auf eine Öffnung in der Felswand zusteuert. Endlich habe ich meine Schwester gefunden und jetzt kann ich nicht mit ihr sprechen. Wenn ich nicht einmal das kann, wie soll ich sie dann hier herausholen?

Die glatte Felswand ragt beinahe senkrecht hinter den Gebäuden von Tyur'ma auf. Die Mauern der hohen Festungstürme auf beiden Seiten und der Gipfel des Berges erheben sich bis in die Wolken. Als wir uns dem Eingang der Mine nähern, sehe ich ein leichtes Glitzern im Gestein. Winzige Mineralsplitter in feinen Grüntönen durchziehen den Fels.

Eine Felsspalte verläuft von einem Punkt hoch über meinem Kopf bis zum Boden und wird nach unten hin breiter. Zu beiden Seiten der Öffnung stecken Fackeln. Als wir in den Berg hineingehen, beginnt mein erstarrtes

Gehirn langsam wieder zu arbeiten. Die Freude, Sasha zu sehen, war kurz und bittersüß – aber wenigstens weiß ich jetzt, dass sie am Leben ist. In Gedanken sehe ich immer wieder ihr erschrockenes Gesicht vor mir. All die Worte, die ich zu ihr sagen will, türmen sich wie Schneewehen in meinem Kopf auf.

Der Fackelschein im Berginneren ist trüb. Der große Junge stellt sich wieder vor uns und erteilt weitere Anweisungen, aber ich kann mich nicht auf das, was er sagt, konzentrieren.

Mir wird klar, dass ich erwartet hatte, nach Tyur'ma zu kommen, meine Schwester zu finden und sie wie eine Heldin zu befreien. Jetzt stelle ich fest, dass ich möglicherweise gar nicht an sie herankomme. Und dass sie jede Sekunde hier mit den gefährlichsten Verbrechern, die in Tyur'ma inhaftiert sind, verbringen muss. Irgendetwas stimmt da nicht. Seit wann ist der Diebstahl einer Spieluhr – selbst einer so wichtigen – *gefährlich*?

Ein heftiger Tritt gegen mein Schienbein reißt mich aus meinen Gedanken. Feliks sieht mich mit großen Augen an. Er hält in der einen Hand eine noch nicht entzündete Fackel, in der anderen einen Lederbeutel. Ich schaue mich um und sehe, dass Katia und der Rest der Gruppe Spitzhacken und andere Werkzeuge von einem Gestell an der Höhlenwand nehmen. Ein Friedenswächter steht daneben und beaufsichtigt uns. Feliks hat recht. Ich muss aufpassen.

Ich gehe zu meiner Gruppe – fünf Jungen und fünf Mädchen, einschließlich mir und Katia –, nehme einen Jutesack mit schweren, klappernden Werkzeugen von dem Gestell sowie eine Fackel aus einem eisengebundenen Fass und reihe mich in die Schlange ein. Nacheinander entzünden wir unsere Fackeln an der großen am Eingang. Katias Gesicht wird in warmes oranges Licht getaucht, als sie darauf wartet, dass der mit Pech bestrichene Stab Feuer fängt. Ihre helle Haut ist von Sommersprossen gesprenkelt, die ich zuvor noch nicht bemerkt habe.

Während die letzten Gefangenen ihre Fackeln entzünden, breitet sich Licht in der Höhle aus und wirft Schatten durch das Gewölbe, das sich, wie ich jetzt sehe, tief in den Berg hinein erstreckt. Wir stehen auf einem Plateau, und unter uns öffnet sich ein riesiger, hallender Raum, der aus dem weißen Fels gehauen wurde. Mehrere dunkle Tunnel zweigen von dort ins Innere des Berges ab.

»Es riecht muffig«, bemerkt Feliks.

Er hat recht. Die Luft ist trocken und kalt. Der Berg muss aus uralter Vorzeit stammen. In mir keimt das beklemmende Gefühl, dass wir nicht hier sein sollten, winzige Menschen, die mit ihren scharfen Werkzeugen in seinem Inneren herumkratzen.

Unser Gruppenführer hebt sein Licht. »Ihr fünf, hier entlang. Die anderen arbeiten weiter hinten im Schacht. Die Gänge sind für den Friedenswächter zu eng, deshalb übernimmt Katia die Aufsicht, während ihr arbeitet.« Er sieht mich direkt an. »Und für alle, die eben nicht aufgepasst haben, mein Name ist Nicolai.« Ich bekomme Panik, und die Hitze steigt mir in die Wangen, als ich mich frage, ob auch er Verweise erteilen kann. Doch wenn ich mich nicht irre, lächelt er. Ein winziges Lächeln, das niemand sehen soll, aber trotzdem ein Lächeln.

Ich blicke Nicolai nach, wie er die andere Gruppe in den Tunnel führt. Er hat etwa dieselbe Größe wie Katia, aber seine Augen und Haare sind dunkel, wie meine. Er sieht nicht älter aus als ich. Ich drehe mich zu Katia, um sie danach zu fragen, aber sie steht mit verschränkten Armen vor dem Rest der Gruppe und macht ein ungeduldiges Gesicht.

»Verzeihung«, sage ich. »Bitte, geh vor.«

»Oh, herzlichen Dank für die Erlaubnis.« Sie stürmt in einen niedrigen Tunnel und die anderen folgen ihr.

Unsere Fackeln erleuchten die weißen Wände und die grün glitzernden Körnchen im Fels. Ich denke an Nicolai und frage mich, warum er für die Aufgabenverteilung verantwortlich ist. Irgendwie muss er sich diese Position erarbeitet haben.

Ich werde in meinen Gedanken unterbrochen, als ich vor uns ein grünliches Leuchten bemerke. Der Tunnel öffnet sich zu einer Höhle, und Katia, am Kopf der Schlange, trägt ihre Fackel hinein. Der Rest der Gruppe folgt ihr – erst zwei Mädchen, dann Feliks und ich.

Feliks schaut sich mit offenem Mund um, wobei sein abgebrochener Zahn gut sichtbar ist.

»Es ist ein bestimmtes Mineral«, erkläre ich ihm. Die Höhle wurde von Bergarbeitern so ausgehöhlt, dass sie aussieht wie das Innere der Geode, die auf dem Schreibtisch meines Vaters liegt. Um uns herum funkeln Steinformationen in jedem erdenklichen Grünton, von frischem Grasgrün bis hin zu dunklem Moosgrün. Wirbelnde runde Muster explodieren nebeneinander und bedecken Wände und Decke in einer Vielzahl an Strukturen und Farben.

Katia lässt ihr Werkzeug klirrend zu Boden fallen. Feliks und ich tun es ihr gleich, öffnen unsere Beutel und holen Pickel, Äxte und kleine Metallwerkzeuge mit scharfen Haken und Klingen heraus.

»Weil einige von euch vorhin nicht richtig zugehört haben …«, sagt Katia, »das Mineral ist Malachit. Es ist sehr selten und wertvoll, und die Reichen nutzen es, um Schmuck oder Einlegearbeiten daraus zu machen. Falls ihr Neuen denkt, dass die Arbeit ohne Friedenswächter hier drin ein Kinderspiel ist, irrt ihr euch. Wir müssen bis zum Ende der Schicht eine bestimmte Menge abbauen und werden hinterher kontrolliert. Und übrigens – es gibt hier keine Fluchtwege, nur Sackgassen und instabile Schächte, also kommt gar nicht erst auf dumme Gedanken.« Sie zeigt uns, wie man die Werkzeuge benutzt, dann kehrt sie uns abrupt den Rücken zu und beginnt mit der Arbeit.

Feliks und ich schauen uns an, dann gebe ich ihm eins der Metallwerkzeuge. Er seufzt und drückt mir eine Spitzhacke in die Hand. Schon nach wenigen Minuten habe ich Blasen an den Händen, obwohl sie Arbeit gewohnt sind. Ich hoffe, Sasha musste hier noch nicht arbeiten. Sie ist nicht so stark wie ich.

»Warum ist sie überhaupt bei den Schwarzen Händen?«, überlege ich und merke dann, dass ich die Frage laut gestellt habe. Eigentlich müsste ich und nicht Sasha bei ihnen sein, nach dem, was ich getan habe.

»Was?« Eins der Mädchen lässt die Hacke sinken. Ihr Gesicht ist schweißnass und ihre Hände sind breit und stark.

»Nichts«, erwidere ich. Dann geht mir auf, dass dies meine einzige Gelegenheit sein könnte, diese Frage zu stellen, ohne dass ein Friedenswächter mithört. »Kann mir jemand sagen, warum ein Mädchen, das nur etwas gestohlen hat, bei der Gruppe ist, die sie von den anderen getrennt halten? Bei den Schwarzen Händen?«

Das Mädchen rümpft die Nase. »Vielleicht ist sie wie du - eine Unruhestifterin. Du kannst ja auch nicht die Klappe halten, was? Hast dir schon deinen zweiten Verweis eingehandelt.«

»Lass sie in Ruhe. Es war nicht ihre Schuld«, sagt Feliks.

Mein Blick springt überrascht zu ihm. Ich huste, um die Woge der Dankbarkeit zu verbergen, die in mir aufsteigt.

»Natalia, zurück an die Arbeit«, sagt Katia scharf. »Du machst da drüben weiter.« Sie zeigt auf einen Spalt auf der anderen Seite der Höhle. Das Mädchen wirft mir einen gehässigen Blick zu und tut, wie ihr befohlen wurde.

Ich sehe Feliks und Katia an. Ich sollte mich von ihnen fernhalten. Alle hassen mich. Ich habe noch immer die Tintenzeichen auf der Stirn, und bis die weg sind, wird sich das auch nicht ändern.

Ich erinnere mich daran, dass ich nicht hier bin, um Freundschaften zu schließen.

»Ich kann für mich selbst sorgen«, sage ich zu Katia und hebe mein Werkzeug auf, um an einer anderen Stelle weiterzuarbeiten. Ich weiß, dass sie den Befehl nur gegeben hat, damit wir unser Pensum schaffen, und nicht, um sich für mich einzusetzen, aber niemand soll denken, ich bräuchte ihre Hilfe.

Während ich mich entferne, sammelt Feliks ebenfalls seine Sachen ein und steht mit der Spitzhacke in der Hand auf.

»Was machst du? Du solltest bei Katia bleiben«, flüstere ich.

»Bist du dir zu gut für Hilfe, wenn sie dir angeboten wird?«, fragt er leise. »Du bekommst so schon kaum etwas mit. Tut mir leid, dass du nicht mit deiner Schwester reden kannst, aber wir müssen unser Soll erfüllen. Hast du Nicolai nicht gehört?« Er starrt zu Boden. »Hör zu ... wegen gestern. Du weißt schon, als du ... Ich bin nicht blöd. Ich weiß, was passiert wäre, wenn du mich nicht an der Flucht gehindert hättest. Du hast was bei mir gut.« Er legt den Kopf schief und hebt entschlossen den Blick.

Katia räuspert sich. »Seht zu, dass ihr weiterarbeitet«, sagt sie schroff. »Ich muss die Zelle mit dir teilen, Valor, ob es mir gefällt oder nicht. Und Feliks hat recht, wir müssen unsere Arbeit schaffen.«

Einige Sekunden vergehen, bevor ich antworten kann, und selbst dann zittert meine Stimme. »Katia, es tut mir leid, was ich beim Frühstück gesagt habe.«

Sie erwidert nichts auf meine Entschuldigung, aber als wir weiterarbeiten, bin ich trotzdem froh, es gesagt zu haben. Minutenlang schuften wir schweigend, dann sagt Katia, ohne mich anzusehen: »Deine Schwester hat genauso feine Stiefel wie du. Wie seid ihr zwei bloß hier gelandet?« Sie mustert meine Kleidung. »Es sei denn, ihr habt das alles gestohlen. Aber kein gewöhnlicher Dieb kommt zu den Schwarzen Händen.«

»Ich bin keine Diebin«, entgegne ich vorsichtig. Das war mehr, als Katia bisher zu mir gesagt hat. »Und meine Schwester ist keine Verbrecherin. Nicht wirklich.«

Katia stößt ein trockenes Lachen aus. »Behauptet sie, sie wäre unschuldig? Das hat sie mit so ziemlich allen hier gemeinsam. Glaubst du, hier ginge es um Gerechtigkeit? Sieh dir Nicolai an. Noch keinen Monat hier und schon teilt er Befehle aus.«

Ich nehme einen Meißel und schlage ihn in den Stein,

obwohl die Blasen brennen, die unter meinen Handschuhen vermutlich jedes Fleckchen meiner Haut bedecken. »Würdest du eine Dreizehnjährige, die eine Spieluhr gestohlen hat, für gefährlich halten?«

Ein Anflug von Neugier huscht über ihr Gesicht, aber sie hebt nur die Schultern. Mir fällt wieder ein, wie sie im Speisesaal zusammengezuckt ist, als Feliks nach meiner Schwester gefragt hat. »Hast ... *du* eine Schwester, Katia? Oder einen Bruder? Sasha sollte nicht bei den Schwarzen Händen sein. Ich muss mit ihr reden. Ich muss ...«

»Du musst arbeiten, sonst gar nichts.« Ihre Stimme ist hart. Das Gespräch ist vorbei.

Als mein Magen knurrt und meine Arme schwach und taub werden, schaue ich zu Feliks, um zu sehen, ob es ihm besser ergeht als mir. Er ist eingeschlafen. Ich vergewissere mich schnell, dass Katia nichts bemerkt hat, dann strecke ich die Hand aus und rüttle ihn wach. Ich will nicht, dass er Schwierigkeiten bekommt.

»Ich habe nichts gesehen«, sagt Katia. Sie unterbricht schwer atmend ihre Arbeit, aber sie dreht sich nicht um.

»Wie bitte?«

»Wenn ich ihn sehe, muss ich ihn anzeigen.« Sie wischt sich mit dem Handrücken übers Gesicht. »Also zwing mich nicht dazu, mich umzudrehen.«

Es folgt ein kurzes Schweigen, und ich habe das Gefühl, etwas sagen zu müssen. »Danke.«

»Das tue ich nicht für dich.« Sie hat ihren Mantel ausgezogen, die Kleider, die sie darunter trägt, sind abgenutzt und geflickt, ganz anders als meine fein gewebten Wollsachen. Sie lässt die Schultern sinken und seufzt, als würde sie innerlich etwas mit sich ausfechten. »Die Schwarzen Hände sind in Einzelzellen untergebracht.«

»Was?« Augenblicklich konzentriere ich mich. Natalia sieht zu uns herüber und Feliks wendet sich betont ab. Ich senke trotzdem die Stimme. »Wo?«

»Ich zeige es dir später, wenn wir zurückgehen.«

Ich würde sie am liebsten sofort ausfragen, bis sie alles preisgibt, was sie weiß, aber ich halte mich zurück, um sie nicht umzustimmen.

Während Katia weiterarbeitet, beuge ich mich zu Feliks und ziehe seine Pelze dichter um ihn. Dabei nehme ich eine der kleinsten Hacken und stecke sie mir in den Ärmel. Sie ist aus Metall, und das heißt, dass man sie schmelzen kann. Ich zögere eine Sekunde beim Gedanken an Feliks und Katia und sogar an Natalia. Ich denke an die Verweise, die ich bereits bekommen habe, doch dann schiebe ich die Hacke in das Geheimfach an der Innenseite meines Stiefels. Wenn mein Plan funktionieren soll, brauche ich einen Schlüssel zu meiner Zelle.

Der Mond hängt tief und schwer am Himmel, als wir wieder im Eingang der Mine stehen. Mein Rücken tut weh und meine Hände sind schwach und pochen von der Arbeit. Feliks stolpert zum Werkzeuggestell, um den Beutel mit den Werkzeugen zurückzulegen. Nicolai hält ihn auf, sein Gesicht ist in das orangefarbene Licht eines Kohlenbeckens getaucht. Hinter ihm steht ein Friedenswächter.

»Werkzeugkontrolle.«

Die anderen Häftlinge stellen sich hinter uns auf und plötzlich bin ich wieder hellwach und frischer Schweiß rinnt mir über den Rücken. Nicolai begutachtet den Inhalt des Beutels und runzelt die Stirn.

Dumm. Ich bin so dumm. Ich lebe nicht mehr in einer Welt, in der man mir vertraut. Natürlich zählen sie durch.

»Eine der Hacken ist zerbrochen«, sage ich schnell. »Eine von den kleinen.«

»Wo sind die Teile?« Nicolai schaut erst mich, dann Katia an.

Katia steht sehr gerade. »Ich habe sie nicht. Sie hat es nicht gemeldet.«

»Ich ...« Mein Kopf ist leer. Mir fällt nichts ein.

»Die Hacke ist zerbrochen, als der Karren darübergefahren ist«, sagt Feliks. »Die Teile müssten noch im Schacht sein. Ich kann zurückgehen und sie suchen.« Die Häftlinge hinter uns scharren unruhig mit den Füßen, einer von ihnen murmelt etwas Unverständliches. Sie sind müde und hungrig. Wie wir alle.

Nicolai sieht uns drei fest an. »Das ist nicht nötig.«

Ich beginne wieder zu atmen.

»Aber ich muss euch durchsuchen.« Er zeigt auf Feliks und mich. »Euch zwei zuerst.«

Ich stehe ganz starr und kann nur an das Geheimfach in meinem Stiefel denken.

Feliks tritt vor und Nicolai durchsucht seinen Kragen und seine Kleidung. Er lässt ihn sogar die Stiefel ausziehen. Mein Herz hämmert so laut, dass er es hören muss. »Katia«, sagt Nicolai, und ich zucke zusammen. »Durchsuch diese Insassin.« Katia kommt auf mich zu und tastet mich ab, während ich den Atem anhalte.

»Sie ist sauber«, sagt sie mit kalter, mürrischer Stimme.

»Du kannst gehen«, knurrt Nicolai. Und das tue ich.

Zum Abendessen gibt es Brot, Käse und Milch. Ich schlinge alles hinunter, bevor wir Mädchen von den Jungen getrennt werden und eine Friedenswächterin mit beeindruckenden Adlern und Totenköpfen auf den Armen uns zu den Zellen bringt. Auf beiden Seiten ihrer Schultern schauen riesige schwarze Flügelspitzen unter ihrer Kleidung hervor. Sie muss einen gigantischen Adler auf ihrem breiten Kreuz haben.

Das Einzige, was mich davon abhält, im Stehen einzuschlafen, ist Katias Versprechen, mir die Zellen der Schwarzen Hände zu zeigen. Während wir hintereinander den schmalen Weg entlanggehen, höre ich eine Stimme in meinem Ohr. Es ist Katia. »Schau nach oben.«

Ich reiße mich zusammen, um mich nicht zu ihr umzudrehen und dadurch Aufmerksamkeit zu erregen. Ich lasse den Blick über die Reihen der Zellen gleiten, bis hinauf zu dem offenen Dach unter dem dämmrigen Himmel. Der blasse Mond ist halb von Wolkenfetzen verdeckt.

»Ganz oben, im dritten Stock, ist eine Treppe in die Felsenwand gehauen. Siehst du sie?«

Sie spricht leise und schnell. Ich versuche, etwas langsamer zu gehen und die Schlange hinter mir unauffällig zu bremsen. Gerade so kann ich einige steile Stufen ausmachen, die zu einem schmalen Spalt im Fels führen. »Ich sehe sie.«

»Am Ende der Treppe sind weitere Zellen. Dort sind sie untergebracht. Jetzt weißt du es. Und es gibt nichts, was du tun kannst, also frag mich nichts weiter.«

Ich schüttele den Kopf. Dort oben können unmöglich weitere Zellen sein. Aber Katia ist bereits weg.

»Geht weiter«, ruft die Friedenswächterin. »Du. Bleib stehen.« Sie zieht mich beiseite und wartet, bis die anderen Mädchen die Treppen hinauf- oder hinuntergegangen sind. Als alle in ihren Zellen sind, setzt das Quietschen der sich schließenden Türen ein. Das Hämmern meines Herzens mischt sich in meinen Ohren mit dem Knirschen der Metallgitter auf dem Stein. Als es vorbei ist und die Zellen verschlossen sind, führt die Friedenswächterin mich eine Etage tiefer. In der plötzlichen Stille kann ich das Scharren ihrer Stiefel auf dem Stein hören.

Die Zellen sind dunkel, die Gefangenen bereits in ihren Betten. In regelmäßigen Abständen brennen Fackeln an der Wand. Ich werde auf die mittlere Etage geführt, und mit jeder Sekunde, die verstreicht, verspannen meine Muskeln sich mehr. Die Friedenswächterin beugt sich vor, und ich schnappe nach Luft, als ich den zähnefletschenden, lauernden Schneeleoparden auf ihrem Arm entdecke. Er sieht so aus, als könnte er jede Sekunde von ihrer Haut springen und mich zerreißen.

Sie löst eine klirrende Kette von ihrem Gürtel und führt sie durch einen Eisenring im Steinboden. Als sie sich wieder erhebt, hält sie Handschellen in den Händen, die genauso aussehen wie die, die Feliks und ich auf der Fahrt hierher getragen haben. Ich zwinge mich, die Arme auszustrecken. Es hat keinen Sinn, alles noch schlimmer zu machen – wenn es überhaupt noch schlimmer werden kann. Die Friedenswächterin legt mir die Fesseln um, das kalte Eisen drückt meine Hände nach unten. Ich schaudere, als sie die Kette mit einem lauten Rasseln zu Boden fallen lässt und geht. Ich höre ihre Schritte auf den Steinstufen und dann eine Eisentür, die ins Schloss fällt.

In den Zellen ist es still. Ich sinke zu Boden und die schweren Ketten gleiten klirrend auf einen Haufen. Ein Bett im Gang links von mir quietscht.

»Wenn du morgen früh noch am Leben bist, wirst du dir wünschen, du hättest heute Abend dein Maul gehalten«, zischt jemand. Ich schlucke. Über uns kommen am kalten, klaren Himmel die Sterne zum Vorschein. Dann beginnt das Getuschel, das Flüstern in den Zellen, und mir wird erst jetzt so richtig klar, was ich getan habe. Wir werden heute Nacht kein Dach über dem Kopf haben. Alle werden frieren, die Kälte wird immer grausamer werden. Ich muss hier draußen bleiben, ganz allein und ohne Bett. Und das alles ist meine eigene Schuld.

Alle Schwierigkeiten, die meine Schwester und ich bis jetzt erlebt haben, kommen mir im Rückblick wie Nichtigkeiten vor. Mit neun waren wir einmal in der Palastküche, wo Mutter und die Königin etwas zu besprechen hatten. Königin Ana und die Prinzessin kümmerten sich um die Vorbereitungen für ein Bankett.

Während wir Kinder artig dastanden und auf unsere Mütter warteten, schob Sasha hinterm Rücken die Hände auf einen Tisch, schnappte sich ein Gebäckstück und steckte es in die Tasche. Keine fünf Minuten später bezichtigte der Koch ein kleines Küchenmädchen, das Gebäckstück genommen zu haben, was es mit so schriller Stimme abstritt, dass die Königin durch die Küche eilte, um die Sache selbst in die Hand zu nehmen.

Sasha Augen wurden groß und ihr Atem ging schneller. Sie machte einen Schritt nach vorn und griff in ihre Tasche. Ich stellte mich neben sie. Doch dann trat Anastasia vor und berührte den Arm ihrer Mutter. Sie erklärte vor dem versammelten Küchenpersonal, sie habe es nicht böse gemeint und sich nichts dabei gedacht, sie habe nur die hübschen Törtchen gesehen und selbst eins haben wollen.

Ich sitze da und denke an diesen Tag, während meine Finger langsam taub werden. Jetzt ist niemand da, um Sasha zu helfen, nur ich. Ich blicke nach oben, an der steilen Wand hinauf, zu der Öffnung im Fels, die Katia mir gezeigt hat. Von hier unten gibt es keine Möglichkeit, dort hinaufzukommen. Ich muss die Stufen nach oben steigen, durch die Tür zu den Zellen, dann ins nächste Stockwerk, am Abgrund entlang, an meiner eigenen Zelle vorbei und noch weiter, um zur Treppe zu den Isolationszellen zu kommen. Ich bin so müde, dass mich schon der Gedanke daran überfordert. Aber wenigstens sind keine Friedenswächter zu sehen.

Ich mache mich ganz klein und achte darauf, die Ketten ruhig zu halten. Niemand darf mitbekommen, was ich tue. Die Handschellen stoßen mehrmals klirrend aneinander, als ich vorsichtig die kleine Spitzhacke aus meinen Stiefel hole. Ich wollte sie eigentlich einschmelzen, um die Schlüssel daraus zu gießen, die ich brauche, aber vielleicht kann ich sie vorher schon anders nutzen. Einschmelzen kann ich sie später immer noch.

Es dauert eine Weile, bis ich einen meiner Handschuhe ausgezogen und die spitze Seite der Hacke in das Schloss geschoben habe. Meine Finger sind wund und zittern vor Kälte und von der Arbeit in den Minen.

Immer, wenn ich abrutsche, flucht jemand über mich

und die Geräusche, die ich mache. Ich bin kurz davor, aufzugeben. Doch dann gibt der Schließmechanismus plötzlich nach und eine der Handschellen springt auf. Ich reibe mein Handgelenk und dehne meine Finger. In den Zellen in meiner Nähe regt sich nichts. Wenn die anderen so einen anstrengenden Tag hatten wie ich, sind sie erschöpft und schlafen hoffentlich fest. Die andere Handschelle gibt schnell nach, als ich den Dreh einmal heraus habe. Ich lege die Ketten auf dem Boden ab, lausche einen Augenblick und stehe auf.

»Was zur Hölle machst du?«, knurrt eine leise Stimme aus einer dunklen Zelle. »Wenn du für eine zweite Nacht ohne Dach sorgst, wirst du die dritte nicht mehr erleben.«

Ich blicke zur Steintreppe. »Wenn du irgendjemandem etwas sagst, hast auch du zwei Nächte lang kein Dach über dem Kopf. Oder Schlimmeres.« Ich habe meine eigene Stimme noch nie so gehört und hoffe, sie klingt drohend, nicht verzweifelt. Ich mache noch einen Schritt nach vorn und das Herz klopft mir bis zum Hals. In der Zelle rührt sich nichts mehr.

Ich gehe weiter und lausche an der Eisentür. Auf der anderen Seite ist es still, nur mein Atem rauscht laut in meinen Ohren. Trübes Fackellicht wirft flackernde Schatten auf die Stufen, die Katia mir gezeigt hat. Das könnte die Gelegenheit sein, auf die ich gewartet habe. Ich nehme meine letzten Kräfte zusammen und mache mich auf den Weg.

Der Steinweg nach oben kommt mir viel schmaler vor als heute Morgen, als ich vor dem Friedenswächter die Stufen hinuntergerannt bin. Während ich über den schmalen Vorsprung krieche, starren mich einige Mädchen in den Zellen mit zusammengepressten Lippen an, einige zischen mir schreckliche Dinge zu. Ich bemühe mich, meine Pelze von den Gitterstäben fernzuhalten, und wage kaum zu atmen.

Ich nähere mich der Rückseite des Gewölbes und sehe aus dem Augenwinkel, dass etwas auf mich zufliegt. Ich weiche zurück, aber ich bin nicht schnell genug. Ein Schwall eiskaltes Wasser trifft mich im Gesicht, und ich keuche und stolpere auf den Abgrund zu, der steil und tief bis zum Boden herabfällt.

Ich stehe taumelnd an der Kante, sicher, dass ich fallen werde, doch ein Arm packt mich und zieht mich zurück auf den Vorsprung. Erschrocken schreie ich auf und mache mich los. Mein Herz schlägt heftig, doch dann geht mir auf, dass ich ohne das Mädchen, das aus seiner Zelle nach mir gegriffen hat, jetzt dort unten am Boden liegen würde, mit gebrochenen Knochen, vielleicht sogar tot.

Ich atme zitternd ein. »Danke.«

Sie lässt meinen Arm los und nickt. Vor dem einen Auge trägt sie eine schwarze Klappe. »Jeder verdient eine Chance«, sagt sie mit überraschend tiefer Stimme. »Ihr da drüben, geht von den Stangen weg und lasst sie durch.« Es folgt ein Grummeln in der Zelle nebenan.

Ich zittere, eisige Rinnsale laufen mir den Hals hinunter. »Kommen die Friedenswächter noch mal zurück?«

»Nachts nicht – solange es keinen Anlass gibt. Die Zellen sind ja zu, und selbst wenn nicht, ist immer noch der Zellenbau verschlossen.« Das Mädchen mit der Augenklappe nickt mir aufmunternd zu. »Geh jetzt.« Sie erhebt die Stimme. »Es wird dich niemand mehr stören.«

Ein Mädchen starrt finster aus dem hinteren Teil seiner Zelle, als ich vorbeikomme, und mein Herz hämmert wie verrückt weiter, während ich über die nächste Treppe ins oberste Stockwerk klettere. Jetzt stehe ich vor den Stufen, die Katia mir gezeigt hat, und beginne mich zu fragen, ob es nur ein grausamer Witz war. Ich bin so müde. Meine Gedanken springen umher, und es fällt mir schwer, mich zu konzentrieren. Ich klettere auf die erste Stufe, ohne nach unten zu schauen, weil ich weiß, dass nur Luft zwischen mir und einem Sturz liegt, den ich mit Sicherheit nicht überleben würde.

Während ich weiterklettere, richte ich den Blick nach oben auf die Spalte im Fels, als wäre ein Seil daran befestigt, an dem ich mich festhalten kann. Als ich oben bin, schiebe ich mich in die Öffnung und stoße ein leises Schluchzen aus. Über mir liegt der Himmel und dicke Flocken beginnen langsam abwärtszuschweben.

»Wer ist da?«

Ich zucke beim Klang der Stimme zusammen und wage mich dann um eine Ecke. Vor mir liegen mehrere Zellen, die zum Himmel hin offen sind. Ein Gesicht presst sich gegen das Gitter der vordersten Zelle, in der Dunkelheit kann ich nur das Weiße der Augen sehen. Schmutzige, zerlumpte Handschuhe umklammern die Stäbe. Ich lege einen Finger an die Lippen.

Dunkle Schatten kauern in den nächsten beiden Zellen. Ich drücke mich gegen die Wand und schiebe mich weiter, vor der vierten Zelle bleibe ich stehen. Darin sitzt ein zierliches Mädchen und zittert, obwohl sie von braunen Pelzen bedeckt ist.

»Sasha.« Ich flüstere ihren Namen und mache einen Satz nach vorn, lasse mich auf die Knie fallen, ohne auf die Kälte, den Schnee oder die Stäbe zwischen uns zu achten. Es spielt keine Rolle, was irgendjemand hier oder in der Stadt über mich oder meine Tat denkt. Sie war es wert. Ich schiebe die Arme durch die Stäbe, um meine Schwester zu umarmen, und sie tut es mir gleich. Mein Gesicht wird gegen das kalte, harte Eisen gedrückt, doch das ist mir egal.

»Valor!«, sagt sie. »Was machst du hier?« Ihre Stimme ist ungläubig, aber ihre Arme umschlingen mich so fest, dass es wehtut.

Ich erwidere die Umarmung, so fest ich kann. »Es tut mir so leid, Sasha. Ich hätte nicht so viel über den Festzug reden dürfen. Ich hätte dich davon abhalten müssen«, sprudelt es aus mir heraus. »Aber ich habe einen Plan. Ich habe einen Plan, Sasha, und ich hole dich hier raus.« Ich löse mich endlich aus der Umarmung und sehe sie an. »Wir werden fliehen.«

Sasha hält meine Handgelenke fest und schaut mich verwundert an. Tränen glänzen in ihren Augen. »Wovon sprichst du? Wie bist du überhaupt hierhergekommen? Du musst gehen, bevor dich jemand sieht. Wir können nicht fliehen. Und was meinst du damit, du hättest mich abhalten sollen? Wovon abhalten?«

Ich sehe ihr forschend ins Gesicht. Sie ist etwas dünner als früher, aber ihre Augen sind so hell und scharfsinnig wie immer. Es fühlt sich an, als hätte ich einen Dattelkern im Hals, der sich nicht hinunterschlucken lässt.

»Vom Diebstahl der Spieluhr natürlich. Aber ich werde es wiedergutmachen. Siehst du? Jetzt habe ich dich gefunden, und wir überlegen uns, wie wir hier rauskommen.« Ich umklammere die Gitterstäbe und rüttele ganz leicht daran. »Und wenn du erst mal draußen bist, habe ich einen Plan. Ich habe einen von Vaters geheimen Bauplänen gefunden und auswendig gelernt. Ich werde Schlüssel besorgen. Wir werden fliehen, Sasha. Es wird funktionieren, ganz sicher!«

Sie schüttelt den Kopf. »Geheime Baupläne? Ich wusste nicht ... ich glaube nicht ...«

»Hast du sie nie gesehen?«

»Nein. Aber ich kann es mir vorstellen. Im Palast gibt es auch eine Menge Geheimgänge.« Sie schüttelt wieder den Kopf, und ihr Gesicht wird heller, als sie mich ansieht. »Ich dachte, ich würde dich nie wiedersehen«, flüstert sie. Dann runzelt sie die Stirn und späht nervös den schmalen Gang entlang. »Aber du musst jetzt gehen. Was ist mit Mutter und Vater? Wissen sie, dass du ...? Ich kann nicht glauben, dass du da bist. Ich kann nicht glauben, was du da sagst. Aber, Valor ... ich habe die Spieluhr nicht gestohlen!«

Ich starre sie an. Meine Wangen brennen. Sekundenlang kann ich nicht sprechen.

Anfangs habe ich nicht geglaubt, dass sie schuldig war, natürlich nicht. Niemand von uns hat es geglaubt. Aber uns blieb keine Wahl, nachdem die Beweise vorgeführt worden waren. Erst jetzt merke ich, dass ich es einfach als die Wahrheit akzeptiert habe. Und dann war ich so damit beschäftigt, hierherzukommen, dass ich überhaupt nicht mehr darüber nachgedacht habe.

Vermutlich, weil ich nicht wollte.

Sasha weicht zurück. »Hast du wirklich geglaubt, ich hätte sie gestohlen?« Sie hält inne, schaut erneut den Gang entlang, lehnt sich zurück und schlingt sich die Arme um die Knie.

»Ich ... es tut mir leid. Ich dachte ... wir alle dachten ...«, stammele ich.

Sie hebt den Kopf und in ihren Augen glimmt Verstehen.

Plötzlich fühle ich mich entsetzlich. Wie konnte ich an meiner eigenen Schwester zweifeln?

Sashas Gesicht wird sanfter. »Du musst dich nicht entschuldigen. Genau das solltest du ja denken. Ich habe mich gefragt, warum sie mich hier oben wegsperren, getrennt von allen anderen.« Sie richtet sich auf den Knien auf. »Sie verwahren mich bei den Schwarzen Händen, Valor. Ich darf mit niemandem sprechen.«

Ich schüttle den Kopf, zu müde, um ihren Gedanken zu folgen, und voller Reue, dass ich dem Justizsystem bis zu diesem Augenblick vertraut habe. Ich hätte nur meiner Schwester vertrauen sollen. Jetzt erscheint mir das alles so klar.

»Wenn niemand weiß, dass ich die Spieluhr nicht gestohlen habe, nicht einmal Mutter und Vater ...« Sie wedelt mit der Hand, damit ich ihrem Gedanken folge. Es hat mich immer verrückt gemacht, wenn sie das tat, wenn sie darauf wartete, dass auch bei mir endlich der Groschen fiel. »Dann stellt niemand die Frage ...«

»... wer die Spieluhr tatsächlich gestohlen hat«, beende ich den Satz.

KAPITEL 8

Sie spricht schnell, das Gesicht gegen die Stäbe gepresst. »Ja, wer? Und warum? Wer es auch war, er brauchte jemanden, dem er die Schuld in die Schuhe schieben konnte. Mich.«

»Deshalb konntest du nicht gestehen, wo die Spieluhr ist! Du wusstest es selbst nicht.«

Sasha nickt. Dann senkt sie den Blick und starrt das Gitter an. »Hast du wirklich nie in Erwägung gezogen, dass ich unschuldig sein könnte?« Sie blickt wieder auf und ich kann ihr kaum in die Augen sehen.

Ich zucke hilflos die Schultern. Wie kann ich ihr erklären, dass ich den Gedanken, sie habe die Spieluhr gestohlen, nach und nach akzeptiert habe? Meine Stimme ist leise und kläglich. »Für mich spielte es keine Rolle, ob du es getan hast oder nicht. Ich wäre so oder so gekommen, um dich zu befreien, ganz egal, was man dir vorgeworfen hätte. Aber du bist schon so oft dabei erwischt worden, wie du an die Spieluhr herankommen wolltest. Es gab Zeugen. Und du hattest kein Alibi … Die Beweise waren sehr überzeugend …« Ich verstumme mit schamroten Wangen.

Sie schluckt, und auf ihrem Gesicht erscheint ein Ausdruck, den ich schon einmal gesehen habe. An dem Tag, an dem meine Schwester offiziell als Lehrling unseres Vaters vorgestellt werden sollte, erlitt ein Pony der Prinzessin einen schweren Sturz. Der Pferdeknecht hatte keine andere Wahl, als es zu erschießen. Es war das Pony, das Sasha immer nahm, wenn sie die Prinzessin auf ihren Ausritten begleitete, und beide Mädchen weinten bitterlich.

Sasha wusste, dass Vater ihr erlaubt hätte, ihre Lehrzeit erst einen Tag später zu beginnen. Aber sie wusste auch, dass es so aussehen würde, als könnte die zukünftige Beraterin der Königin ihren persönlichen Kummer nicht zum Wohl des Reichs hintenanstellen. Also trocknete sie ihre Tränen, presste die Lippen zusammen und zog die neue Uniform an, die in ihrem Zimmer bereitlag, während ich auf ihrem Bett saß und wünschte, ich könnte irgendetwas tun, um ihr zu helfen.

Jetzt sehe ich denselben Blick in ihren Augen, während sie zu Boden schaut und laut nachdenkt. »Ja, es war sehr überzeugend. Wer es auch war, der mir die Schuld geben wollte, hat seine Arbeit wirklich gut gemacht.«

Ich schiebe mich dicht an die Stäbe, stopfe meine Fäustlinge in die Ärmel und überlege ebenfalls. Ich beginne zu zittern, während die Kälte und der Gedanke daran, wo wir sind, mich durchdringen.

»Oh, Himmel, ist dir kalt? Natürlich. Hier, nimm.« Sasha schiebt ihre Decke durch die Stäbe, damit ich mich wärmen kann, obwohl ich kaum noch etwas davon mitbekomme. Ich bin noch nie im Leben so müde gewesen, ich glaube nicht, dass ich noch meinen eigenen Namen sagen könnte, wenn jemand mich fragen würde. Es hat aufgehört zu schneien und die Sterne kommen wieder zum Vorschein. Sie sind das Letzte, was ich sehe, bevor ich die Augen schließe, ohne die Hände meiner Schwester loszulassen.

Abrupt wache ich auf, steif vor Kälte. Ich umklammere noch immer Sashas Hände. Der Himmel ist taubenweiß und um uns herum liegt frischer Schnee. Es ist Morgen. Ich weiß nicht, wie ich so lange schlafen konnte. Sasha rührt sich und bewegt die Hände.

»Du hast mich schlafen lassen?«

»Ich hatte keine andere Wahl«, erwidert sie. »Ich konnte dich nicht wecken.« Dann blinzelt sie und ihr üblicher scharfsinniger Gesichtsausdruck kommt zum Vorschein. »Du musst wieder nach unten, bevor sie die Zellen öffnen. Lauf.« Ihr Atem gefriert in der Luft und sie zittert.

Eilig stopfe ich die Decke zurück durch die Stäbe und stehe langsam auf. Ich habe das Gefühl, zum Eisblock erstarrt zu sein. »Alles, was ich gesagt habe, habe ich auch so gemeint, Sasha. Wir kommen hier raus.«

Ich will noch mehr sagen. Ich will ihr sagen, wie leid es mir tut, wie unrecht ich hatte und dass ich mir nicht verzeihen kann, dass ich mich von einem erfundenen Beweis habe überzeugen lassen.

Sie streckt die Arme durch die Stäbe und ich umarme sie fest. »Ich hätte wissen müssen, dass du unschuldig bist«, sage ich. »Es tut mir so leid.«

Ich fühle ihr Nicken an meinem Hals, dann drehe ich mich um und schlängele mich durch den Durchgang im Stein zurück nach unten. Ich müsste mich eigentlich schlechter fühlen, als es der Fall ist, durchgefroren bis auf die Knochen, hungrig und noch immer todmüde. Ich sollte Panik haben, geschnappt zu werden. Aber ich kann nur daran denken, dass ich es geschafft habe. Ich habe Sasha gefunden. Und ich werde alles dafür tun, um sie aus Tyur'ma zu befreien.

Ich zwinge meine kalten, schwerfälligen Füße die Stufen hinunter, Stockwerk um Stockwerk, bis ich vor meiner Zelle stehe.

»Du lebst noch. Wie hast du dich befreit?« Katia steht steif an der Zellentür und wartet darauf, dass sie geöffnet wird. Sie klingt nicht allzu enttäuscht, und ich beschließe, das als gutes Zeichen zu werten.

»Du hattest recht mit meiner Schwester«, flüstere ich. Doch bevor ich noch mehr sagen kann, beginnen die Zellentüren zurückzurollen. Ich renne ins Untergeschoss, wo ich noch immer angekettet sein sollte. Mein Herz schlägt plötzlich so schnell, dass es schmerzt. Ich reiße die Kette hoch, kauere mich daneben und versuche, ruhig zu atmen. Meine steifen Finger wollen sich einfach nicht schnell genug bewegen.

Sekunden nachdem ich die Handschellen wieder befestigt habe, ist die Friedenswächterin bei mir, und ich warte darauf, dass sie etwas merkt, dass sie sieht, wie schnell mein eisiger Atem geht. Dann, als sie mich losmacht, warte ich darauf, dass die anderen Gefangenen mich verraten.

Aber sie stehen still da, zittern in ihren Zellen, die Aussicht auf eine weitere Nacht ohne Dach hält sie ruhig. Die Friedenswächterin würdigt mich kaum eines Blickes. Und als diesmal das Rollen der Türen endet, weiß ich, was passieren wird. Ich mache mich bereit, meinen Platz in der Menge einzunehmen, und renne los, sobald die anderen losrennen.

Heute bekomme ich eine ganze Schale von dem Haferbrei, den sie hier Frühstück nennen. Ich tue mein Bestes, um die hasserfüllten Blicke der halb erfrorenen Mädchen zu ignorieren, und setze mich auf meinen Platz bei Feliks und Katia. Wir erfahren, dass wir heute in der Wäscherei arbeiten.

Als wir uns in Gruppen aufstellen, sehe ich, dass Natalia, Nicolai und die anderen, die gestern dabei waren, wieder in unserer Einheit sind. Das Waschhaus ist ein langes Gebäude, das hinter einem weiteren Zellenbau liegt. Feliks beugt sich vor und flüstert mir zu, dass er dort untergebracht ist. Um die Wäscherei herum stehen noch einige kleinere Gebäude. Aus einem rieche ich Hitze und höre das Klirren von Metall – es muss eine Schmiede sein. Einmal war ich mit Mutter in einer Schmiede, wo sie mir zeigte, wie die Waffen hergestellt wurden, die wir zum Jagen nutzten. Sie wollte, dass ich jede Einzelheit der Arbeit, die ich bald aufnehmen sollte, kannte, bis hin zu der Fähigkeit, ein Jagdmesser, ein Schwert oder eine Pfeilspitze herzustellen.

In Gedanken sehe ich ihr Gesicht vor mir, glühend im Feuerlicht der Schmiede, wie sie mir erklärt, wie Feuer und Werkzeug die Waffe formen. Ich spüre Funken auf der Haut und rieche das Eisen und das weiche Leder von Mutters Kleidern. Mutters Haare waren zu einem einzigen dicken Zopf geflochten. Sie hatte nie die Geduld, still zu sitzen und sich die übliche Anzahl an Zöpfen zu flechten und um den Kopf zu schlingen wie die anderen Jägerinnen.

Der kalte Wind bläst die Wärme dieser Erinnerung fort. Ich ziehe meinen Mantel enger um mich. Feliks schaudert, als wir an der Schmiede vorbeigehen. Mit der Hand reibt er über seinen Arm und plötzlich hat er einen komischen Gesichtsausdruck. Ich erinnere mich daran, dass er im Kerker des Palasts gesagt hat, er sei selbst ein Lehrling.

»Warst du schon mal in einer Schmiede?«, frage ich.

Er blickt mich an und nickt. »Als meine Eltern gestorben sind, habe ich eine Weile in einer gearbeitet. Hat aber nicht so richtig zu mir gepasst.« Er geht weiter, dann werden wir aufgefordert, stehen zu bleiben, und ich kann ihn nichts mehr fragen.

Die Wäscherei befindet sich vor einem runden Turm, der in der Ecke zwischen Felswand und Mauer steht und ebenso hoch wie die Mauer selbst ist. An der Spitze des Turms ist ein winziges Fenster und eine Bewegung dahinter erregt meine Aufmerksamkeit. Jemand beobachtet uns.

Ich taumele vorwärts, als Natalia mich im Vorbeigehen anrempelt. Einer der Jungen ist ausgerutscht und gestürzt. Natalia zieht ihn wieder auf die Füße und klopft ihm unsanft den Schnee von den Pelzen.

Als ich wieder zum Turm blicke, ist niemand mehr zu sehen.

»Komm jetzt, Valor«, drängt Feliks.

Kaum haben wir die Schwelle der Wäscherei überschritten, weiß ich, dass unsere Gruppe heute keine bessere Aufgabe hätte bekommen können. Der Friedenswächter schließt die Tür und postiert sich daneben und ich lasse mich von der Wärme durchfluten und entspanne jeden Muskel. Dampf steigt von den schweren Holzzubern an den Wänden auf. Jeder Zuber ist mit Ketten am Boden befestigt. In der Mitte des Raums befindet sich eine ausgetretene Holztreppe, die ins Obergeschoss führt. Es riecht nach Seife und Hitze.

»Hier entlang«, kommandiert Katia. Sie führt uns in einen Seitenraum und ich rümpfe die Nase. In dem Raum liegt ein riesiger Berg aus Unterwäsche, Hosen und Hemden. Alles, was die Gefangenen unter ihren Pelzen tragen. Und es sieht so aus, als hätte jeder Insasse von Tyur'ma heute die Wäsche gewechselt.

»Greif zu. Das passiert nur alle zwei Wochen. Du musst dich allerdings noch gedulden, bis du selbst frische Wäsche bekommst – die eine Hälfte der Kleidung wird in der einen Woche gewaschen, die andere Hälfte in der Woche darauf.« Katia klingt richtiggehend fröhlich, ich dagegen würde lieber einen Hirsch häuten, als diese Dreckwäsche anzurühren. Wir ziehen unsere Mäntel aus, nehmen je einen Armvoll Wäsche und lassen sie in die Zuber mit der Seifenlauge fallen. Meine Hände prickeln, als ich sie ins heiße Wasser tauche, und schon bald schwitzen Feliks, Katia und ich von der Anstrengung, die triefnassen Kleider auszuwringen.

Nicolai arbeitet ein Stück von uns entfernt. Er hat den Kopf tief über seinen Zuber gebeugt. Natalia und ein weiterer Junge sind gegenüber und drehen weiße Bettlaken ein, um sie auszuwringen. Der Junge ist noch klein und Natalia macht fast die ganze Arbeit allein. Sie muss aufpassen, dass das Laken nicht den Boden streift. Ich sehe, wie sie lächelnd den Kopf schüttelt, während ihr Partner sich abmüht.

»Woher kommen die Laken?«, frage ich.

»Wen interessiert das?«, gibt Feliks zurück.

Ich sehe Katia fragend an. Ihr Gesicht ist verschlossen. Sie scheuert ein wollenes Hemd. Wasser schwappt auf den Boden und rinnt unter den Zuber. Anscheinend befindet sich darunter ein Abfluss.

»Katia, woher sind die?«

»Aus der Krankenstation. Warum?«

»Ich bin gleich zurück«, sage ich und renne die Treppe hoch in den zweiten Stock. Wie ich vermutet habe, sind durch den ganzen Raum Leinen gespannt, auf denen die Wäsche in der Hitze trocknet, die von den Waschkesseln von unten aufsteigt. Ich nehme ein trockenes weißes Laken von der Leine, falte es längs zusammen und wickele es mir unter dem Bund meiner Hose um die Taille. Dann ziehe ich die restlichen Laken zusammen, sodass keine Lücke zu sehen ist, und laufe wieder hinunter.

»Was treibst du jetzt schon wieder?«, fragt Katia stirnrunzelnd.

»Ich habe nur geschaut, wie viel Platz oben noch ist«, sage ich und arbeite weiter, bis sich der Dampf mit den Schweißperlen auf meiner Stirn mischt. Dabei beobachte ich die anderen auf ihren Posten und warte auf einen Moment, in dem alle abgelenkt sind. Ich sehe zum Friedenswächter hinüber. Er steht still wie eine Statue neben der Tür und beachtet mich nicht. Ich lasse ein Stück Seife in meine Tasche gleiten. Ich brauche sie, um Abdrücke der Schlüssel zu machen, die ich stehlen werde. Als ich mich umdrehe, sehe ich Katia. Ihre Ärmel sind aufgerollt und ihre Arme nass bis zu den Ellbogen. Aber ihre Augen sind auf mich gerichtet und ihr Mund hat sich zu einer schmalen Linie verengt. Sie hat mich gesehen.

»Was machst du da?« Ihre Stimme ist ein leises, zorniges Flüstern. Feliks schaut nervös zwischen Katia und mir hin und her.

»Wenn du beim Stehlen erwischt wirst, werden wir alle bestraft. *Schon wieder.*«

Ich schüttele den Kopf und suche nach einer Antwort.

Sie spricht noch leiser. »Leg sie zurück. Leg sie sofort zurück, bevor jemand sie sieht.«

»Was ist los?«, fragt Feliks.

Katia beugt sich mit zusammengepressten Lippen wieder über ihren Zuber und scheuert energisch drauflos.

»Psst«, mache ich. Sie dürfen mir meine wachsende Angst nicht anhören.

»Warum soll er still sein?«, fragt Katia. »Warum soll *ich* still sein? Ich hatte Mitleid mit dir, ich habe versucht, dir zu helfen, aber warum sollten wir dich nicht anzeigen? Wenn jemand anders dich gesehen hätte, würde er es ohne zu zögern tun. Und die Belohnung kassieren.«

»Welche Belohnung?«, fragt Feliks.

Ich seife die Kleider vor mir ein und sehe kaum, was ich tue. Ich muss etwas sagen. Sie muss es für sich behalten. Ich brauche diese Seife. Vielleicht werde ich keine Gelegenheit mehr haben, an welche zu kommen. Ich werde sie nicht zurücklegen.

Ich lasse den Blick durch den Raum schweifen. Niemand belauscht uns. Ich sehe Katia fest in die Augen und spreche sehr leise. »Hör zu«, sage ich und gehe um den Zuber herum, um näher bei ihr zu sein. »Ich habe einen Plan.« Trotz der Hitze bekomme ich Gänsehaut. Wenn Katia mir nicht zuhört oder, schlimmer noch, mich verrät, kann ich Sasha nie hier herausholen. Ich kann nicht noch mehr Schuld tragen, als ich ohnehin schon auf mich geladen habe.

»Was für einen Plan?«, fragt Feliks.

Ich atme scharf ein. »Einen Plan, der uns auf die andere Seite der Mauer bringt, weit fort von hier, ohne dass jemand merkt, dass wir weg sind.«

Sie halten beide in ihrer Arbeit inne und starren mich an.

Katia schüttelt den Kopf. »Schlag dir den Gedanken aus dem Kopf. Es hat keinen Sinn, sich zu quälen. Füge dich einfach in dein Schicksal.«

»Ich nehme mein Schicksal selbst in die Hand. Ihr werdet schon sehen. Und jetzt arbeitet weiter«, flüstere ich.

Feliks grinst mich an. Ich hatte nicht geplant, irgendjemanden auf unserer Flucht mitzunehmen, aber ich kann ihn auch nicht hier zurücklassen. Ich muss daran denken, wie ich ihn festgehalten habe, als er vor Friedenswächter Rurik weglaufen wollte. Ich frage mich immer noch, ob er davongekommen wäre, wenn ich ihn hätte laufen lassen. Mit Katia dagegen ist es etwas anders. »Katia, mein Vater hatte alte Baupläne der Stadt. Hör einfach zu, was ich ...«

»Nein, *du* hörst mir zu«, unterbricht sie mich. »Ich habe genügend Fluchtversuche gesehen. Ich habe Mädchen gesehen, die erschossen wurden, bevor sie es überhaupt bis zur Mauer geschafft haben. Ich habe sogar ein Mädchen gesehen, das es bis zur Mauer geschafft hat. Es war ihr irgendwie gelungen, Stacheln unter ihren Stiefeln zu befestigen, und sie war schon auf halber Höhe, als sie abgeschossen wurde. Aufseherin Kirov hat sie nicht getötet – sie hat sie einen ganzen Tag am Boden liegen lassen, bevor sie auf die Krankenstation gebracht wurde. Mila hat dabei eine Hand verloren, sie hinkt und hat nur noch ein Auge, Valor. Ein Auge.« Katia schüttelt den Kopf. »Sie haben sie zurück zu uns anderen gesteckt als Warnung für alle. Du hast gesehen, wie Strafe hier funktioniert. Wenn einer etwas falsch macht, werden alle bestraft. Wenn sie dich erwischen, wie du Gefangene hier rauszuholen versuchst, weiß ich nicht, was sie tun werden.«

Ihre Worte lassen meinen Mund trocken werden und mein Vorsatz beginnt zu schmelzen wie Schnee auf warmer Haut.

»Denk … denk wenigstens drüber nach«, flüstere ich. »Was ich vorhabe, hat noch nie jemand versucht. Wir gehen *unter* der Mauer durch. Unter dem Gefängnis. Es gibt unterirdische Tunnel, die vom Gefängnis bis zur Stadt führen. Einer führt sogar bis zum Palast. Es ist ein alter Fluchtweg der Königsfamilie für den Fall eines Angriffs. Mein Vater hatte geheime Karten …«

Hinter uns klopft es an die Tür. Unser Wachmann öffnet und Friedenswächter Rurik kommt herein.

»Valor, mitkommen!«, sagt er.

Ich springe auf und stelle mir mit einem Mal die entsetzlichsten Dinge vor. Aufseherin Kirov muss irgendwie meine Worte gehört haben. Oder sie weiß, dass ich letzte Nacht bei Sasha war. Oder sie hat gesehen, wie ich das Laken oder die Hacke gestohlen habe. Man wird mich durchsuchen und bestrafen.

Ich nehme meine Pelze und schlinge sie um mich, bevor ich mich zu Rurik drehe, der in der Tür wartet. Ich weiß mittlerweile, dass ich gar nicht erst fragen muss, wohin ich gebracht werde. Er führt mich zum Turm. Ich schaue wieder nach oben und schnappe nach Luft. Hinter der Fensterscheibe ist nichts zu sehen, dafür steht jemand außen auf den Zinnen der inneren Gefängnismauer. Sie muss breit genug für einen Wehrgang sein.

Die Gestalt sieht mich und eilt in den Turm, als Friedenswächter Rurik und ich die Bogentür am Fuß des Turms erreichen. Ich erstarre. Die blaue Tunika, den grauen Pelz und das Gesicht würde ich überall erkennen. Sie gehören dem Menschen, den ich, wie alle glauben, zu töten versucht habe. Nicht Aufseherin Kirov wünscht mich zu sehen, sondern seine königliche Hoheit, Prinz Anatol von Demidova.

Ich habe nicht erwartet, ihn je wieder zu sehen. Aber es ist auch das erste Fünkchen Glück, das ich habe. Der Zugang zum Tunnel, den ich benutzen will, befindet sich genau unter diesem Turm.

Friedenswächter Rurik öffnet die schwere Holztür und ich mustere im Vorbeigehen unauffällig das solide Eisenschloss. Rurik schließt die Tür hinter uns ab.

Unter meinen Füßen liegt ein dicker, runder blauer Teppich, der genau in den Raum passt. Der Turm könnte auch zum Palast gehören. Weißer Marmor, goldene Ornamente, schwere blaue Samtvorhänge an den Wänden. Vor mir erhebt sich eine Wendeltreppe, die zu den oberen Räumen führt. Ich atme tief ein, um das Hämmern meines Herzens zu beruhigen, als ich sehe, dass auch nach unten eine Treppe führt. Unter diesem Raum muss sich ein weiterer befinden, und irgendwo da unten liegt der Eingang zu dem Tunnel, von dem ich als einzige Gefangene in der dreihundertjährigen Geschichte Tyur'mas etwas weiß.

»Nach oben«, kommandiert Friedenswächter Rurik, seine tiefe Stimme schallt durch den Raum. Er folgt mir die polierte Holztreppe hinauf, deren Windung im ersten Stock vor einer Gruppe aufwendig geschnitzter Stühle um einen glänzenden Kastanienholztisch endet. Der zweite Stock ist voller Bücherregale, im dritten dagegen befindet sich nur ein einzelnes Notenpult mit einer Violine. Endlich erreichen wir die höchste Etage und gelangen in einen Raum mit spitz zulaufendem Dach und einem dunklen Holztisch, hinter dem, ernst dreinblickend, Prinz Anatol sitzt.

Friedenswächter Rurik bezieht Stellung auf der anderen Seite des Raums. Prinz Anatol sieht ihn scharf an. »Du kannst unten warten.«

Ich bin erst überrascht, dann verstört. Will er mit mir allein sprechen?

Rurik zögert. Ich kann es ihm nicht verdenken. Aus seiner Sicht lässt er den Bruder der Thronfolgerin mit einer kaltblütigen Mörderin allein.

Prinz Anatol wirft ihm einen hochmütigen, ungeduldigen Blick zu und schließlich dreht der Friedenswächter sich langsam um und geht die Treppe hinunter.

Prinz Anatol lässt mich in der Mitte des Raums stehen und wartet, bis wir allein sind, bevor er anfängt zu reden.

»Du hast versucht, mich zu töten.« Er sagt es halb wie eine Feststellung, halb wie eine Frage.

»Es sieht danach aus«, erwidere ich.

Er steht auf, geht um den Tisch herum und lehnt sich mit verschränkten Armen und gesenktem Kopf daran. »Entweder hast du es getan oder du hast es nicht getan.«

»Ich habe es getan.« Ich kämpfe gegen die Scham an und starre plötzlich auf den Teppich. Vielleicht ist das alles, was er hören wollte.

»Ich würde gerne wissen, warum.«

Da blicke ich zu ihm auf. Seine dunklen Haare locken sich über der Stirn, den sichtlichen Bemühungen zum Trotz, sie zu bändigen. So war es schon immer. Einmal habe ich während einer der langen, ermüdenden Zeremonien, an denen Sasha und ich gelegentlich mit unseren Eltern teilnehmen mussten, beobachtet, wie er die Hälfte der Zeit damit verbrachte, sich die Haare aus der Stirn zu streichen. Aber er ist nicht mehr der kleine Junge von damals. Und die Verbindung zwischen unseren Familien ist gekappt.

Ich verschränke die Hände hinterm Rücken und stelle mich genauso hin, wie Katia morgens an der Zellentür wartet. »Hoheit, ich denke, Ihr wisst, warum.«

»Ich würde es gerne aus deinem Mund hören.« Er beobachtet mich genau.

Ich straffe die Schultern. Ich beginne zu schwitzen. »Rache«, sage ich. »Rache an Eurer Familie, weil sie meine Schwester lebenslänglich ins Gefängnis gesteckt hat.« Die Wut, die in mir aufsteigt, als ich das sage, ist echt. Sie ist sogar noch heißer und heftiger als zuvor, weil ich jetzt weiß, dass sie unschuldig ist. Ich mache mir Vorwürfe, ihr nicht von Anfang an geglaubt zu haben.

»Ja«, erwidert er knapp. »Deine Schwester, die Diebin.«

Ich sage nichts. Soll er ruhig glauben, dass sie eine Diebin ist. Die Zeit, ihre Unschuld zu beteuern, ist vorbei. Ich spüre den Druck des Lakens, das ich mir um die Taille gewickelt habe. Wenn er mich jetzt durchsuchen lässt, wird er bei mir ein gestohlenes Laken, ein Stück Seife und in meinem Stiefel eine Spitzhacke finden, mit der man jemanden töten könnte.

»Weißt du, warum sie es getan hat?«, fragt er, richtet sich auf und kommt näher zu mir. »Ich nehme an, du hast den Prozess gesehen. Du weißt, dass sie niemandem sagen wollte, wo die Spieluhr ist. Hat sie es dir gesagt?«

Ich halte den Blick auf die polierte Tischplatte gerichtet.

Prinz Anatol steht vor mir. Die goldene Faust, die seinen Umhang verschließt, glänzt an seinem Hals. »Dein Prinz spricht mit dir«, sagt er. »Weißt du irgendetwas über die Spieluhr? Antworte.«

Ich sehe ihm in die Augen und hoffe, dass er mein Zittern nicht bemerkt. »Ich habe meine Schwester nicht gesehen. Ich weiß nicht, warum sie die Spieluhr gestohlen oder wohin sie sie gebracht hat, Hoheit. Ich weiß nichts.« Vielleicht reicht es, dass ich wirklich keine Ahnung habe, wo die Spieluhr ist. Ich bete darum.

Prinz Anatol wendet den Kopf ab und starrt zur Decke. »Deine Eltern haben bereits drei Begnadigungsanträge bei meiner Mutter gestellt«, sagt er. »Liegt dir denn gar nichts an ihnen?«

»Das wisst Ihr doch selbst«, fauche ich viel zu laut.

»Dann sag mir, was ich wissen will.«

»Ich ... ich kann nicht. Ich weiß nichts«, wiederhole ich. Trauer steigt in mir auf und schnürt mir die Kehle zu. »Geht es ihnen gut? Geht es meinen Eltern gut?«

Der Prinz presst die Lippen zusammen. »Es geht ihnen nicht besser als meinen Eltern. Ihr habt uns betrogen. Was glaubst du, wie sie sich fühlen?«

Ich schüttele den Kopf. Ich kann nicht sprechen.

»Es wäre besser für deine Schwester und dich gewesen, wenn ihr gestanden hättet. Ich bin fest entschlossen, die Wahrheit ans Licht zu bringen.«

Was auch immer er damit meint, es macht mir Angst. Ich kenne ihn gut genug, um zu wissen, dass er keine Ruhe geben wird, wie ein Jagdhund, der Beute gewittert hat.

»Keine Antwort?«, fragt er, die Lippen noch immer zusammengepresst.

Ich sage nichts.

»Dann geh«, sagt er. »Aber wir sehen uns wieder, Valor.«

Ich mache einen kleinen Schritt rückwärts, dann noch einen, und schließlich renne ich die Treppe hinunter, so schnell ich kann. Die Geige, die Bücher, die Stühle fliegen an mir vorbei, und als ich unten ankomme, wo Friedenswächter Rurik wartet, bin ich außer Atem. Ich sehe ihn kaum. Ich kann nur an den Prinzen denken. Er ist viel zu interessiert an der Spieluhr. Oder will er erfahren, wer sonst noch weiß, dass meine Schwester unschuldig ist?

KAPITEL 9

Vor mir auf dem langen Holztisch in der Eishalle steht das Abendessen. Es ist eine Art Eintopf aus Kartoffeln und Kohl. Ich bin hungrig, habe ihn aber noch nicht angerührt. Katia löffelt bereits mit schnellen Bewegungen. Die bläulichen Eisblöcke um uns herum lassen sie aussehen, als wäre sie unter Wasser. Sie schaut mich nicht an, aber Feliks, der ihr gegenübersitzt, will alles über meinen Ausflug zum Turm und die Befragung durch Prinz Anatol wissen.

Gestern hat Friedenswächter Rurik uns nach meiner Rückkehr ins Waschhaus nicht mehr aus den Augen gelassen, und seitdem hatte ich keine Gelegenheit, mit Feliks zu sprechen. Heute mussten wir zusammen mit einer anderen Gruppe Instandhaltungsarbeiten an der Eishalle vornehmen, und es war unmöglich, überhaupt etwas zu sagen.

Katia schmollt noch immer, weil sie gesehen hat, wie

ich die gestohlenen Gegenstände in unserer Zelle versteckt habe. Ich habe das Laken flach unter meine Matratze gelegt, die Seife durch ein Loch in der Naht gesteckt und die Hacke – nun ja, ich hatte keine andere Wahl, als sie mithilfe einiger Stoffstreifen unter Katias Bett zu befestigen. Ich hätte sie unter mein Bett gebunden, aber dann wäre sie sichtbar gewesen, und ich kann nicht alle Hilfsmittel, die ich brauche, um Sasha hier rauszuholen, mit mir herumtragen. Ich habe lange Zeit wach gelegen und hätte Katia gern gefragt, was sie jetzt machen wird, da sie meinen Plan kennt, doch gleichzeitig hatte ich Angst, sie durch meine Frage erst recht dazu zu bringen, mich bei Aufseherin Kirov anzuzeigen.

»Was passiert als Nächstes?«, flüstert Feliks. Wir haben die Methode perfektioniert, unsere Gesichter im Schatten des Fackelscheins zu halten und beim Sprechen kaum den Mund zu bewegen. Wir sehen vermutlich lächerlich aus, aber es funktioniert. Ich beuge mich über meine Schale und hebe meinen Löffel. »Ich muss ein paar Schlüssel ausleihen«, sage ich. »Die Seife für die Abdrücke und das Metall zum Einschmelzen für die Nachschlüssel habe ich schon.«

Seine Augen werden vor Aufregung ganz groß. Es gefällt mir, wie er an meinen Lippen hängt.

»Wie willst du an die Schlüssel kommen?«

Ich zögere. Ich werde sie stehlen müssen, aber ich habe absolut keine Erfahrung als Taschendieb.

»Ich dachte, du hättest schon alles geplant«, bricht Katia ihr Schweigen. Sie klingt hämisch, als freue es sie zu hören, dass ich selbst nicht weiß, was ich tue.

»Hab ich ja auch«, entgegne ich trotzig. »Wenn ich erst die Schlüssel habe, werde ich mich nachts aus der Zelle schleichen, zum Turm gehen und den Tunnel suchen. Und dann ... ist es nur noch eine Frage des richtigen Zeitpunkts.«

»Ein Kinderspiel«, spottet sie. »Du musst nur einem Friedenswächter den Schlüsselbund stehlen und deine Schwester aus den Zellen der Schwarzen Hände befreien, weiter nichts.«

Ich atme tief ein und aus, ein und aus, während ich nach einer Antwort suche. Aber leider weiß ich wirklich nicht, wie ich all das bewerkstelligen soll, und Sorge keimt in mir auf, dass ich meinen Plan nicht umsetzen kann.

»Was ist das für ein Lärm?«, fragt Feliks.

Wir hören auf zu essen und sehen, dass alle Köpfe im Saal zur Tür gerichtet sind. Draußen sind schnelle Schritte im Schnee zu hören, Rufe der Friedenswächter und im Hintergrund das schwache Heulen von Wölfen.

Die Tür springt auf und der Friedenswächter mit der Schachbretttätowierung erscheint auf der Schwelle. Er hebt eine Fackel in die Luft und schreit: »Alle Friedenswächter auf die Mauer! Alle Gefangenen sofort in die Zellen!«

Zwei Friedenswächter sind bei uns in der Halle. Einer

kommt vom anderen Ende herbeigerannt. Aus Angst, aufzustehen und einen Verweis zu bekommen, bleiben wir wie festgenagelt sitzen und beobachten ihn. Er läuft zu dem Friedenswächter an der Tür und beide rennen fort. Die Fackel hüpft auf und ab und wirft unruhiges Licht über das Gefängnisgelände. Sie laufen zur Mauer.

»Aufstellen. Alle zurück in die Zellen!«, brüllt der verbleibende Friedenswächter über das ängstliche Getuschel hinweg. Wir stehen auf, stellen uns hastig in eine Reihe und folgen ihm in die kalte Nacht. Fackeln brennen am oberen Rand der Innenmauer und bilden einen leuchtenden Ring um das dunkle Gelände.

Köpfe drehen sich zur Mauer, während wir zu den Zellen laufen, Geflüster geht durch die Reihe. Trotz der Kälte gehen alle langsamer als sonst. Oben auf dem Wehrgang sind die Schatten der Friedenswächter zu sehen. Über den Zinnen erkenne ich die Umrisse einer Armbrust. Von draußen ist Wolfsgeheul zu hören. Ich kenne den Klang. Sie sind erregt. Sie jagen. Mir stehen die feinen Nackenhaare zu Berge und ein Schaudern überkommt mich.

Ich zupfe am Mantel der Person vor mir. »Was ist da los?«

Es ist Natalia. Aber sie ist selbst zu aufgeregt, um mich zu ignorieren. »Ich habe gehört, dass ein Gefangenentransport auf dem Weg hierher ist und von Wölfen angegriffen wird. Sie sagen, dass Prinz Anatol dabei ist.«

Mein Herz schlägt schneller. Das ist also der Grund,

warum die Friedenswächter auf die Mauer müssen – sie versuchen, den Wagen zu schützen.

»Ich muss mit Aufseherin Kirov sprechen«, sage ich.

Natalia macht große Augen. »Das geht nicht.«

Aber ich habe mich bereits umgedreht und meinen Platz in der Schlange verlassen, um zu dem Friedenswächter zu laufen, der uns in die Zellen treibt. Nicolai runzelt die Stirn, als ich an ihm vorbeieile.

Ich bin außer Atem, als ich den Friedenswächter erreiche, der bereits nach dem Beutel an seinem Gürtel greift, um mir einen Verweis zu erteilen.

»Wartet. Bitte! Ich muss mit Aufseherin Kirov sprechen. Ich möchte meine Hilfe anbieten.«

»Alle Gefangenen müssen in die Zellen«, entgegnet er.

»Ich bin dafür ausgebildet«, erwidere ich mit klopfendem Herzen. »Wenn es stimmt, dass da draußen ein Wagen in Gefahr ist, was glaubt Ihr, was Aufseherin Kirov sagen wird, wenn sie erfährt, dass ich ihn hätte retten können und Ihr mich daran gehindert habt?«

Dann sehe ich Aufseherin Kirov selbst, die mit großen Schritten über das Gelände auf den Turm zueilt.

»Aufseherin Kirov, ich kann helfen!«, rufe ich.

Sie hastet weiter, doch das ist meine Chance, Sasha aus der Isolationshaft zu befreien, ich weiß es. Ich renne der Aufseherin entgegen.

Hinter mir ertönt der Schrei eines Friedenswächters. Ich laufe schneller und meine Stiefel wirbeln Schnee auf.

Ein vertrautes Pfeifen zischt an meinem Ohr vorbei und ein Pfeil rammt sich zu meiner Linken in den Boden. Ich ducke mich und rutsche über das Eis. Einer der Friedenswächter oben auf der Mauer spannt den nächsten Pfeil und zielt auf mich. »Halt!«

Ich komme schlitternd zum Stehen, mein Atem geht so schnell wie der eines gejagten Fuchses. Stiefel knirschen im Schnee und jemand hält meine Arme fest. Es sind Nicolai und eine andere Gefangene. »Der Friedenswächter sagt, dass du dafür bezahlen wirst«, sagt Nicolai grimmig. Er wirft mir einen Blick zu, als wollte er mir etwas zu verstehen geben. Aber ich weiß nicht, was.

Die Aufseherin ist stehen geblieben. »Bringt sie her«, ruft sie.

Nicolai und das Mädchen führen mich zu ihr. Wir erreichen sie am Fuß des Turms. »Ich hätte wissen müssen, dass du es bist«, sagt sie und nickt meinen Wächtern zu. »Bringt sie in ihre Zelle. Ihr bekommt Sonderrationen und sie die gebührende Strafe für ihre Rücksichtslosigkeit zu einem Zeitpunkt, zu dem wir jede Kraft auf der Mauer brauchen.«

Ich balle die Fäuste. Ich weiß, es ist mehr als riskant, noch etwas zu sagen, aber ich darf jetzt nicht aufgeben.

»Bitte lasst mich helfen. Ihr braucht mich. Ich bin die beste Schützin hier. Wenn Ihr mir einen Bogen gebt, verspreche ich Euch, dass Prinz Anatol ohne einen Kratzer durch dieses Tor kommen wird.«

Sie lacht bellend. »Nach der Tat, die dich hierhergebracht hat, ist das schwer zu glauben. Was kann ein Versprechen von dir schon bedeuten?«

Ich spreche ganz ruhig. »Im Gefängnis bin ich ohnehin schon. Was hätte ich davon, dem Prinzen zu schaden? Meine Schwester ist bei den Schwarzen Händen. Ich kann den Prinz retten, wenn Ihr versprecht, sie zu den übrigen Gefangenen zu lassen, sodass ich sie ab und zu sehen kann. Es geht mir um die Sicherheit meiner Schwester. Ich habe viele Gründe, mein Versprechen zu halten, und keinen einzigen, Euch zu enttäuschen.«

Die Aufseherin schüttelt einmal ruckartig den Kopf. »Bringt sie weg!«

»Aufseherin!« Der Ruf kommt von dem Friedenswächter, der auf mich geschossen hat. »Die Wölfe haben den Wagen umzingelt.«

Nicolai und das Mädchen ziehen mich mit sich und die Aufseherin eilt in den Turm.

»Valor, sei still«, sagt Nicolai leise.

Ich höre ihn kaum. »Ihr habt nichts zu verlieren! Gebt mir eine Chance!«, rufe ich.

Sie bleibt stehen. Ich zeige auf den Pfeil des Friedenswächters hinter mir im Schnee. »Ihr seht selbst, wie schwach Eure Schützen sind. Mir wäre das nicht passiert.«

Ich warte und halte die Luft an.

Sie zögert einen Augenblick zu lang und meine Hoffnung schmilzt dahin wie Schnee im Sommer.

Doch endlich sagt sie: »Komm.«

Ich befreie meine Arme und renne los. Aufseherin Kirov hinterlässt in der Eile Schnee auf der Wendeltreppe im Turm, ich ebenso, als ich ihr nachlaufe, bis in den Raum, in dem Prinz Anatol mich befragt hat. Eine der dunklen Holztäfelungen, aus denen die Wand besteht, ist geöffnet – eine Geheimtür zum Wehrgang. Wir treten hinaus auf die hell erleuchtete Mauer, wo der Wind durch die Schießscharten zwischen den Zinnen pfeift.

Sechs Friedenswächter sind auf der Mauer verteilt, alle mit Pfeil und Bogen bewaffnet. Aufseherin Kirov wendet sich auf die Seite, die zur Steppe zeigt. Ihre Hände umklammern den rauen Stein, ihr Gesicht ist verschlossen.

»Halte die Wölfe auf und sorge dafür, dass der Wagen sicher ans Ziel kommt. Wenn du ihm auch nur einen Knopf vom Mantel schießt, wird deine Schwester dafür bezahlen.«

Ich gehe zu einem Halter mit Langbögen und einem Fass mit Pfeilen am Rand des Wehrgangs. Mich überkommt ein vorfreudiger Schauer. Ich schieße für mein Leben gern. Ich denke an das letzte Mal, als ich einen Pfeil abgeschossen habe. Ich wollte mein Ziel so sehr verfehlen, wie ich es jetzt treffen will.

Ich nehme einen Bogen und spüre seine Form und sein Gewicht. Wie habe ich das vermisst.

Die Friedenswächter auf der Mauer zielen. Der Wagen ist weit entfernt im Schnee, doch selbst aus der Distanz sehe ich, dass die Pferde alles geben. Ich zähle sechzehn Wölfe in einer offenen Formation, einige sind den Pferden bereits sehr nahe, fast schon nahe genug, um zum Angriff überzugehen.

Einer der Wölfe lässt ein markerschütterndes Heulen über die Steppe hallen und einer der Friedenswächter schießt einen Pfeil ab. Es ist noch zu früh. Er scheint nicht zu wissen, wie weit ein Pfeil fliegt, aber ich weiß, ohne hinsehen zu müssen, dass er sein Ziel verfehlen wird. Seine Ausrichtung ist falsch. Außerdem weht eine scharfe Brise, und ich bezweifle, dass er das berücksichtigt hat.

»Sie versuchen, den Wagen einzukreisen«, sagt der Friedenswächter neben mir. Er zieht seinen Bogen zurück. Ich hatte mit meiner Einschätzung recht. Der dunkle Pfeil liegt draußen im Schnee.

Ich stelle mich hinter ihn und werfe einen Blick durch die Schießscharte. »Sie werden zuerst die Pferde reißen.«

Er wirft einen Blick über die Schulter. »Woher willst du das wissen?«

»Ich kenne alle Tiere im Reich«, sage ich und wünsche dann, ich hätte nichts gesagt. Ich will nicht darüber reden, wer ich bin oder was ich hier mache.

»Streckt sie nieder!« Die Stimme der Aufseherin hallt über die Mauer.

Das Geheul kommt jetzt aus allen Richtungen. Es ist mehr als nur ein Rudel. Ihre Rufe sind wild und ich bekomme am ganzen Körper Gänsehaut. Der Wagen wirkte so solide, als ich hierhergebracht wurde, so unzerstörbar. Jetzt sieht er klein und zerbrechlich aus, wie eines von Sashas alten Aufziehspielzeugen.

Der Friedenswächter macht sich bereit zum Schuss. Ich sehe den Wolf an der Spitze des Rudels, auf den er zielt. Er ist schlank, hat ein schwarzes Fell mit weißem Kragen und ist fast so groß wie die Pferde. Er gewinnt an Boden und Schnee stiebt hinter ihm auf.

Ich beuge mich vor und korrigiere die Haltung des Bogens. Der Schuss des Friedenswächters wäre in der Nähe des Wolfs gelandet, aber meiner wird treffen. »Vertraut mir«, sage ich. Er blickt zu Aufseherin Kirov und sie nickt. Der Pfeil zischt durch die Luft. Als der Wolf fällt, schlägt er eine Bresche in den Schnee.

Ein anderer Friedenswächter muss ebenfalls getroffen haben, denn ein weiteres Tier im hinteren Teil des Rudels dreht sich um die eigene Achse, fällt und schleppt sich dann langsamer weiter.

Ich öffne den Mund, um zu sagen, dass er es zu Ende bringen soll, aber der Friedenswächter hat bereits einen weiteren Pfeil geladen und lässt ihn fliegen. Der Wolf fällt schlaff wie eine Marionette, deren Fäden durchtrennt wurden, zu Boden, doch die übrigen Tiere sind davon unbeeindruckt. Ihre Körper sind stark und geschmeidig, ihre Muskeln treten kraftvoll bei jeder Bewegung hervor. Einer von ihnen nähert sich dem rechten Pferd, das ihn wegen seiner Scheuklappen nicht sehen kann. Seine Tatzen jagen über den Boden und schleudern Schnee in die Luft. Ein Knurren dringt aus seiner Schnauze, als er den Kiefer zum Angriff öffnet. Das Pferd scheut und wiehert panisch, seine Flanken glänzen schweißnass vor dem verschneiten Hintergrund.

Ein Schwall an Pfeilen fliegt los, doch alle haben Angst, das Pferd zu treffen, derjenige zu sein, der den Wagen bremst und den Zorn der Aufseherin auf sich zieht.

Der Wagen ist jetzt so nah, dass ich die schmale Figur neben dem Mann sehen kann, der mich hergebracht hat. Es ist also wahr. Die Gestalt, die sich schutzlos an den donnernd dahinrasenden Wagen klammert, ist Prinz Anatol. Aufseherin Kirov beobachtet wie gebannt die Szene, wobei sie sich noch immer an der Mauer festhält.

Zwei weitere Wölfe sind gefallen, aber die anderen lassen sich nicht beirren, es sind immer noch zwölf oder dreizehn. Sie haben Hunger und sind fest entschlossen.

Ich spanne meinen Bogen. Er fühlt sich so vertraut an, als wäre er eine Verlängerung meines Arms. Mein Körper wird ganz ruhig, während ich ziele, den Wind einschätze, die Entfernung berechne. Ich atme aus, lasse meinen ersten Pfeil los und genieße das Gefühl des Bogens in meiner Hand. Ein Wolf fällt in den Schnee. Flink wie ein Hase schieße ich ein weiteres Mal und noch einmal. Die Tiere fallen, meine Konzentration lässt nicht nach.

Der Wolf, der neben dem Pferd läuft, ist etwas zurückgeblieben. Erst vermute ich, dass er erschöpft ist, doch dann sehe ich die Richtung seines Blicks. Das Blut gefriert mir in den Adern. Er setzt auf Friedenswächter Rurik an. Wenn er ihn vom Kutschbock reißt, wird der ganze Wagen umkippen.

»Valor!« Aufseherin Kirov sieht es ebenfalls, sieht das Blutbad voraus, das wir erleben werden, wenn nicht einer von uns diesen Wolf erschießt.

Ich.

Ich ziele. Ich schaue. Ich atme. Ich warte. Ich warte.

Ich schieße.

Der Pfeil trifft den Wolf an der Schulter und bringt ihn vom Kurs ab. Ich spanne den nächsten Pfeil schneller als je ein Schütze zuvor und schieße wieder und wieder. Jeder Pfeil trifft.

Dunkelheit sickert in den Schnee um den reglosen Körper des Wolfs.

Der Wagen donnert über den letzten Teil der Strecke, immer mehr Wölfe jagen ihn, und ich höre, wie sich weit unter uns das Tor öffnet. Die panischen Gesichter der Gefangenen starren durch die Stäbe des Käfigs auf dem Wagen zu uns nach oben. Eine von ihnen richtet sich auf, ihre gefesselten Hände umklammern die Stäbe über ihrem Kopf. Sie sieht mich direkt an, mit geweiteten Augen und angstverzerrtem Gesicht.

Meine Hände bewegen sich geschmeidig wie Tänzer, zielen, fühlen den schneidenden Wind. Es gibt nur mich, den Wagen und die Wölfe, die mir helfen werden, das zu bekommen, was ich mehr als alles andere will – Sasha an meiner Seite. Ich schieße und schieße, wieder und wieder, bis nur noch der Wagen zu hören ist, der mit einem Rumpeln unter uns verschwindet, das Wiehern der Pferde und die Rufe der Gefangenen im Käfig.

Ich lasse meinen Bogen sinken. Der Schnee ist bedeckt von den Kadavern der Wölfe. Dunkle Flüssigkeit sickert durch ihr Fell und befleckt den Schnee. Ich senke eine Sekunde lang den Kopf, und als ich ihn wieder hebe, sehe ich Aufseherin Kirov stocksteif vor mir stehen. Die Friedenswächter umringen sie und alle starren mich an.

»Ich habe doch gesagt, dass ich ... ganz gut schießen kann«, sage ich.

KAPITEL 10

Ein Lächeln breitet sich auf meinem Gesicht aus und mein Herz wird ganz leicht. Ich habe Prinz Anatol das Leben gerettet. Auch wenn niemand es weiß, kann ich den Kopf wieder hoch tragen. Und das Beste ist, dass ich bekommen habe, was ich wollte, auf gänzlich unerwartete Weise. Ich denke, Sasha wird Feliks mögen und er sie auch. Nicht mal Katia wird widerstehen können, wenn sie meine Schwester erst kennengelernt hat.

Aufseherin Kirov kommt auf mich zu. »Ich muss den Prinz in Empfang nehmen. Ein Friedenswächter bringt dich zurück in die Halle, damit du dein Essen beenden kannst.« Jetzt, da die Krise vorbei ist, ist sie wieder so ruhig und kühl wie zuvor.

Ich unterdrücke das Grinsen, das sich auf mein Gesicht stehlen will, während ich den Bogen zurück in den Halter stecke.

Aufseherin Kirov mustert mich mit schmalen Augen.

»Es war die richtige Entscheidung, dich schießen zu lassen.«

»Ich bin froh, dass ich helfen konnte.«

»Das kann ich mir denken. Der Prinz zeigt in letzter Zeit ein erstaunliches Interesse an den Vorgängen im Gefängnis. Er hat aus reiner Neugier beschlossen, Friedenswächter Rurik schon vor dem königlichen Besuch morgen hierher zu begleiten.«

Ich sage nichts, aber sie scheint mir die Überraschung anzusehen. »Es ist so, Valor, während die Suche nach der Spieluhr fortgesetzt wird, reist die Königsfamilie mit Fürstin Olegevna durch Demidova. Der Prinz wird heute Nacht selbstverständlich streng bewacht, genau wie der Rest der königlichen Familie morgen.«

Sie zeigt auf den Turm und wir gehen hinein und folgen den Friedenswächtern über die Wendeltreppe nach unten.

»Aufseherin Kirov, wegen meiner Schwester Sasha ... Was denken Sie, wann ...?«

»Ah ja, richtig.« Die Aufseherin lächelt liebenswürdig. »Das war wirklich eine beeindruckende Leistung heute Abend, Valor. Wahrhaft verblüffend. Leider ist es mir unmöglich, deine Schwester aus der Isolationshaft zu entlassen, aber im Namen Seiner Königlichen Hoheit danke ich dir für deine Dienste.«

Die Aufseherin geht weiter, während ich sprachlos auf dem dicken blauen Teppich im Untergeschoss des Turms stehen bleibe. Sie hat es versprochen! Mein Gesicht wird heiß. Ich balle die Fäuste, um nicht irgendetwas vor Wut an die Wand zu werfen.

»Weiter«, sagt der Friedenswächter. Ohne ihn eines Blickes zu würdigen, verlasse ich den Turm und gehe zur Eishalle. Sie ist noch immer von Fackeln erhellt und ihr blauer Schimmer leuchtet schaurig im Schnee.

Drinnen sitzen Nicolai und das Mädchen, das mich festgehalten hat, und essen. Eine volle Schüssel wartet auf mich. Daneben liegt ein großes Stück Brot. Ich sollte mich wohl ebenso glücklich schätzen, wie Nicolai aussieht, weil wir eine Extraportion bekommen haben, aber ich kann nur an Aufseherin Kirov denken.

Der Friedenswächter weist mir den Platz neben Nicolai zu und geht zurück in eine Ecke. An einem Tisch auf der anderen Seite des Raums sitzt eine kleine Gruppe Gefangener. Eine von ihnen, ein stämmiges Mädchen mit struppigen, ungeflochtenen Haaren, rutscht zur Seite, und durch die Lücke strahlt mich ein vertrautes Gesicht an. Sasha. Wir sind so spät dran, dass wir zur gleichen Zeit wie die Schwarzen Hände unser Essen bekommen. Zwei Friedenswächter stehen bei ihnen, einer auf jeder Seite.

Ich halte den Kopf gesenkt, doch als ich den Löffel hebe, winke ich Sasha schnell zu. Es fühlt sich so gut an, sie zu sehen, dass mein verschwundener Appetit zurückkommt und ich die lauwarme Suppe in mich hineinlöffele.

»Es tut mir leid, dass ich dich vorhin festgehalten habe. Ich hatte keine andere Wahl«, murmelt Nicolai. Er wirkt beinahe besorgt, ich könnte ihm nicht glauben, und so, als hätte er ein schlechtes Gewissen.

Ich zucke die Schultern und schaue wieder zu Sasha. Wahrscheinlich hat er deshalb seine verantwortungsvolle Stellung bekommen – weil er tut, was von ihm verlangt wird. Meine Freude über Sashas Anblick lässt meine Wut auf ihn jedoch nicht verrauchen.

»Wer ist das Mädchen da drüben, das wie verrückt grinst?«, fragt er.

»Das ist …« Ich zögere, aber dann denke ich, dass es nicht schaden kann, es ihm zu sagen. »Das ist meine Schwester.«

Nicolai mustert sie aufmerksam. »Sie sieht aus wie du.«

Ich öffne den Mund und schließe ihn wieder. Wir sind keine eineiigen Zwillinge. Sasha hat große dunkelbraune Augen, bronzene Haut, eine Spur dunkler als meine, und glänzende, geflochtene Haare. Ihre Gesichtszüge sind ebenmäßig und gefällig, und wenn sie lächelt, strahlt ihr ganzes Gesicht. Sie ist schön. Ich bin noch nie auf den Gedanken gekommen, dass sie mir ähnlich sieht.

Die kräftigen Gestalten um sie herum lassen sie kleiner wirken, und mein Herz schmerzt beim Gedanken daran, dass ich mein Bestes getan und es doch nicht geschafft habe, sie von ihnen wegzuholen. Während ich sie ansehe und versuche, ihr mit Blicken zu verstehen zu geben, wie leid es mir tut, nimmt sie ihren Löffel und schiebt den Stiel in ihr Brotstück. Dann streckt sie die Hand aus und nimmt den Löffel des Mädchens neben ihr. Ich bin kurz davor, entsetzt aufzuspringen, aber das Mädchen schaut nur zu, wie meine Schwester dasselbe mit ihrem Brotstück tut und die Löffelbeine auf ihren Brotfüßen über den Tisch laufen lässt.

Trotz allem spüre ich ein Lächeln in mir aufsteigen. Das hat Vater immer beim Essen gemacht, wenn er uns aufheitern wollte. Und wenn er einmal mit gerunzelter Stirn nach Hause kam, taten wir dasselbe für ihn, jede von uns einen Brotfuß in der Hand.

Sie hat die Schwarzen Hände verzaubert, wie sie alle verzaubert. Und wenn sie dazu in der Lage ist, wenn sie nach allem, was passiert ist, Quatsch machen kann, um mich aufzumuntern, dann kann ich das auch. Ich werde sie hier rausholen, ganz egal, was Aufseherin Kirov tut. Die beiden großen Jungen neben Sasha versperren den Friedenswächtern die Sicht, und als sie eine lustige Grimasse zieht und das Brot tanzen lässt, unterdrücke ich das Lächeln nicht länger.

In den Zellen ist es still, als wir nach dem Essen zurückgebracht werden. Katia liegt mit dem Gesicht zur Wand, als der Friedenswächter die Zellentür öffnet. Ich gebe mir Mühe, den Schlüsselbund an seinem Gürtel nicht allzu lange anzustarren. Die Wasserschüssel steht an ihrem üblichen Platz an der Rückwand der Zelle. Ich sehe Katia an, seufze und schrubbe mir die Hände. Dann knie ich mich auf den Boden und vergewissere mich, dass die Hacke noch an ihrem sicheren Platz ist, flach unter den Latten von Katias Bett. Schließlich klettere ich auf meine Pritsche.

Dort liege ich, die Decke bis über die Schultern gezogen, und starre an die Wand. Ich spüre das Seifenstück in der Matratze unter meinem Kopf und rutsche ein Stück zur Seite.

»Was ist passiert?«, fragt Katia leise.

Einen Augenblick lang bin ich ganz still, überrascht, dass sie mit mir redet. Aber sie hat gefragt und ich will es jemandem erzählen. Ich berichte ihr von Prinz Anatol und den Wölfen und Aufseherin Kirov. Und obwohl ich mich jetzt besser fühle, nachdem ich Sasha gesehen habe, kommt die Verzweiflung zurück. Der Wunsch allein, hier herauszukommen, wird mich nicht weit bringen. Ich muss auch etwas *tun*. Und ich hatte geglaubt, heute Abend die perfekte Gelegenheit gefunden zu haben. Es ist so ungerecht.

»Ich wünschte, ich hätte ihn schon beim letzten Mal erschossen«, sage ich wild, obwohl meine Wut eigentlich Aufseherin Kirov gilt.

»Den Prinzen? Was meinst du damit?«

Ich kann kaum glauben, dass sie während der Schlafenszeit mit mir spricht, und noch weniger, dass sie die

Geschichte wirklich hören will, aber ich erzähle sie ihr trotzdem von Anfang an – von meinem Plan, Sasha zu befreien, von der Parade, als ich auf den Prinzen geschossen habe, und wie ich Feliks an der Flucht gehindert habe. Das alles flüstere ich an die Wand, bis ich zu dem Punkt komme, dass Sasha unschuldig ist und wir glauben, ihre Isolationshaft müsse etwas mit dem wahren Dieb der Spieluhr zu tun haben.

Im Bett unter mir ist es still. Ich rolle mich zusammen und ziehe die Knie an die Brust. Vielleicht interessiert es Katia nicht. Vielleicht ist sie eingeschlafen. Vielleicht ist es ihr egal, dass Sasha unschuldig ist. Ich beiße mir auf die Lippe. Ich habe es ja selbst nicht geglaubt. Ich hätte das alles lieber für mich behalten sollen.

»Valor … was glaubst du, wer die Spieluhr dann genommen hat? Und warum hat der Prinz dich danach gefragt?«

Sie hat also doch zugehört, als ich Feliks von der Befragung erzählt habe. Mein Kopf tut weh. Ich kann noch so lange darüber nachgrübeln, ich werde die Wahrheit nicht herausfinden, indem ich weiter an die Wand starre.

Ich seufze. »Ich weiß es nicht. Er scheint zu glauben, dass ich etwas weiß. Oder Sasha.« Dann fällt mir noch eine andere Erklärung ein, vielleicht ist es das, was Katia mir sagen will. »Und wenn er selbst etwas damit zu tun hat und glaubt, wir wüssten davon …?«

Wir überlegen schweigend. Dann ertönt ihre Stimme,

sie hat den geleichen Gedanken wie ich: »Du musst so schnell wie möglich hier raus.«

»Ja«, sage ich und denke an Sasha, die ganz allein in ihrer Zelle sitzt.

»*Wir* müssen so schnell wie möglich hier raus.«

Ihre Worte sind so leise, dass ich mir kurz einbilde, sie wären nur in meinem Kopf. »Was hast du gesagt?«

»Ich werde euch helfen.«

»Warum?« Die Frage rutscht mir heraus, bevor ich sie zurückhalten kann. Sie war sich doch so sicher gewesen, dass keiner meiner Pläne funktionieren würde. Und nach dem heutigen Abend habe ich angefangen, ihr zu glauben.

»Was kümmert dich das?« Jetzt klingt sie wieder mürrisch. »Reicht es nicht, dass ich es tue?«

Es reicht. Also sage ich nichts.

»Valor?«

»Ja?«

Es folgt eine lange Pause. »Danke, dass du dir die Hände gewaschen hast.«

Als wir am nächsten Morgen zum Frühstück in die Eishalle eilen, schaue ich hinüber zum Turm. Ich weiß nicht, was ich erwartet habe, aber es ist nichts zu sehen, kein Anzeichen, das auf die Anwesenheit des Prinzen hindeutet. Ich sehe auch Feliks nicht, obwohl ich nach ihm Ausschau halte, als der Ansturm aus den Zellen sich gelegt hat und wir unseren Haferbrei löffeln.

Als wir mit dem Essen fertig sind und hinter unseren Stühlen auf unsere Anweisungen warten, betritt Aufseherin Kirov die Eishalle. Alle stehen noch strammer. Ich beiße die Zähne zusammen und weigere mich, sie anzusehen.

»Wir haben heute die Ehre eines hohen Besuchs. Königin Ana mit ihrer Familie und Fürstin Olegevna besichtigen unsere Einrichtung«, verkündet sie. »Jegliches ... ungebührliche Verhalten wird hart bestraft. Es wird aber auch Gelegenheiten geben, sich eine Belohnung zu verdienen.« Sie lächelt, führt das Thema jedoch nicht weiter aus. Ich schäume vor Wut, da ich mittlerweile weiß, was von ihren Versprechen zu halten ist.

Sie winkt Nicolai zu sich und redet kurz mit ihm. Während sie spricht, wirft sie einen Seitenblick in meine Richtung. Mich durchzuckt erst Wut, dann Angst. Ich finde es unerträglich, mich so hilflos zu fühlen.

Nicolai nimmt wie jeden Morgen seine Position vorne im Raum ein. Aufseherin Kirov verlässt die Halle, ohne mich noch einmal anzusehen, und Nicolai beginnt, die Aufgaben zu verteilen. Ich bin erleichtert, als er erklärt, dass unsere Gruppe heute in den Minen ist. Niemand mag die Arbeit dort, aber ich hatte etwas noch Schlimmeres befürchtet.

Als wir uns trennen, lächelt Nicolai mir zu, so schnell, dass ich glaube, ich hätte es mir nur eingebildet. Als er sich umdreht, um uns zur Mine zu bringen, sehe ich Feliks hinter ihm, und mir fällt wieder ein, dass ich dringend mit ihm reden muss. Ich reihe mich zwischen Feliks und Katia ein. »Ich muss dich nachher etwas fragen«, flüstere ich ihm zu.

Ich bin die Erste, die mit entzündeter Fackel und gepacktem Werkzeug bereit ist, in den Tunnel zu gehen, den Nicolai uns zuweist. Je schneller wir in der Mine sind, desto schneller sind wir die Friedenswächter los, und ich kann mit Feliks sprechen. Aber Nicolai scheint etwas anderes im Sinn zu haben.

»Natalia, du übernimmst heute die Aufsicht. Geh mit diesen vier in den Malachitschacht. Kann ich mich auf dich verlassen?«

Natalia nickt. Feliks und ich wechseln einen Blick. Uns ist klar, dass wir vor Nicolai nicht frei sprechen können.

Mit erhobenen Fackeln trennen wir uns von Natalias Gruppe und biegen in einen Tunnel auf der rechten Seite der Höhle. Er ist pechschwarz und eng und mir schwindet der Mut. Ich will Feliks so schnell wie möglich in meinen Plan einweihen. Jetzt ist er hinter mir, so nah, dass ich die Hand nach ihm ausstrecken kann, und doch werde ich vermutlich den ganzen Tag keine Gelegenheit haben, mit ihm zu reden.

Ein weicher Lichtschein erhellt den Raum vor mir. Nicolai und Katia gehen durch den Tunnel in eine Höhle und ich folge ihnen. Atemberaubende rosa Minerale durchsetzen das weiße Gestein des Berges, aber es ist das

Leuchten, das mich verblüfft den Mund aufreißen lässt. Hoch oben an der Decke sind Hunderte Lichtpunkte, die funkeln, als hätte man den Sternenhimmel eingefangen und in diese Höhle gesperrt.

»Valor?« Nicolai hat seine Fackel in einen der Halter an der Wand gesteckt. »Kann ich etwas mit dir besprechen? Katia, du hast die Aufsicht, bis ich zurück bin.« Seine Augen springen schnell zwischen uns hin und her und er verlagert das Gewicht von einem Fuß auf den anderen.

Katia und ich sehen uns an. Ich weiß nicht, was los ist, aber ich kann mich wohl nicht weigern. Meine Brust zieht sich zusammen, als ich die anderen zurücklasse und Nicolai folge.

»Hier entlang.« Nicolai geht neben mir im Licht meiner Fackel, es ist jetzt die einzige, die wir haben. Er biegt in einen engen Schacht, der abknickt und zurück zu dem Tunnel zu führen scheint, durch den wir gekommen sind, Richtung Ausgang. Es ist kalt und stickig und außerhalb des Lichtkegels der Fackel schwärzer als die Nacht.

»Wohin gehen wir?«, frage ich. Meine Stimme ist laut und klingt ängstlicher, als mir lieb ist. Ich bin bereit, ihm meine Fackel über den Kopf zu ziehen und loszurennen, wenn es sein muss, aber ohne Sasha würde mir das nicht viel bringen.

Er bleibt in dem engen Gang stehen. Ich halte meine Fackel neben mir, sodass sein Gesicht von der Seite beleuchtet wird. Mein Herz schlägt fest. Für einen Moment habe ich den Eindruck, dass es ein Stück weiter vorne heller wird, aber ich könnte mich auch täuschen.

»Valor, ich möchte dich etwas ... Was ist?« Er sieht besorgt aus. Ich kann seinen Blick nicht deuten.

»Nichts«, antworte ich. »Was wolltest du sagen?« Ich klinge schroff und misstrauisch.

»Aufseherin Kirov hat mich gebeten, dich heute während des königlichen Besuchs außer Sichtweite zu halten. Ich konnte sie nicht nach dem Grund dafür fragen, aber ich dachte ... ich dachte, du könntest ihn mir vielleicht sagen.«

Ich runzle die Stirn. Was fürchtet sie, was ich tun könnte? Die Königsfamilie mit Schneebällen bewerfen? Doch je länger ich darüber nachdenke, desto dringender will ich die Königsfamilie sehen. Ohne selbst gesehen zu werden. Nach dem heutigen Tag werde ich keine Gelegenheit mehr dazu haben. Irgendjemand will mich während des Besuchs aus dem Weg haben. Vielleicht dieselbe Person, die Sasha den Diebstahl angehängt hat.

»Es gibt doch ein paar Öffnungen im Fels, oder?«, frage ich. »Gibt es nicht irgendeinen Spalt, durch den wir den Besuch der Königsfamilie beobachten könnten?«

»Was?« Nicolai hält inne. Er runzelt die Stirn. »Ich glaube nicht, dass das eine gute Idee ist.«

»Du willst doch mit mir reden, oder? Wenn du einen Ort kennst, von dem aus wir die Königsfamilie beobachten können, können wir das dort tun. Also?«

Nicolai beißt sich auf die Lippe. »Du führst doch irgendetwas im Schilde. Du planst zu ...«

Er schweigt abrupt. Plötzlich kommt mir der Gedanke, dass wir im selben Boot sitzen. Ich bin sicher, dass wir beide das Wort »fliehen« in unseren Köpfen haben. Aber ich werde es nicht in den Mund nehmen. Er behandelt mich zwar freundlich, aber er hat einen viel zu guten Draht zur Aufseherin, als dass ich ihm meine Pläne mitteilen würde.

Ich starre ihn an.

Er schaut sich um, seufzt und geht weiter. Nach einer Weile sagt er etwas mürrisch: »Also gut. Da vorne ist wirklich eine Öffnung. Aber sei vorsichtig.«

Eisblauer Himmel schimmert durch den Felsspalt.

»Du schätzt mich falsch ein, weißt du«, sagt er. »Du kannst mir vertrauen. Ich wollte nur allein mit dir reden, um kein Risiko einzugehen. So. Ich habe getan, was du wolltest. Jetzt sag es mir. Du hast einen Plan, oder etwa nicht?«

Ich setze die Füße vorsichtig auf den Fels und gehe bis zum Rand des Spalts. Er öffnet sich in den Himmel, nach unten hin fällt die Felswand steil ab. Wir befinden uns ein Stück oberhalb der Mauern von Tyur'ma. Ich weiche einen Schritt zurück und atme die klare, kalte Bergluft ein.

»Ich weiß nicht, was du meinst«, erwidere ich.

Nicolai steht auf der anderen Seite des Spalts. »Hör zu,

es sah vielleicht nicht so aus, aber ich habe gestern Abend versucht, dir zu helfen. Heute früh habe ich gesehen, dass Aufseherin Kirov ihr Versprechen nicht gehalten und deine Schwester nicht zu uns gelassen hat.« Er lässt den Blick über das Gefängnis schweifen. »Ich hätte dir sagen können, dass sie ihr Wort nicht halten würde.«

Ich zucke schweigend die Schultern. Bei Nicolai scheint sie kein Problem damit zu haben, ihre Versprechen einzulösen.

»Ich habe Augen und Ohren, Valor – und ein funktionierendes Gehirn. Ich sehe dich mit Katia und Feliks. Ich höre, warum deine Schwester hier ist, warum du hier bist. Ich weiß, dass das alles mit dem Prinzen zu tun haben muss und dass du irgendetwas planst. Und weißt du, was ich noch weiß? Dass ich dabei sein will. Bitte ... denk einfach drüber nach, in Ordnung?«

In weiter Ferne leuchten die Zwiebeltürme des Palasts über der Stadt. Die Häuser und Geschäfte, der Hafen, die Schule, der Marktplatz und die goldenen Tore um die Palastgärten – das alles ist so schön. Und so weit entfernt von dem Ort, an dem wir uns befinden.

Ich kann nicht anders, als Nicolais Vorschlag in Erwägung zu ziehen, aber das heißt nicht, dass ich ihm antworten muss.

»Ich hätte nie gedacht, dass man einen Ort so sehr vermissen kann«, sage ich. Genau das tue ich. Tief in mir vermisse ich mein Zuhause. Ich vermisse unser Leben zu viert, unser glückliches Zusammensein. Werde ich je wieder in die Stadt zurückkehren können? Oder werde ich sie immer nur aus weiter Ferne betrachten?

Ich stelle mir vor, ich könnte unser Haus sehen – das Haus, das uns nicht mehr gehört –, in dem ich mit Mutter, Vater und Sasha gelebt habe. Ich stelle mir vor, ich könnte die Zielscheibe im Garten sehen, die Mutter für mich gemacht hat, als ich klein war. Vor ein paar Monaten bin ich auf unser Dach geklettert, habe von dort aus darauf gezielt und mich daran erinnert, wie hoch sie einst über mir hing und wie weit meine Pfeile daran vorbeiflogen.

»Vermisst du deine Familie?«, frage ich. »Hast du eine Familie?«

Sein Gesicht wird weich. »Natürlich vermisse ich sie. Ich bin hier nicht lieber als du. Wenn ich die Wahl hätte ...« Er unterbricht sich, als hätte er zu viel gesagt. »Du und deine Schwester, ihr werdet fliehen«, sagt er leise. »Du musst es nicht zugeben. Aber ich habe dir bereits geholfen, das weißt du. Ich hätte dich bei der Aufseherin anzeigen können, als wir das erste Mal in den Minen gearbeitet haben. Aber ich habe es nicht getan. Du kannst mir sagen, was du vorhast, wenn du willst. Ich werde dich nicht verraten. Das ist alles, was ich sagen wollte. Du kannst mir nicht zum Vorwurf machen, dass ich mich wie ein Vorzeigehäftling verhalte, um in der Gunst der Aufseherin zu stehen.«

Als er fertig ist, gerät unten etwas in Bewegung. Eine kleine Prozession tritt aus dem Turm auf den Wehrgang. Aufseherin Kirov kommt als Erste im Stechschritt heraus, gefolgt von Fürstin Olegevna, deren Perlenkopfschmuck milchweiß glänzt und deren tiefvioletter Umhang bis auf den Boden reicht.

Wir ducken uns in den Schatten auf meiner Seite der Felsspalte. Ich gebe Nicolai die Fackel zurück und er hält sie tief am Boden.

Dann tritt die Königin in strahlend weißem Gewand auf den Wehrgang. Hinter ihr folgt der König. Unten am Boden starren die Gefangenen, die vor der Eishalle arbeiten, nach oben, bis ein Friedenswächter sie anherrscht, sie sollten weiterarbeiten.

Die Aufseherin zeigt auf verschiedene Bereiche der Anlage, der Wind trägt ihre Stimme schwach zu uns herüber. Die Königin nickt. Ihre Augen sind von schwarzen Ornamenten umrahmt und ihre Zöpfe winden sich kunstvoll geflochten unter ihrer Uschanka hervor.

Prinz Anatol und Prinzessin Anastasia gehen Seite an Seite, ihre Köpfe sind dicht nebeneinander. Ich winke Nicolai näher zu mir und ziehe mich in den Schatten unseres engen Verstecks zurück. Die königlichen Geschwister stehen ein Stück von ihrer Mutter entfernt und blicken über das Gefängnis. Prinz Anatol ist nicht anzumerken, dass er bereits das zweite Mal innerhalb weniger Wochen nur knapp dem Tod entronnen ist. Seine vom Wind zerzausten Haare locken sich über der Stirn und das Gold auf seinem Hemd und Mantel glänzt in der Morgensonne. Seine Schwester neben ihm hat die weiß behandschuhten Hände vor sich verschränkt. Ihre Augen sind mit einem einfachen, aber prägnanten Muster verziert, das Schwarz hebt sich vom schneeweißen Pelz ihrer Uschanka ab.

Aber das Auffälligste an den beiden sind die verhärteten Gesichter und die steife Haltung ihrer Körper. Der Prinz hebt eine Hand, scheint sich dann jedoch eines Besseren zu besinnen und lässt sie wieder sinken.

Ich sehe Nicolai an. Er runzelt die Stirn und schüttelt den Kopf, um mir zu verstehen zu geben, dass er ebenso wenig wie ich deuten kann, was da vor sich geht. Aber wir sehen beide dasselbe – der Prinz und die Prinzessin haben einen heftigen Streit.

KAPITEL 11

Nicolai und ich sehen den beiden beim Streiten zu. Anatol hat die Fäuste geballt und die Augenbrauen dicht zusammengezogen. Der Mund seiner Schwester ist verzerrt, als sie etwas zu ihm sagt. Nach einer oder zwei Minuten setzt sich die kleine Prozession wieder in Bewegung und geht auf der Mauer in unsere Richtung. Prinzessin Anastasia stürmt nach vorn und schließt sich Aufseherin Kirov an der Spitze des Zuges an.

Erst denke ich, dass sie nur Abstand zu ihrem Bruder haben will, doch dann sehe ich, dass sie eindringlich auf die Aufseherin einredet. Ihre Gesichtszüge sind aufgewühlt. Sie sieht nicht mehr wütend aus, aber sie wendet mehrmals den Kopf und blickt zu Anatol zurück. Die Aufseherin verschränkt die Hände hinterm Rücken und geht weiter, ihr Gesicht ist nicht zu deuten. Anastasia neigt sich näher zu ihr und zeigt auf den Zellenbau der Mädchen. Genauer gesagt nach oben, an dessen Spitze. Aufseherin Kirov folgt ihrem Blick und beugt sich zur Prinzessin, bevor sie um die Ecke biegen und außer Sichtweite verschwinden.

Leise kriechen wir in den Tunnel zurück. Nicolai trägt die Fackel, während wir wieder zu den anderen gehen.

»Was glaubst du, worum es ging?«, fragt er.

»Ich habe nicht die leiseste Ahnung«, erwidere ich. »Auch wenn ich es wirklich zu gern wüsste.«

»Stand deine Schwester nicht im Dienst der Prinzessin?«

»Woher weißt du das?«, frage ich scharf.

»Ich ... habe es gehört.«

Der Tunnel senkt sich nach unten und biegt um eine Ecke. Ich stütze mich an der Wand ab, um nicht das Gleichgewicht zu verlieren.

»Und was hast du noch gehört?« Es ärgert mich, dass alle hier bestens über meine Familie Bescheid zu wissen scheinen.

Seine Augen sind groß. »Nicht viel«, sagt er. »Nur, dass sie eine Spieluhr aus dem Palast gestohlen hat.«

»Tja, da hast du falsch gehört.« Ich weiß nicht, was mit dem Prinz und der Prinzessin los ist, nur, dass etwas nicht stimmt. »Meine Schwester hat nichts gestohlen. Irgendjemand anders hat es getan und dafür gesorgt, dass sie dafür angeklagt wurde.« Meine Worte klingen zorniger als beabsichtigt. Ich weiß, dass Nicolai nichts damit zu tun hat. Es sind meine eigenen Schuldgefühle, weil ich meine Schwester für eine Diebin gehalten habe, und nicht mein Ärger auf ihn. Aber das macht es nur noch schlimmer.

Er bleibt stehen, und ich kann nicht weiter, da er die Fackel hält.

»Was?«, frage ich kurz.

»Bist du ganz sicher, dass sie es nicht war? Was ... was wirst du tun?«

Ich blinzle nicht, sondern sehe ihn unverwandt an. »Was könnte ich schon tun? Vergiss, was ich gesagt habe.«

Er zögert, geht dann jedoch weiter. »Valor?«, fragt er.

»Was ist jetzt noch?«

»Wir arbeiten morgen in der Küche.«

»Warum sagst du mir das?«

Er zuckt mit den Schultern. »Ich dachte, es könnte eine nützliche Information sein. Wie gesagt, ich will dir helfen. Ich will auch nicht mein Leben lang hier bleiben.«

Wir gehen schweigend weiter, bis wir zurück in die erleuchtete Höhle kommen, wo Katia und Feliks nebeneinander arbeiten und schwatzen, als würden sie sich schon ewig kennen. Ich beobachte Nicolai, der unter dem weichen Sternenlicht zu ihnen geht. Vielleicht kann ich ihm wirklich vertrauen. Trotzdem beschließe ich, bis zum Abendessen zu warten, um mich mit Feliks zu besprechen.

Die Schlange für das Abendessen führt einmal an der Wand der Eishalle entlang. Ich habe es geschafft, mich hinter Feliks und vor Katia einzufädeln. Nicolai ist weiter vorn, kurz vor der Essensausgabe. Die durchsichtigen Eisblöcke strahlen Kälte aus. Ich schaue mich nach den Friedenswächtern um und beuge mich dann zu Feliks.

»Es wird Zeit, die Schlüssel zu besorgen. Ich brauche deine Hilfe.«

Über die Schulter wirft er mir ein schnelles Grinsen zu.

Die Schlange bewegt sich vorwärts und ich schaue mich erneut prüfend um. »Alles andere habe ich bereits. Glaubst du, du schaffst das?«

»Willst du mich beleidigen?«, erwidert er. »Ich bin der beste Sachenbefreier der Stadt. Oder wenigstens werde ich es wieder sein, wenn ich hier raus bin. Wenn ich die Schlüssel besorge, nimmst du mich aber mit. Abgemacht?«

Feliks steht jetzt ganz vorn in der Schlange und nimmt seine Schale in Empfang.

»Abgemacht«, flüstere ich und gehe weiter, um meine eigene Schale entgegenzunehmen. Der Mann mit den Wolfstätowierungen auf den Armen reicht mir eine Portion wässrige Suppe und einen Kanten Brot. Ich drehe mich um und verschütte beinahe den Inhalt meiner Schale auf dem Boden.

»Hallo, Valor«, sagt Sasha leise. Ihre Augen blitzen und sie tänzelt auf den Zehenspitzen. Ich kann ihr ansehen, dass sie am liebsten die Arme um mich schlingen würde. Genauso geht es mir auch.

Stattdessen halte ich meine Schale gerade und schaue mich nach den Friedenswächtern um. »Was machst du hier?«

Sie grinst fröhlich. »Na, ich bin draußen, natürlich! Hast du mich noch nicht so schnell erwartet?«

Ich kann es nicht glauben. Ich habe das Gefühl, dass sich jeden Moment die Friedenswächter auf sie stürzen müssten, weil es sich um einen Fehler handelt. Sprachlos stehe ich da, während Sasha vor Katia ihre Schale bekommt. Dann nimmt sie meinen Arm und zieht mich durch den Raum.

»Wie hast du das gemacht?«, fragt sie. »Was hast du gesagt?«

»Was?« Ich schüttle den Kopf. »Ich habe gar nichts gemacht. Ich habe es versucht, aber Aufseherin Kirov hat mich betrogen ...«

Sasha runzelt die Stirn. »Nein, nicht sie. Die Königin.«

Ich bin furchtbar verwirrt. Ich kann nicht fassen, dass sie hier ist und meinen Arm hält, aber ich kann es erst genießen, wenn ich verstehe, was passiert ist.

»Sasha, was soll das heißen? Ich habe überhaupt nichts getan. Ich habe nichts damit zu tun. Fang von vorne an. Und sprich leise.« Wir gehen so langsam wie möglich zwischen den Tischen hindurch. Überall sind Gefangene, die auf ihr Essen warten oder ihre Schalen zu den

Tischen tragen. Ich muss mich zurückhalten, um Sasha nicht den Arm um die Schultern zu legen. Niemand darf sehen, dass wir miteinander reden.

»Ich war mit den Schwarzen Händen im Waschhaus, als Aufseherin Kirov mich in den Turm bringen ließ. Warst du da schon mal, Valor? Es ist dort wie im Palast! Es gibt einen blauen Teppich und ...«

»Sasha!«

»Schon gut, schon gut. Sie teilte mir mit, dass ich in die Abteilung der normalen Gefangenen versetzt werde und von jetzt an eine Zellengenossin habe wie alle anderen auch.«

»Das ist alles? Sie hat nicht gesagt, warum?«

»Sie sagte: ›Es sieht so aus, als hättest du Gnade vor den Augen der Königsfamilie gefunden.‹ Ich dachte, du hättest die Königin angefleht und sie hätte der Aufseherin befohlen, mich herauszulassen.«

Ich gehe voran, um Sasha zu unserem Tisch zu führen. »Ich hatte nichts damit zu tun«, sage ich und wünsche inständig, ich könnte das Gegenteil behaupten. Trotzdem ergibt es jetzt Sinn. »Allerdings glaube ich auch nicht, dass es die Königin war.« Ich erzähle ihr, was ich durch den Felsspalt gesehen habe – wie die Prinzessin mit der Aufseherin gesprochen und auf den Teil des Gebäudes gezeigt hat, wo sich die Zellen der Schwarzen Hände befinden. Ich erzähle ihr auch von dem Streit zwischen Prinz und Prinzessin.

Sashas Lächeln verblasst, als wir uns setzen. »Er ist wohl fest entschlossen, mich wegzusperren, damit niemand erfährt, dass ich die Spieluhr nicht genommen habe. Glaubst du, er könnte dafür sorgen, dass ich wieder zu den Schwarzen Händen komme, Valor? Ich will nicht wieder allein in eine Zelle gesperrt werden.«

Ich greife unterm Tisch nach ihrer Hand und drücke sie fest. »Überleg doch mal, Sasha. Du weißt selbst, dass die Prinzessin viel mächtiger ist als Prinz Anatol. Sie ist die Thronfolgerin. Und sie steht kurz vor ihrem dreizehnten Geburtstag. Er kann sich nicht über ihren Willen hinwegsetzen. Nicht einmal hier. Aufseherin Kirov weiß das. Mach dir keine Sorgen.«

Das sage ich in erster Linie, um sie zu beruhigen. Es ist wahr, dass Anastasia bald Königin sein wird, und es ist auch wahr, dass sie weitaus mehr Einfluss hat als ihr Bruder, aber Prinz Anatol sah heute so zornig aus. So entschlossen. Er wusste schon immer, wie er einen Weg findet, um seinen Willen durchzusetzen. Wir müssen fliehen. Und zwar bald.

Sasha nickt. »Du hast recht. Vielleicht versucht Anastasia, uns zu helfen. Sie hat in letzter Zeit viel über die Probleme nachgedacht, mit denen ihre Mutter zu kämpfen hat. Sie hat mich gefragt, warum Königin Ana die Allianz mit Magadanskya vorzieht, obwohl Pjots'k uns so viel reicher machen könnte. Die Königin und ich haben ihr erklärt, warum wir den kalten Krieg mit Magadanskya beenden und die Angebote der Herrscherin von Pjots'k ausschlagen müssen, die nur unsere Häfen nutzen will, um ihre Kriegsschiffe zu entsenden. Danach hat sie lange über die Folgen nachgedacht, die die verschiedenen Allianzen mit sich bringen. Vielleicht wird sie ja auch das Justizsystem überdenken und unsere missliche Lage beenden.« Das Gesicht meiner Schwester ist beim Flüstern immer hoffnungsvoller geworden und das ist mir wichtiger als der Inhalt ihrer Worte. Es ist wunderbar, sie über die gleichen Dinge sprechen zu hören, über die sie auch zu Hause immer gesprochen hat. Allerdings schmerzt es mich, dass sie der Königin noch immer treu ergeben ist, die sie schließlich hierhergebracht hat.

»Valor?«, flüstert Feliks erstaunt, als er sich neben mich setzt. Zu meiner anderen Seite lässt sich Katia nieder. Plötzlich spüre ich die Freude im ganzen Körper. Seit ich hierhergekommen bin und feststellen musste, dass Sasha unerreichbar für mich war, war ein Teil meines Herzens taub – der Teil, von dem ich geglaubt hatte, ich würde ihn in Tyur'ma wieder spüren. Was auch immer ich sonst noch verloren habe, als ich mich verhaften ließ, ich hatte angenommen, wir zwei würden wenigstens wieder zusammen sein. Dann kam ich hier an und alles ging schief. Bis jetzt.

»Feliks, Katia – das ist Sasha«, sage ich, und bevor ich weiß, wie mir geschieht, bricht meine Stimme, und ich versuche, die großen Tränen zu verstecken, die mir über die Wangen laufen. Ich lasse ihre Hand nicht los. Ich umklammere sie ganz fest und wünschte, ich könnte die Augen schließen und uns hier wegzaubern, zurück nach Hause, wo wir vor dem Feuer sitzen und auf Mutter und Vater warten. Dafür würde ich alles geben.

Sasha hakt ihre Finger in meine. »Es geht mir gut, Valor. Und jetzt sind wir zusammen. Alles wird gut.«

»Wir sitzen alle im selben Boot«, sagt Feliks.

»So«, sagt Katia. Sie lässt den Friedenswächter in der Ecke nicht aus den Augen, während sie murmelt: »Dann kann uns jetzt wirklich nichts mehr davon abhalten, hier abzuhauen, oder?«

Ich sehe alle drei nacheinander an. Ich glaube, sie hat recht. Es ist Zeit.

Auf dem Weg in den Zellenbau geht meine Schwester vor mir, und als wir drinnen sind, beobachte ich genau, welche Zelle ihr zugewiesen wird. Sie befindet sich auf der gegenüberliegenden Seite meiner eigenen, ein Stockwerk höher. Bevor wir in unsere Zellen gehen, fange ich ihren Blick auf, und sie hebt eine Hand, ganz leicht aus dem Handgelenk, und winkt.

Vielleicht können wir Demidova verlassen und nach Magadanskya oder noch weiter weg gehen – an einen Ort, an dem Prinz Anatol uns nicht finden kann. Vielleicht können wir Mutter und Vater eine Nachricht zukommen lassen, und sie können nachkommen. Wir könnten ein Schiff vom Hafen nehmen und einen Weg in einen anderen Teil der Welt finden, wo die Spieluhr und die Königsfamilie keine Rolle spielen.

Ich gehe mit Katia in unsere Zelle. Die Gitterstäbe verschwimmen vor meinen Augen, als sich die Türen schließen. Ich wische mir über die Wangen und nehme kaum den Lärm der Schließvorrichtung wahr. Als das Dach polternd und knirschend an seinen Platz gerollt und es still in den Zellen geworden ist, krieche ich aus meinem Bett. Katia beobachtet, wie ich die Seife aus ihrem Versteck in der Matratze nehme. Morgen, hat Nicolai gesagt, arbeiten wir in der Küche. Meine Schwester habe ich, jetzt brauche ich nur noch die Schlüssel.

»Nicolai hat mir unterwegs eine Nachricht zukommen lassen«, flüstert Katia. Sie grinst und ich warte gespannt. Ich glaube nicht, dass ich sie schon einmal so breit habe lächeln sehen. Ihre Augen kräuseln sich und ihr Gesicht wird ganz warm.

»Er hat Sasha für unsere Arbeitsgruppe angefordert.«

»Wirklich?« In meinem Inneren kribbelt und zischt es. Endlich fügt sich alles zusammen. Ich glaube nicht, dass ich heute Nacht schlafen kann.

»Ich glaube, du könntest ihm vertrauen. Wenn du wolltest.«

Vielleicht könnte ich das. Ich verstaue die Seife sicher in der breiten Krempe meiner Mütze und binde die Ohrenklappen nach oben. Das Metall, das wir schmelzen werden, um die Schlüssel nachzumachen, kommt in das

Geheimfach meines Stiefels. Ich krieche zu den Gitterstäben vor unserer Zelle. Das Gebäude ist still. Ein paar trübe Fackeln flackern in ihren Haltern an den Wänden. Ich starre auf die Schatten und versuche, Sashas Zelle auszumachen. Ich kann nicht mehr verstehen, wie ich früher dagegen protestieren konnte, ein Zimmer mit ihr teilen zu müssen, wenn unsere Eltern Übernachtungsgäste hatten. Mein Herz streckt sich über die Entfernung, die nun zwischen uns ist, und ich wünsche mir, sie wäre hier bei mir.

Ich bücke mich und versuche, die eiserne Hacke, die unter Katias Lattenrost befestigt ist, zu erreichen.

Ich mache den Arm länger und taste mit den Fingern im Dunkeln.

»Was machst du da?«, fragt Katia.

»Ich komme nicht dran. Warte, gleich ...« Ich drehe mich auf den Rücken und spüre die Kälte des Steins durch meinen Pelz dringen, als ich mich unters Bett schiebe. Meine Finger ertasten die dünnen Stoffstreifen, mit denen ich die Hacke festgebunden habe. Sie sind durchtrennt. Die Bänder wurden zerschnitten. Die Hacke ist fort.

KAPITEL 12

Ich stürze unter dem Bett hervor, springe auf die Füße und baue mich vor Katia auf. »Wo ist sie?«

Katia schwingt die Beine über die Bettkante und setzt sich auf. »Die Hacke? Die Hacke ist weg?« In ihrer Stimme liegt Panik.

»Was denn sonst?« Ich raufe mir die Haare und meine Finger verfangen sich in meinen Zöpfen.

»Warum fragst du mich?«

»Wen soll ich denn sonst fragen?«, zische ich.

Sie zieht die Knie an die Brust. »Ich weiß nicht, wo sie ist. Irgendjemand muss in unserer Zelle gewesen sein, Valor.« Sie schaut sich um, als müsste die Person immer noch hier sein oder als könnte es einen eindeutigen Hinweis darauf geben, wer es war.

Ich weiß nicht, was ich denken soll. Ich weiß nur, dass ich niemals jemandem hätte vertrauen dürfen. »Warum hast du deine Meinung geändert?« Ich beginne, in der

Zelle auf und ab zu laufen. Vier Schritte hin, vier Schritte zurück. »Die ganze Zeit hast du nur davon geredet, dass es zu gefährlich ist, dass es nicht geht, und dann willst du plötzlich mitkommen. Warum?«

Sie steigt aus dem Bett, und ich werde daran erinnert, dass sie größer ist als ich. »Ich war es nicht, Valor. Wenn ich dich aufhalten wollte, hätte ich dich schon vor Tagen bei der Aufseherin anzeigen können.«

»Aber warum hast du deine Meinung geändert?«, frage ich. Wir halten beide die Stimmen gesenkt, doch meine Worte brennen wie Feuer. Was, wenn sie in Wahrheit die ganze Zeit gegen mich gearbeitet hat ...

Katia macht einen Schritt auf mich zu. »Deine Gedanken sind völlig verdreht.« Sie hebt die Hand schneller, als ich blinzeln kann, und klopft mir gegen die Stirn.

Eine Sekunde lang stehen wir beide wie erstarrt da, dann lache ich kurz, bevor ich mir die Hand vor den Mund schlage. Diese Geste hatte ich nicht erwartet. Sie lächelt.

»Es tut mir leid«, sage ich. »Du hast recht. Es ergibt keinen Sinn. Wir wären beide nicht hier, wenn Aufseherin Kirov Bescheid wüsste.«

Katia lässt sich zurück auf ihr Bett fallen.

Ich setze mich neben sie und wir starren eine Weile auf die flackernden Schatten an der Wand. Weiß jemand von meinen Plänen? Treibt jemand sein Spielchen mit mir?

»Du hast gefragt, warum ich meine Meinung geändert

habe.« Katias Stimme holt mich aus meinen verworrenen Gedanken. Sie schaut weiter an die Wand, und ich kann im Dunkeln die Sommersprossen auf ihrer Wange erkennen. »Weißt du noch, wovon du an dem Abend gesprochen hast, als ich eingewilligt habe, dir zu helfen?«

Ich denke nach. Ich bin erst seit so kurzer Zeit hier, aber es ist schon so viel passiert. »Ich habe dir die ganze Geschichte erzählt«, sage ich dann. »Hast du deshalb deine Meinung geändert?«

Sie schaut auf ihre Hände, die sie im Schoß verkrampft hat. »Es war die Art, wie du über Sasha gesprochen hast. Dass es dir so wichtig ist, sie hier rauszuholen. Dass du so viel aufgegeben hast, um etwas zu versuchen, was, ehrlich gesagt, unmöglich ist. Ich ...« Ihr Kiefer verspannt sich, und als sie den Kopf hebt, glänzen ihre Augen. Sie wischt mit einer Hand darüber. »Ich hatte auch eine Schwester. Wir waren uns so nahe wie du und Sasha. Aber sie war jünger als ich. Ich sollte zu Hause bleiben und auf sie aufpassen, meine Mutter hat mich darum gebeten, aber ich habe es nicht getan. Als ich zurückkam – Himmel, ich wollte nur zu einem albernen Fest –, war sie weg. Sie ist ertrunken. Es ist meine Schuld, dass sie gestorben ist. Und alles, was ich danach getan habe ... von zu Hause weglaufen, stehlen ... deshalb bin ich hier.« Katia dreht sich zu mir um. Ihre Augen sind tränennass, aber auch hell und hoffnungsvoll. »Aber ich kann dir helfen, deine Schwester zu retten. Und wenn ich es tue, dann ... wenn ich jetzt das Richtige tue …« Sie holt keuchend Luft. »Sasha hat die Spieluhr nicht gestohlen. Sie ist unschuldig und hat es nicht verdient, hier zu sein.«

Ich lege den Arm um sie. »Es tut mir leid, Katia«, flüstere ich. »Danke, dass du mir hilfst. Und ich glaube auch nicht, dass du es verdient hast, hier zu sein.«

Sie stößt einen leisen, bitteren Seufzer aus und ich ziehe sie an mich. Ich weiß, was sie für mich riskiert. »Ich bin nicht so eine gute Schwester, wie du denkst. Ich habe selbst geglaubt, dass Sasha die Spieluhr gestohlen hat«, sage ich. Als ich es ausgesprochen habe, fühle ich mich ein bisschen leichter.

Katia nickt langsam. »Trotzdem bist du hergekommen, um sie zu retten. Darauf kommt es an.«

Jetzt fühle ich mich noch leichter. »Denkst du immer noch, dass es unmöglich ist?«

Sie blickt auf und ich sehe die Silhouette ihrer Zöpfe. »Ja. Aber ich weiß, dass du es trotzdem versuchen wirst.«

Die Küche liegt hinter der Eishalle. Sie ist aus dicken Steinen gemauert wie das Waschhaus, hat aber nur eine Etage. Große Schornsteine ragen vom Dach auf und pusten Rauch in den blassblauen Himmel. Feliks und Sasha gehen neben mir, beide sind schweigsam, seit Katia und ich ihnen erzählt haben, dass die Hacke verschwunden ist. Ich lege eine Hand auf Sashas Schulter, wie ich es früher immer getan habe, als wir klein waren, um mich zu vergewissern, dass sie wirklich da ist. Ich bin unruhig und halte mich von den anderen in der Gruppe fern. Ich habe das Gefühl, dass mich jemand vom Turm aus beobachtet, auch wenn ich niemanden sehen kann.

Wir kommen an einer Gruppe vorbei, die auf dem Weg in die Minen ist. Ein Junge schlurft durch den Schnee, er sieht niedergeschlagen aus und hat einen schwarzen Tintenstrich auf der Stirn. Er geht in einiger Entfernung zu den anderen. Die restlichen Jungen haben wütende Gesichter. Es macht mich traurig, zu wissen, warum.

Der Friedenswächter mit der Schachbretttätowierung bleibt vor der Küchentür stehen, nimmt die Schlüssel von seinem Gürtel, schließt auf und führt uns hinein. Feliks stößt mir mit dem Ellbogen in die Rippen, so fest, dass ich es durch die verschiedenen Kleidungsschichten spüre.

Die Küche ist ein langer, breiter Raum. Linker Hand befindet sich eine riesige Feuerstelle. Darüber hängen Spieße und große, rußgeschwärzte Kochtöpfe. An der anderen Wand stehen zwei große Holztische, darunter Schränke und Schubladen. Töpfe und Pfannen, Roste und Bleche hängen an Ketten von der Decke.

»Wir müssen Feuer machen, Wasser kochen und das alles klein schnippeln«, sagt Katia und zeigt auf mehrere Säcke Kartoffeln, Karotten und Kohl, die an der Wand lehnen. Es riecht nach Erde, Haferbrei und etwas Krautartigem. Ich entdecke Bünde mit Dill und Estragon, die von der Decke hängen.

»Sasha und ich machen Feuer«, erkläre ich.

Natalia schnaubt. »Seit wann darfst du dir deine Aufgaben aussuchen?«

Der Friedenswächter schaltet sich ein und zeigt auf Natalia. »Du machst Feuer. Die anderen füllen die Töpfe mit Wasser, schälen Kartoffeln und machen den Abwasch.« Hinter der Feuerstelle, an der Rückseite des Raums, ist eine Nische mit mehreren Spülbecken. Davor stehen stapelweise die Frühstücksschalen aller Insassen.

Feliks und ich steuern die Gemüsesäcke an. Große Metalltöpfe stehen auf den Tischen, daneben liegen mehrere stumpfe Schälmesser. Von der anderen Seite des Raums holt Natalia einen Sack Kohle. Feliks beobachtet sie, seinen hellen Augen entgeht nichts.

Es scheint mir schon eine Ewigkeit her zu sein, seit ich über die Dächer gerannt bin und die Wächter hinter mir her waren, seit mein Herz mir fast aus der Brust gesprungen wäre, so heftig, wie es schlug, und ich Feliks unter dem Marktstand getroffen habe mit seiner Tasche voll gestohlener Lebensmittel.

Ich nehme eine Kartoffel, die erste von mindestens tausend, und beginne zu schälen. »Kennst du in der Stadt viele Leute wie dich?«

»Was soll das heißen, Leute wie ich?«

Ich öffne den Mund, um zurückzurudern, mich zu entschuldigen. Manchmal klinge ich immer noch wie das Mädchen, dessen Mutter im Dienst der Königin steht.

Doch Feliks grinst nur und zuckt die Schultern. »Es ist wie ein Netz, könnte man sagen. Es ist immer gut zu wissen, wo man was verkaufen kann, wer was braucht, wo man sicher ist und wo sich keine Wächter aufhalten. Wir teilen unsere Informationen.«

Ich werfe die erste Kartoffel in den Topf. »Hast du, bevor du verhaftet wurdest, eigentlich irgendetwas über die Spieluhr gehört?«

Feliks denkt nach. »Es gab viel Gerede, als sie verschwand. Aber vermutlich hast du dem ziemlich schnell ein Ende gemacht.«

Ich schüttele verständnislos den Kopf.

»Also, Valor, ich verstehe ja nicht viel von Politik, aber deine Schwester wurde verhaftet, weil sie angeblich die Spieluhr gestohlen hat. Und wenn du dich erinnerst, hast du versucht, ein Mitglied der Königsfamilie zu ermorden, und zwar auf dem Marktplatz, vor allen Leuten, die etwas auf sich halten, und vor allen anderen auch. Den Tratsch habe ich nicht mehr gehört, da ich zu dem Zeitpunkt schon verhaftet war, aber ich nehme an, dass der Diebstahl danach nicht mehr das Thema Nummer eins war ...« Er hört auf zu reden und beißt sich auf die Lippe. »Entschuldige. Das willst du bestimmt nicht hören.«

Das will ich wirklich nicht. Natürlich wusste ich, was die Leute nach meiner Tat über meine Familie sagen würden. Ich wusste es, aber ich wollte nicht darüber nachdenken. Der kleine Kartoffelberg im Topf wird größer und ich lasse eine feuchte Schale auf den Boden fallen. »Aber bevor du verhaftet wurdest, hast du da nichts Besonderes über die Spieluhr gehört? Keine Erwähnung auf dem Schwarzmarkt?«

Feliks schüttelt den Kopf. Ich stelle fest, dass er noch keine einzige Kartoffel angerührt hat. »Ich habe nicht darauf geachtet. Aber du hast recht – ich habe nichts davon gehört, dass sie verkauft wurde.« Er runzelt die Stirn. »Überhaupt nichts. Das ist tatsächlich sonderbar.«

»Nicht, wenn sie den Palast nie verlassen hat«, sage ich und schäle die Kartoffel rabiater, als nötig wäre. »Der Prinz scheint sich sehr dafür zu interessieren, was ich über den Diebstahl weiß.«

Feliks starrt mich an. »Aber warum sollte der Prinz sie stehlen? Er hat alles, was man sich wünschen kann.«

»Ich weiß es nicht«, gebe ich zu.

Hinter uns erwacht das Feuer knisternd zum Leben und breitet Wärme in der Küche aus. Sasha füllt eimerweise Wasser in Töpfe. Mein Blick wandert zum Friedenswächter. »Wir sollten uns jetzt die Schlüssel besorgen«, raune ich.

»Hast du die Seife dabei?«, fragt er.

Ich nicke. Sie steckt immer noch in meiner Mütze. »Aber nicht das Metall«, sage ich. Es ist mir immer noch schleierhaft, warum jemand die Hacke genommen haben sollte, ohne Katia und mich bei der Aufseherin anzuschwärzen.

»Ich kann die Schlüssel jetzt besorgen«, sagt er. »Um das Metall kümmern wir uns später. Es wäre dumm, so eine perfekte Gelegenheit verstreichen zu lassen.«

Ich werfe einen Blick auf den Friedenswächter an der Tür. Er ist größer als der Türrahmen und beinahe ebenso breit, und seine Arme, die er vor der Brust verschränkt hat, sind so kräftig, dass das Schachbrettmuster sich dehnt und krümmt wie bei einer optischen Täuschung. Ich zögere. Mein Gesicht scheint meine Zweifel zu spiegeln, denn Feliks grinst.

»Alle anderen sehen ein Problem, Valor. Ich sehe eine Gelegenheit. Vertrau mir.«

Ich wünschte, ich könnte die Schlüssel selbst stehlen, aber ich habe keine Ahnung, wie ich das anstellen soll. Irgendwie macht es mich noch nervöser, dass ich ausgerechnet von diesem Friedenswächter meinen ersten Verweis bekommen habe.

»Also gut, ich vertraue dir. Ich zähle auf dich«, sage ich. »Gleich sorge ich für Ablenkung. Aber sag mal, hast du eigentlich vor, eine einzige dieser Kartoffeln zu schälen?«

»Valor.« Er hebt die Hände und wackelt mit den Fingern. Seine Fingernägel sind schwarz. »Du kannst doch nicht ernsthaft erwarten, dass ich diese wertvollen Werkzeuge mit einem stinknormalen Schälmesser gefährde.«

Das Herz klopft mir bis zum Hals beim Gedanken an unser Vorhaben, aber ich grinse. »Gib mir einfach ein Zeichen, wenn ich loslegen soll.«

Die Luft in der Küche ist warm, das Feuer prasselt und das Wasser in den Töpfen blubbert. Sasha ist jetzt mit Nicolai und Katia in der Spülnische und schrubbt Töpfe in einem niedrigen Becken. Die anderen beiden Jungen tragen die nass glänzenden Holzschalen und Löffel zurück in die Eishalle für das Abendessen. Das noch lange nicht fertig ist.

Feliks geht mit einem Topf voll geschälter Kartoffeln durch den Raum und flüstert Sasha etwas ins Ohr. Sasha beugt sich vor und gibt die Nachricht an Katia weiter, während Feliks den Rückweg antritt.

»Mach mal Platz.« Ich zucke zusammen. Ich habe die ganze Zeit abwechselnd Feliks und den Friedenswächter beobachtet, der still wie eine Statue an der Tür steht, und Natalia mit ihrem Schälmesser gar nicht kommen sehen.

»Natalia«, ruft Nicolai, »kannst du mir helfen? Wir müssen den Ofen anfeuern und Mehl aus dem Lager holen.«

Feliks, der mit seinem leeren Topf zurückkommt, wirft mir einen Blick zu. Das ist unsere Chance.

Wir wuchten zwei weitere Kartoffeltöpfe hoch und tragen sie zu den Töpfen auf dem Feuer. Ich nicke Feliks im Gehen zu und er nickt zurück. Ich hole tief Luft. Plötzlich fühle ich mich, als würden meine Innereien in mir herumschweben.

Ich schütte die Kartoffeln in den Topf. Das Wasser blubbert, Dampf steigt mir ins Gesicht. Ich streiche die winzigen Strähnen zurück, die mir an den Schläfen kleben. Dann schiebe ich den Stiel meines Topfs in einen der Griffe des Topfs auf dem Herd, und als Feliks aus dem Weg ist, lehne ich mich zurück und ziehe den Topf mit mir.

Kochendes Wasser schwappt über den Rand, der Topf bekommt Übergewicht, kippt und stürzt scheppernd nach unten. Wasser und Kartoffeln ergießen sich auf die rauen Fliesen. Ich taumele rückwärts und lande mit den Händen auf dem Boden, auf dem sich das heiße Wasser ausgebreitet hat. Ich stoße einen Schrei aus, als ich den brennenden Schmerz auf den Handflächen spüre.

Katia und Sasha machen ein Riesenspektakel und rufen meinen Namen. Der Boden ist rutschig vom Wasser und den glitschigen Kartoffeln. Der Friedenswächter eilt herbei und wuchtet den Topf wieder auf den Herd. Feliks, der vorher nicht zu sehen war, prallt von hinten gegen den Friedenswächter und fängt sich, als wäre er ausgerutscht und beinahe gestürzt. Der Friedenswächter schubst ihn weg.

Wasser dringt in meine Hose und ich erhebe mich mühsam aus der Pfütze.

»Valor! Deine Hände.« Sasha kniet sich neben mich. Ihr Gesicht ist besorgt. Meine Hände pochen, die Haut ist rot und verbrüht.

»Alles in Ordnung«, sage ich, obwohl sich meine Augen mit Tränen füllen.

Der Friedenswächter steht drohend über mir. Meine Schwester blickt zu ihm auf. »Sie braucht Hilfe.«

Er greift nach seinem Gürtel und ich springe panisch auf. Gleich wird er merken, dass seine Schlüssel weg sind. »Es ist nicht schlimm, Sasha. Halt den Mund.« Mein Herz hämmert und das Pochen in meinen Händen wird unerträglich.

Der Friedenswächter greift nach seinem Beutel, und ich stehe zitternd da, als er mir einen Verweis auf die Stirn malt und knurrt: »Aufräumen«, bevor er uns den Rücken kehrt und davongeht.

Katia schnappt sich einen Topf, huscht umher und sammelt Kartoffeln ein. Sasha und ich eilen zur Spülnische, wo Feliks sich mit zwei Tüchern bewaffnet.

»Valor, lass mich mal sehen.«

Ich strecke die Hände aus und er presst die Lippen zusammen und zieht seinen Ärmel hoch. Eine breite, rosa glänzende Narbe läuft über seinen mageren Unterarm. Diese Stelle hat er berührt, als er erzählt hat, dass er früher in einer Schmiede gearbeitet hat.

»Das kommt wieder in Ordnung«, beruhigt er mich.

Er geht näher zu Sasha, nimmt ihre Hand und legt einen Schlüsselbund hinein, wobei er darauf achtet, dass er nicht klimpert. »Schnell«, flüstert er. Dann flitzt er davon und beginnt, das verschüttete Wasser aufzuwischen.

Ich ziehe mit ungeschickten, schmerzenden Fingern meine Uschanka aus und versuche, die Seife aus ihrem

Versteck zu holen. Sasha späht um die Ecke und nickt mir zu. Wir lehnen uns über das Waschbecken. Ich halte die Seife, während sie den Bart jedes einzelnen Schlüssels hineindrückt und einen Abdruck macht. Ich kann jedes noch so winzige Geräusch der aneinanderklirrenden Schlüssel hören, obwohl sie sich bemüht, sie auseinanderzuhalten. Der Schmerz in meinen Händen pulsiert mit meinem Herzschlag.

Da fällt ein Schatten auf uns – Sasha hält die Schlüssel, ich die Seife. Ich schnappe nach Luft. Vor uns steht Natalia mit verschränkten Armen. Sie lächelt.

Nicolai kommt atemlos hinter ihr her. Er schüttelt hilflos den Kopf und hebt die Hände.

»Valor«, sagt Natalia. »Oh, Valor. Ich wusste doch, dass man dich im Auge behalten sollte.«

KAPITEL 13

Ich springe auf.

Natalia legt warnend einen Finger auf die Lippen.

»Wir können doch nicht alle hier rumstehen«, flüstert Nicolai verzweifelt.

Sie dreht sich zu ihm. »Dann verschwinde.«

Katia rennt durch die Küche, schaufelt Gemüse in Kochtöpfe und schaut dabei besorgt zu mir herüber. Feliks steht wieder beim Kartoffelberg und schält, als wäre nichts gewesen. Nicolai starrt Natalia an, offenbar will er etwas sagen, doch dann dreht er sich abrupt um. Seine Kleidung ist weiß vom Mehl. Er stellt sich neben Feliks und beide beugen sich über die Kartoffeln.

Natalia nickt Sasha zu. »Mach schnell, Kleine, gib eurem Dieb die Schlüssel zurück. Er muss sie zurückbringen, bevor sie vermisst werden.«

Sasha beißt sich auf die Lippe und nickt kläglich.

Natalia strotzt vor Häme. »Ich glaube, es ist an der Zeit,

dass Valor und ich uns mal unterhalten.« Sie streckt die Hand nach dem Seifenstück aus, das ich immer noch halte, und nimmt es vorsichtig in Empfang, um die Abdrücke nicht zu beschädigen.

Feliks kommt in die Nische gehuscht. »Friedenswächter«, zischt er und flitzt wieder weg. Natalia wirft mir einen Blick zu, der mir sagt, dass das Spiel vorbei ist, lässt die Seife unter ihrem Pelz verschwinden und läuft gerade noch rechtzeitig in die Küche, bevor Friedenswächter Rurik wie ein gewaltiger Dämon im Durchgang zur Spülnische auftaucht und den Raum verdunkelt. Ich tauche die Hände ins Waschbecken und klappere mit dem Geschirr, um zu verbergen, wie sehr ich zittere.

»Komm mit«, knurrt er. Mir bleibt nichts anderes übrig, als Feliks, Katia und Sasha neben dem wachsenden Berg Kartoffelschalen stehen zu lassen. Meine Hände brennen wie Feuer.

Als mir klar wird, dass Friedenswächter Rurik mich wieder zum Turm bringt, schmilzt mein letztes Fünkchen Zuversicht dahin. Rurik schließt die Tür auf und ich wende den Blick ab. Ich kann den Gedanken nicht ertragen, dass wir um ein Haar einen Satz dieser Schlüssel bekommen hätten.

Im Turm ertönt Musik – die dünnen, herzzerreißenden Töne einer Violine. Ich bleibe wie angewurzelt auf dem blauen Teppich stehen. Seit ich hier bin, habe ich keine Musik mehr gehört. Ich habe mein Glück, ein Instrument lernen zu dürfen, nie richtig gewürdigt. Ich habe es hingenommen, als wäre es eine Selbstverständlichkeit. Ich habe die vielen Privilegien in meinem Leben nie wirklich zu schätzen gewusst. Und kein einziges Mal in meinem Leben, bis zu diesem Augenblick, habe ich geahnt, dass ich die Musik ebenso vermissen könnte wie Mutter und Vater. Tränen steigen mir in die Augen und trüben mir die Sicht, als Prinz Anatol die Treppe herunterkommt.

Ein Blick genügt und Friedenswächter Rurik verlässt den Raum und postiert sich vor der Tür. Der Prinz geht an mir vorbei und verschließt sie. Wir sind allein. Wieder.

»Ich habe von Aufseherin Kirov allerlei interessante Dinge gehört«, sagt er und stellt sich vor mich.

Ich schlucke. In meinem Kopf wirbeln die Gedanken durcheinander - die Schlüssel, die Hacke. Was weiß die Aufseherin? Was hat sie ihm erzählt?

Anatol zieht die Augenbrauen hoch. »Ich habe gehört, dass ich dir mein Leben zu verdanken habe. Du hast mich vor den Wölfen gerettet. Oder etwa nicht?«

»Doch, Hoheit«, sage ich. Meine Stimme ist zu hoch, sie überschlägt sich fast.

Er runzelt die Stirn, als würde ihm die förmliche Anrede missfallen. »Vor nicht allzu langer Zeit hast du versucht, mich zu töten, und jetzt hast du mich gerettet. Warum?«

»Ich habe mich gebessert«, erwidere ich schnell. Meine Hände zittern vor Schmerz. Ich sollte meine Worte wahrscheinlich vorsichtiger wählen, aber ich will diesen Turm einfach nur so schnell ich kann verlassen.

Der Prinz fährt sich übers Gesicht und seufzt. Plötzlich sieht er weniger königlich und viel jünger aus. »Valor, wenn du so gut schießen kannst, wie mir berichtet wurde, dann hättest du mich bei der Parade treffen müssen. Ich glaube nicht, dass du mich wirklich töten wolltest.«

Ich stehe stocksteif da und versuche, mir die Panik nicht anmerken zu lassen. »Doch, natürlich wollte ich das. Es ist nur so ... Gestern Nacht hatte ich keine andere Wahl, weil Aufseherin Kirov meine Schwester bedroht hat. Ich wollte Euch nicht retten. Ich *musste* Euch retten.« Mein Herz schlägt beängstigend schnell. Er darf nicht herausfinden, warum ich hier bin. Er muss glauben, dass ich versucht habe, ihn zu töten, aus Rache, weil meine Schwester eingesperrt wurde.

»Du lügst!« Seine Augen sind jetzt groß und sein Mund ist zu einer störrischen Linie verkniffen. »Ich weiß noch etwas anderes. Aufseherin Kirov hat versprochen, deine Schwester von den Schwarzen Händen zu entlassen, wenn du mich rettest, doch sie hat ihr Wort nicht gehalten. So wurde mir gesagt.«

Meine Angst macht mich wütend. Ich weiß nicht, was er von mir will. »*Wer* hat das gesagt?«, frage ich gereizt und hebe die Arme.

Sein Gesicht verändert sich, als er meine Hände sieht.

Fast könnte man denken, dass er besorgt ist, aber das kann nicht sein. Er hält meine Handgelenke fest und senkt den Kopf über meine Handflächen. »Was ist passiert?«

Ich ziehe die Hände weg. »Nichts.«

»Das stimmt nicht«, sagt er. »Komm mit.« Er stößt die Tür auf und starrt mich zornig an. Friedenswächter Rurik steht wie eine Statue draußen im Schnee. Ich habe bereits ein Tintenzeichen auf der Stirn, also bleibt mir nichts anderes übrig, als hinaus in die Kälte zu stapfen.

Prinz Anatol geht um den Turm herum bis zu der Stelle, wo er an die große Mauer stößt. »Komm«, sagt er. Und dann nimmt Seine Königliche Hoheit Prinz Anatol von Demidova vorsichtig meine Hände, fällt auf die Knie, zieht mich mit sich und drückt meine Handflächen in den weichen, pudrigen Schnee, den der Wind vor die Mauer geweht hat.

Augenblicklich beginnen die kalten Kristalle auf meinen glühenden Händen zu schmelzen und das Brennen lässt nach. Nichts hat sich je so gut angefühlt. Warum tut er das?

»Du weißt, dass Sasha unschuldig ist«, sagt er.

Ich versuche, meine Hände wegzuziehen. »Nein. Nein, ich ... ich weiß überhaupt nichts.« Ich schüttele den Kopf und beschwöre ihn im Stillen, mir zu glauben.

Er starrt mich unverwandt an. Seine Stimme ist tief. »Doch. Du hast mit deiner Schwester geredet. Sie hat dir gesagt, dass sie unschuldig ist, und jetzt versuchst du zu ergründen, wie es wirklich war. Ich weiß, dass es so ist. Warum willst du es nicht zugeben?«

Ich reiße meine Handgelenke aus seinem Griff. Er selbst hat die Spieluhr gestohlen. Er will herausfinden, wie viel ich weiß – um sich selbst zu schützen. Ich muss Sasha hier rausholen, bevor er einen Weg findet, uns beide für immer loszuwerden.

»Wenn Ihr mich nicht in Ruhe lasst, werde ich Prinzessin Anastasia ersuchen, sich für uns einzusetzen«, sage ich. Meine Stimme wankt, doch ich starre ihn trotzig an.

Seine Stirn ist zornig gerunzelt, aber in seinen Augen sehe ich etwas anderes. Angst.

Ich stemme mich auf die Knie, dann auf die Füße und nehme mehrere Hände voll Schnee mit. »Ich meine es ernst. Sie hat sich schon einmal gnädig gezeigt. Sie hat Sasha von den Schwarzen Händen befreit. Ich werde ihr sagen, was ich weiß, und sie wird Sasha und mir helfen.« Ich presse den Schnee in meinen Händen zu Matsch, der mir durch die Finger tropft.

»Wenn du weißt, was gut für dich ist, hältst du meine Schwester da raus.« Er wirft mir einen warnenden Blick zu, aber es ist zu spät – ich habe gesehen, dass ihm meine Drohung Angst macht.

»Dann lasst mich in Ruhe«, sage ich. »Und meine Schwester auch.«

Ich drehe mich um, renne los und lasse den Prinzen knietief im Schnee zurück.

KAPITEL 14

Ich renne weiter, der frische Schnee knirscht unter meinen Stiefeln. In einiger Entfernung zum Waschhaus bleibe ich stehen. Mein Herz klopft jetzt noch schneller, als wäre mir eben erst klar geworden, dass ich dem Prinzen gedroht habe.

Hinter mir höre ich Prinz Anatol etwas sagen und Friedenswächter Rurik antworten. Ich beiße mir auf die Lippe und drehe mich um, in der Erwartung, dass der Friedenswächter bereits hinter mir steht, doch der Prinz redet immer noch auf ihn ein. Ich kann nirgendwo hin. Also starre ich die beiden an und versuche mir zusammenzureimen, was jetzt mit mir passiert. Es beginnt wieder in feinen Flocken zu schneien, die die Umrisse des Prinzen verwischen und die schwarze Uniform des Friedenswächters weiß pudern.

Sie sehen in meine Richtung, dann verneigt Rurik sich vor Anatol und stapft durch den Schnee auf mich zu.

Der Prinz zieht seinen Umhang enger um sich, geht zurück zum Turm und schlägt die Tür hinter sich zu.

Als Rurik bei mir ist, zeigt er auf eines der kleineren Gebäude, die sich zwischen dem Waschhaus und den Zellen der Jungen befinden. Ich schlucke. Ich weiß, dass eines davon die Schmiede ist, ein anderes das Lager. Das dritte Gebäude hat schmale, weit oben angebrachte Fenster – es ist das einzige in Tyur'ma, das überhaupt Fenster hat.

Ich unterdrücke den Drang zu fragen, wohin ich diesmal gebracht werde. Ich weiß, dass Rurik mir ohnehin nicht antworten würde. Ich marschiere hinter ihm her, setze meine Stiefel in die riesigen Abdrücke, die er auf dem Boden hinterlässt, und versuche, meine zuckenden Nerven zu beruhigen. Beobachtet der Prinz uns vom Turm aus? Ich werde ihm nicht die Befriedigung verschaffen, mich zu ihm umzudrehen. Ich blinzle die Schneeflocken von meinen Wimpern und richte meine Aufmerksamkeit auf die Tätowierungen, die sich Friedenswächter Ruriks Oberarme emporwinden.

»Da rein«, bellt er. Wir haben das Gebäude mit den hohen Fenstern erreicht. Rurik öffnet die Tür, und ich spähe zögernd hindurch, noch immer mit hämmerndem Herzen. Licht fällt durch die Fenster, die so hoch über dem Boden sind, dass ich nur den weißen Himmel sehe. Zu beiden Seiten des Raums stehen frisch bezogene Betten mit weißen Laken wie dem, das ich unter der Matratze in meiner Zelle versteckt habe. Es ist die Krankenstation.

In einem großen Kamin auf der gegenüberliegenden Seite des Raums brennt ein Feuer, obwohl keins der Betten belegt ist. Zwei weitere Räume gehen von dem ersten ab. Die Türen stehen einen Spalt auf, aber nicht weit genug, um etwas zu sehen.

»Da rein«, wiederholt Friedenswächter Rurik in einem Ton, der mir zu verstehen gibt, dass er es nicht noch ein drittes Mal sagen wird. Er schubst mich nach vorn und ich betrete eine Matte auf dem gekachelten Boden. Ich rieche Öllampen, Seife und Kräuter, für die ich keine Namen habe.

Eine der Türen öffnet sich und eine Frau tritt ein. Sie ist kleiner als ich, und ihre Haare sind zu einem langen Zopf geflochten, der mich so sehr an Mutter erinnert, dass meine Brust unvermittelt zu schmerzen beginnt. In dem kleinen Raum hinter ihr sind zwei weitere Betten, auf einem von ihnen sitzt ein brauner Pelzberg.

Die Frau nickt Friedenswächter Rurik zu, er verlässt die Krankenstation und schließt die Tür hinter sich, damit die Kälte draußen bleibt.

»Komm zu mir«, sagt die Frau. Ich zögere und sehe mich vorsichtig um, dann erst gehe ich in den nächsten Raum. Es sind nur die beiden Betten darin, ein Waschbecken und ein Regal mit Gläsern voller Kräuter, Salben und Flüssigkeiten, alle mit einer winzigen, säuberlichen Handschrift beschriftet.

»Name?«, fragt sie.

»Valor Raisayevna«, antworte ich. Früher war ich stolz auf meinen Namen. Jetzt zieht sich mir das Herz zusammen, wenn ich ihn nenne. Doch die Frau reagiert nicht.

Der Pelzberg auf dem Bett bewegt sich. Es ist das Mädchen mit der Augenklappe, das mich in der Nacht gerettet hat, als ich auf dem Weg zu Sashas Zelle beinahe in den Abgrund gestürzt wäre. Das Mädchen, von dem Katia erzählt hat, es habe versucht zu fliehen. Ihr Name ist Mila. Ich kann mir einen neugierigen Blick auf ihre Hände nicht verkneifen. Die eine Hand ist tief in ihren Pelzen vergraben. Der andere Ärmel liegt in ihrem Schoß, und an der Stelle, an der ihre Hand sein sollte, befindet sich ein klaffendes Loch. Ich schlucke.

Die Frau zeigt auf das freie Bett. »Ich bin Dr. Lenina. Setz dich.« Sie hat eine ruhige Stimme und ihre Augen sind nicht so bohrend wie die von Aufseherin Kirov.

Ich setze mich auf die Bettkante. »Warum bin ich hier?«

Sie lächelt – es ist das erste echte Lächeln, das ich seit meiner Ankunft hier bei einem Erwachsenen gesehen habe. »Das hier ist die Krankenstation. Ich bin sicher, dass du mir sagen kannst, warum du hier bist.«

Beinahe hätte ich vergessen, was mit meinen Händen passiert ist. Jetzt, da die Ärztin danach fragt, überkommt mich der Schmerz wie eine Welle. Ich betrachte meine Handflächen. Sie sind rot und werfen an mehreren Stellen Blasen.

Die Ärztin nickt und macht sich an der Spüle zu schaffen. »Zieh deinen Mantel aus, dann wollen wir sie uns einmal ansehen.«

Ich verstehe das nicht. Fürchtet der Prinz, ich könnte Prinzessin Anastasia meine Verletzung zeigen? Wird er mich jetzt in Frieden lassen und endlich aufhören, mich zu befragen? Ich habe eine gefährliche Karte ausgespielt, indem ich mit der Prinzessin gedroht habe ... Habe ich gewonnen? Ich zucke vor Schmerz zusammen, als ich der Bitte der Ärztin mit gekrümmten Fingern nachkomme. Wenn Natalia nicht die Schlüsselabdrücke an sich genommen hätte, wäre es das alles wert gewesen.

»Warte. Ich helfe dir.«

Ich weiche unwillkürlich ihrer Hand aus, ich kann nicht anders.

Sie lässt die Hände sinken und presst die Lippen zusammen. »Weißt du, Valor, ich wollte schon als kleines Mädchen Kinderärztin werden. Und welcher Ort wäre dafür besser geeignet als dieser, wo ich am meisten gebraucht werde? Aufseherin Kirov nimmt ihre Arbeit und ihre Pflichten gegenüber der Königsfamilie sehr ernst. Aber du kannst mir glauben, dass auch ich meine Arbeit sehr ernst nehme.«

Sie nähert sich mir langsam und knöpft mit flinken Fingern meinen Mantel auf, lässt ihn vorsichtig über meine Schultern gleiten und legt ihn aufs Bett. Sie nimmt meine Hände und untersucht sie, runzelt die Stirn und dreht sie nach links und nach rechts. Ihre Finger sind kühl und vorsichtig.

»Ich werde eine Salbe anrühren und sie bandagieren.« Sie wendet sich an das andere Mädchen. »Mila, deine Salbe mache ich bei der Gelegenheit auch gleich fertig. Wartet hier.«

Dr. Lenina geht zu der anderen Tür. Ich höre Gläserklirren, während sie in dem angrenzenden Raum ihre Sachen zusammensucht. Mir gegenüber sitzt Mila, die mich mit ihrem gesunden Auge unverwandt ansieht. Seit der Nacht, in der sie mich zurück auf den Vorsprung gezogen hat, habe ich sie nicht mehr gesehen.

Ich räuspere mich. »Danke, dass du mir neulich geholfen hast.«

»Das war doch weiter nichts.« Ich hatte vergessen, wie tief ihre Stimme ist. Tief, aber sanft, wie Kieselsteine unter Wasser.

»Doch, war es. Es war sehr viel«, sage ich und schäme mich plötzlich, dass ich nicht nach ihr gesucht habe, um ihr angemessen zu danken, dass sie die anderen Insassen gegen sich aufgebracht hat, um einer Wildfremden zu helfen. »Es ... es tut mir leid, dass wir in der Nacht wegen mir kein Dach hatten. Meine Schwester war oben bei den Schwarzen Händen. Wenn du mir nicht geholfen hättest, wäre ich nicht zu ihr gekommen.«

Ich muss an Sasha denken, die immer noch mit Natalia

in der Küche sein muss. Plötzlich will ich unbedingt wissen, was dort gerade passiert.

Aus dem Zimmer nebenan ist die Stimme der Ärztin zu hören, die etwas vor sich hin murmelt.

Mila beugt sich zu mir. Der Ärmel ihres Mantels faltet sich an der leeren Stelle, an der ihre Hand sein sollte. »Es gibt Personen in deiner Arbeitseinheit, von denen du dich fernhalten solltest«, sagt sie, als hätte sie meine Gedanken gelesen.

Mein Puls setzt kurz aus. »Das habe ich versucht.«

»Vielleicht nicht genug.« Sie schüttelt den Kopf. »Du wirst dir einen Riesenärger einhandeln, wenn du dich mit den falschen Leuten einlässt. Mein Rat: Schließe hier keine Freundschaften. Du weißt nicht, wem du trauen kannst.«

Die Schritte der Ärztin ertönen auf den Fliesen.

»Wem? Wem darf ich nicht trauen?«, frage ich schnell.

»Die Aufseherin hat Spione. Und sie ist nicht die Einzige.«

Die Ärztin schiebt die Tür mit dem Ellbogen auf, in den Händen hält sie Verbandszeug und Schalen. Sie reicht Mila eine Schale mit einer dunklen Tinktur, die nach Minze riecht. Mila stellt sie neben sich aufs Bett.

Dann nimmt die Ärztin meine Hände und streicht den Inhalt einer anderen Schale auf meine Haut. Die Salbe prickelt zunächst und lindert dann das feurige Brennen. Ich spüre, wie mein ganzer Körper sich entspannt, auch wenn mein Kopf dazu nicht in der Lage ist. Dr. Lenina wickelt weiche weiße Bandagen um meine Handflächen und jeden einzelnen Finger.

Ich lasse es geschehen. Über die Schulter sehe ich, wie Mila die Finger in ihre Salbe taucht. Sie nimmt die Klappe von der Höhle, in der sich früher ihr Auge befand, bevor sie Aufseherin Kirovs Groll auf sich gezogen hat. Ich gebe mir Mühe, nicht das Ergebnis dessen anzustarren, was die Aufseherin ihr angetan hat. Diese Tat zeugt von einer Grausamkeit, von der ich gerade mal die Spitze des Eisbergs gesehen habe.

Während die Ärztin meine Hände fertig verbindet, rutscht Mila vom Bett, stellt ihre Schale in die Spüle und verabschiedet sich mit einer Selbstverständlichkeit, als wäre sie regelmäßig hier. Wie lange ist es her, seit sie versucht hat zu fliehen?

Ich stehe auf, um ihr zu folgen, aber Dr. Lenina protestiert. »Valor, du musst dich an meine Anweisungen halten. Du bist hier, um dich eine Weile auszuruhen.«

Ich schaue zur Tür. »Ich muss wieder an die Arbeit. Meine Schwester ...«

Sie legt mir eine Hand auf die Schulter und führt mich zurück zum Bett. Ihre Sanftheit bringt meine Entschlossenheit ins Wanken. Aber ich muss zu Sasha.

»Du musst nirgendwo hin«, sagt Dr. Lenina, und zum ersten Mal klingt sie, als würde sie keine Widerrede dulden. Sie stellt sicher, dass ich mich auch wirklich hinlege, und als sie mir die Haare aus der Stirn streicht, bringt mich die liebevolle Geste völlig aus der Fassung. Ich schließe die Augen, die sich mit Tränen füllen. Ich habe mich so sehr bemüht, doch jetzt ist der Zweifel in mich eingedrungen wie die Kälte. Ich fühle mich nicht länger wie das Mädchen, das glaubt, es könne seine Schwester befreien.

Ich wache langsam auf und spüre das weiche Laken an meiner Wange. Einen Augenblick lang bin ich wieder zu Hause, Vater ist unten in seinem Studierzimmer und Sasha diskutiert mit ihm über irgendeine hofpolitische Frage. Mutter ist in der Küche und schärft ihre Jagdmesser, womit sie die Haushälterin wie immer in Rage bringt. Ich lächele, doch dann fällt mir wieder ein, wo ich wirklich bin. Ich reiße die Augen auf. Über mir liegt eine Decke. Ich schiebe sie weg und setze mich auf. Die Tür zum Nebenzimmer steht offen und gedämpftes Licht dringt herein. Ich springe aus dem Bett, meine Hände sind immer noch bandagiert.

Als Dr. Lenina mich aus der Krankenstation entlässt, ist der Himmel so dunkellila wie ein schmerzhafter blauer Fleck. Das Gefängnisgelände ist von einer frischen Schneeschicht bedeckt, rein und unberührt, frei von Spuren und Gefangenen. Oben auf der Mauer zündet ein Friedenswächter die Fackeln für die Nacht an. Ein einsamer Wolf heult lang gezogen und die Haare auf meinem Arm stellen sich auf.

Ich eile zur Eishalle, um rechtzeitig zum Abendessen zu kommen, und mein Atem gefriert vor mir zu winzigen Kristallen. Als ich an der Schmiede vorbeilaufe, wo die Luft nach heißem Metall riecht, höre ich hinter mir ein leises Knirschen. Ich drehe mich hastig um, aufmerksam und nervös, und verwandle mich zurück in die Valor, die außerhalb der Krankenstation existiert. Die weichen Laken sind weg, die bittere Kälte ist wieder da. Doch hinter mir ist nichts, nur der Schnee, glitzernd und tödlich im heller werdenden Feuerschein.

Ich husche am Lagerhaus vorbei, einem niedrigen Gebäude, von dessen Dach vom Wind gebogene Eiszapfen hängen, teilweise so lang wie mein Arm. Ein Schlurfen, gefolgt von einem Schnappen, lässt mich zusammenzucken, und ich drehe mich erneut um. Augen sind auf mich gerichtet. Ich spüre sie. Ich spüre sie wie die Augen eines Wolfs, die mich von der anderen Seite der Mauer aus beobachten. Meine Haut kribbelt.

Der schaurige Unterwasserglanz der Eishalle taucht vor mir auf. Im Schatten des Zellenbaus der Jungen renne ich darauf zu. Hinter mir hämmern Füße über den Boden. Ich sehe mich nicht um. Ich renne schneller, doch jemand wirft sich von der Seite auf mich und drängt mich gegen die Wand. Ich jaule, strample und verliere beinahe das Gleichgewicht. Hände greifen nach mir und halten mich fest.

Etwas Scharfes wird gegen meinen Hals gedrückt.

»Ganz ruhig«, sagt Natalia. »So.« Sie beugt sich ganz nahe an mein Gesicht. »Wann fliehen wir, Valor?«

Ich schüttele den Kopf. Der Plan war nur für Sasha und mich. Katia und Feliks sind schon dazugekommen, es sind also bereits mehr Menschen eingeweiht, als mir lieb ist. Und Natalia vertraue ich nicht. »Es gibt kein *wir*. *Du* hast die Schlüsselabdrücke.«

Ihr Gesicht wird hart. »Ich kann nicht einfach die Tore öffnen und über die Steppe spazieren. Ich will wissen, was du geplant hast. Und ich will wissen, wann wir hier verschwinden.« Sie lässt die Hand über meinen linken Arm gleiten und greift nach meiner bandagierten Hand. Ich versuche, mich aus ihrem Griff zu winden, aber sie drückt mich wieder gegen die Wand. Ein kaltes Rinnsal läuft mir den Nacken hinunter, und mir wird klar, dass der scharfe Gegenstand an meinem Hals ein Eiszapfen ist.

Natalia drückt meine Finger. Ich beiße die Zähne zusammen, Tränen steigen mir in die Augen. Sie seufzt, als wäre es meine Schuld. »Glaubst du wirklich, dass ich mir mühsam einen neuen Plan überlege, wenn ich weiß, dass du bereits einen hast? Entweder nimmst du mich mit oder ich gehe zu Aufseherin Kirov, dann wirst du nie mit deiner geliebten Schwester aus Tyur'ma entkommen. Ich bin sicher, dass sie mir für die Information eine nette Belohnung gewähren würde. Oder denkst du etwa, sie mag dich? Denkst du, sie würde dir eher glauben als mir? Du hast die Wahl, Valor.«

»Hör auf.« Meine Stimme ist schmerzverzerrt, doch sie lässt meine Hand noch immer nicht los. »Ich habe einen Plan. Es gibt einen Tunnel, einen Tunnel unter dem Turm. Aber erst brauche ich die Schlüssel, um den Fluchtweg zu prüfen. Und du hast die Abdrücke.«

Endlich lässt sie meine Hand los. Ich keuche und ziehe sie schützend an mich. Natalia lässt den Eiszapfen fallen und schiebt mit dem Stiefel Schnee darüber.

»Warum können wir nicht einfach gehen?«, fragt sie. »Am besten jetzt gleich.«

»Ich habe es doch gesagt. Ohne die Schlüssel kommen wir nicht raus. Ich wollte den Geheimgang suchen. Ich weiß, dass er irgendwo unter dem Turm ist, aber ich muss ihn erst finden. Was, wenn wir alle in den Turm gehen und dann nicht hinauskommen? Was, wenn der Zugang versperrt ist? Wir müssen den richtigen Augenblick abwarten.«

»Du hast wirklich alles bedacht, was?« Natalia klingt beinahe beeindruckt. »Bist du dir sicher, dass es diesen Tunnel überhaupt gibt?«

Ich presse meine schmerzenden Hände an den Körper. »Ja. Ich habe ihn auf alten Karten gesehen, die meinem Vater gehören. Aber du hast die Form genommen, mit der ich die Schlüssel machen wollte, und jetzt ...«

Sie hebt die Hand, öffnet die Faust und lässt etwas vor meinen Augen baumeln. Einen Bund silberner Schlüssel.

Verblüfft stelle ich mich aufrechter hin. Mein Herz macht einen Satz.

»Schon erledigt. Siehst du? Ich will mit dir zusammenarbeiten. Der Friedenswächter hat nichts gemerkt, als Feliks die Schlüssel zurückgebracht hat. Er und deine Schwester haben das alles ganz schnell hingekriegt. Und jetzt gebe ich sie dir. Ich vertraue auf dich, dass du mich hier rausholst.« Sie hält mir die Schlüssel hin, und ich sehe sie mir an, perfekt und silbern. Mein Leben liegt in Natalias Händen.

»Nimm sie. Heute Nacht findest du den Fluchtweg. Und morgen will ich hier raus.«

Ich versuche, das Zittern meiner Hände zu unterdrücken, als ich die Schlüssel nehme. Mit steifen Fingern verstecke ich sie im Geheimfach meines Stiefels. Natalia verschwindet im Schatten und ich stolpere auf zitternden Beinen zur Eishalle.

Ein Friedenswächter hält mich auf. Ich zeige ihm meine verbundenen Hände. Ich will nur zu Sasha. Und obwohl ich zu spät zum Essen bin und wir Augenblicke später in unsere Zellen geschickt werden, reicht die Zeit, um ihr Gesicht zu sehen. Ich gehe schweigend neben ihr her und fühle mich besser, als ich feststelle, dass es ihr gut geht.

Später, als wir schon eine Weile in den Zellen sind, das Licht gelöscht und der Zellentrakt still ist, klettert Katia zu mir ins Bett.

»Hier«, flüstert sie und drückt mir etwas in die Hand.

Ich richte mich auf und lehne mich an die Wand. Ein Stück Brot und etwas Käse liegen vor mir. Ich sehe sie überrascht an. »Danke.« Ich stopfe mir das Brot in den Mund und merke erst jetzt, wie hungrig ich bin.

Sie sitzt neben mir, ihre langen, dünnen Beine ragen über die Bettkante. »Jetzt wird es ernst, was? Wir hauen wirklich ab. Und ich habe alle Risiken den anderen überlassen und bin selbst keins eingegangen. Ziemlich schäbig von mir.«

»Aber, Katia, du riskierst doch schon genug, indem du nur eine Zelle mit mir teilst. Wenn Aufseherin Kirov wüsste ...«

»Dann müssen wir eben dafür sorgen, dass sie nichts erfährt. Jetzt gibt es kein Zurück mehr. Wir haben die Schlüssel. Und Natalia und Nicolai kommen auch mit.«

Ich schlucke einen Bissen Brot hinunter. »Nicolai?«

»Wir können ihn nicht zurücklassen. Seine ganze Arbeitseinheit flieht. Überleg mal, was die Aufseherin mit ihm anstellen würde. Außerdem hat er uns heute unglaublich geholfen, Valor. Er hat genau das getan, worum Sasha und Feliks ihn gebeten haben.«

»Wie haben sie die Schlüssel gemacht?« Ich stecke mir das letzte Stück Brot in den Mund und versuche, langsam zu kauen.

»Sasha und Feliks. Du hättest sie sehen sollen.« Ihre Augen leuchten vor Stolz. »Erst hat Feliks die Schlüssel zurückgebracht. Dann hat Sasha Nicolai zur Schmiede geschickt mit dem Vorwand, es werde ein neues Silberbesteck für die Aufseherin benötigt. Anscheinend ist das alte Besteck … beschädigt worden.« Katia grinst dämonisch.

»Ihr habt das Besteck der Aufseherin eingeschmolzen und daraus die Schlüssel gemacht?« Ich kann nicht glauben, dass das alles ohne mich passiert ist. Feliks und Sasha sind wirklich das perfekte Gespann.

Sie nickt und grinst bei der Erinnerung. »Es war Sashas Idee. Ich hätte das alles nie zu hoffen gewagt. Ich habe mir nie den Gedanken erlaubt, diesen Ort eines Tages zu verlassen. Aber wenn ich sehe, wie entschlossen ihr seid und wie deine Schwester es mit Natalia aufnimmt und ihr sagt, wenn sie mitkommen will, soll sie das mit dir klären, dann kann ich nicht anders.« Sie legt die Hand vor den Mund und atmet tief ein.

Ich schüttele fassungslos den Kopf. »Ich wünschte, ich wäre dabei gewesen. Meine Schwester kann so viel besser mit Worten umgehen als ich. Allerdings glaube ich nicht, dass ihr klar war, wie Natalia die Sache mit mir ›klären‹ würde.« Ich beuge mich vor und ziehe einen der Schlüssel aus seinem Versteck.

»Du hast sie?« Ihr Lächeln schwindet.

Ich berichte ihr von meiner kleinen Unterredung mit Natalia. Als ich fertig bin, sind ihre Augen ganz rund.

»Du musst heute Nacht zum Turm? Ganz allein? Das ist zu gefährlich.«

»Wenn ich es nicht tue, wird Natalia mich bei der Aufseherin anzeigen. Und wenn das passiert, werde ich nicht die Einzige sein, die dafür zahlen muss. Ich muss noch heute gehen.«

Katia wird still. Sorge zeichnet sich auf ihrem Gesicht ab und ihre Augen füllen sich mit Angst. Kälte und Stille durchdringen meinen Körper. Als ich ihr eine Weile später zunicke und vom Bett steige, dröhnt jedes winzige Knarren des Bettgestells in meinen Ohren so laut wie das morgendliche Wegrollen des Dachs.

Vorsichtig hole ich das gefaltete Laken unter der Matratze hervor und stecke es unter den Bund meiner Hose. Ich drücke das Gesicht an die Gitterstäbe und spähe nach rechts und nach links. Der Zellenbau ist voll von schwarzen, huschenden Schatten. Sashas Zelle ist so dunkel und still wie alle anderen.

Mila hatte unrecht mit ihrem Rat, niemandem zu vertrauen. Das wird mir jetzt klar, trotz der Sache mit Natalia. Mila hat niemandem vertraut, und das ist der Grund, warum ihre Flucht gescheitert ist. Ich kann meiner Schwester vertrauen. Ich kann meinen Freunden vertrauen. Und das ist der Grund, warum ich es schaffen werde.

Ich nehme den Schüsselbund aus meinem Stiefel, trenne den Schlüssel für die Zelle von den anderen und dämpfe das Klirren des Metalls mit meinem Verband. An der Stelle, an der Natalia zugedrückt hat, schmerzen meine Finger noch immer. Aber was auch immer Dr. Lenina mir auf die Hände gestrichen hat, muss ein Wundermittel sein, denn ich spüre sonst nur noch ein schwaches Pochen.

Über die Schulter schaue ich in Katias angespanntes Gesicht.

Ich halte den Atem an, damit meine Hand nicht zittert, und schiebe den Schlüssel zentimeterweise nach vorn, als könnte ich bei der bloßen Berührung mit dem Schloss vom Blitz erschlagen werden.

Ich drehe den Schlüssel. Das Schloss meiner Zellentür öffnet sich.

KAPITEL 15

Ich lege die Hände auf die Gitterstäbe und schiebe die Tür auf. Sie öffnet sich langsam und wirft dabei einen gestreiften Schatten an die Wand. Katia sitzt steif auf ihrem Bett und presst die Hände vor den Mund. Ich atme leise aus und trete auf den schmalen Vorsprung vor der Zelle. Der Abgrund bis zur anderen Seite wirkt breiter und tiefer als bei Tag, wenn die Mädchen daran entlangrennen, um rechtzeitig zum Frühstück zu kommen.

Ich spähe in die Zelle nebenan. Von den Mädchen sind nur dunkle Schatten auf den Pritschen zu sehen. Sie atmen ruhig, erschöpft von der Arbeit des Tages. Ich umklammere die Schlüssel, werfe Katia einen letzten Blick zu und schleiche mich im Schatten der Wand davon.

Angestrengt versuche ich, die schlafenden Gestalten in jeder Zelle auszumachen. Als ich zur Treppe komme, die zum Ausgang führt, ist mir schwindlig, weil ich so flach geatmet habe. Ich zwinge mich dazu, einige Male tief

Luft zu holen, bevor ich mich mit beiden Armen an der Wand abstütze und die Treppe hinuntergehe. Ich husche an der einsamen Fackel vorbei und hoffe inständig, dass keiner der Insassen mich sieht.

Jemand ruft ein einzelnes Wort. Ich erstarre, das Herz schlägt mir bis zum Hals. Ich warte und warte, aber nichts passiert. Anscheinend hat eins der Mädchen etwas im Schlaf gerufen. Vor der schmalen Tür bleibe ich stehen und lausche. Ist draußen ein Friedenswächter stationiert? Patrouillieren sie nachts über das Gelände?

Ich werde es nur herausfinden, wenn ich die Tür öffne. Ich zittere und mache mich bereit, beim kleinsten Geräusch zurück zu meiner Zelle zu rennen. Ich hole das weiße Laken unter meinem Mantel hervor, wickele mich darin ein, sodass es meine dunkle Kleidung verhüllt, und drehe den Schlüssel im Schloss.

Ein eisiger Windstoß bläst durch den sich öffnenden Spalt und lässt mein Herz noch schneller schlagen. Aber ich halte die Augen auf den Spalt geheftet. Draußen ist kein Friedenswächter zu sehen. Das Gelände liegt verlassen da, der Schnee ist frisch und weiß. Oben auf der Mauer brennen Fackeln. Irgendetwas bewegt sich da und verdeckt eins der Lichter. Ein Friedenswächter geht langsam den Wehrgang entlang, dort, wo Prinz Anatol mit seiner Schwester gestritten hat. Wo ich die Pfeile abgeschossen habe, die ihm das Leben gerettet haben.

Der Friedenswächter auf der Mauer geht weiter und ich

ergreife meine Chance. Ich öffne die Tür gerade so weit wie nötig, schiebe mich durch die Öffnung und ziehe sie hinter mir wieder zu. Sie knarrt leise und ich zucke zusammen. Ich ducke mich in den Schnee, renne los und bete, dass das weiße Laken über mir mich vor der Aufmerksamkeit des Friedenswächters schützt.

Die Luft ist hart wie Diamant und so kalt, dass mir der Atem stockt. Ich denke an Sasha, um mich selbst daran zu hindern, zurück in meine Zelle zu rennen, und husche in den Schatten des Zellenbaus der Jungen. Der Wind hat hohe Schneeverwehungen vor die Mauer getragen und meine Stiefel sinken tief ein. Kälte umgibt meine Beine, aber wenigstens füge ich mich mit dem Laken, aus dem nur meine Augen herausschauen, gut in die Umgebung ein. Wenn ich jetzt erwischt werde, weiß ich nicht, was Aufseherin Kirov mit mir macht.

Ich halte mich im Schatten, stapfe weiter und hoffe darauf, dass der Wind meine Spuren verweht. Oben auf der Mauer macht der Friedenswächter kehrt und geht Richtung Berg. Ich atme mehrmals ein und aus und versuche vergeblich, das Hämmern meines Herzens zu beruhigen. Dann laufe ich über die offene Fläche auf den Turm zu. In der Steppe heulen die Wölfe, aber es ist noch ein anderes Geräusch zu hören, das meinen Puls weiter beschleunigt: Stiefel im Schnee.

Auf der anderen Seite des Geländes öffnet eine Friedenswächterin das Tor in der Wand, das zu dem Käfig führt, in dem Feliks und ich bei unserer Ankunft gestanden haben. Es ist die Frau mit der Adlertätowierung mit dem grausam gebogenen Schnabel. Noch hat sie mich nicht entdeckt, aber wenn ich weiterrenne, wird sie mich sehen.

Ich lasse mich bäuchlings auf den Boden fallen, vergrabe mich im Schnee und ziehe das Laken über mich. Eisige Kälte dringt durch meine Kleidung in meinen Körper. Die Friedenswächterin marschiert quer über das Gelände und steuert auf die Eishalle zu. Ich zittere so sehr, dass mir die Zähne klappern. Ob vor Kälte oder vor Angst, kann ich nicht sagen. Als sie den Punkt auf ihrem Weg erreicht, der mir am nächsten ist, kneife ich die Augen zusammen.

Als ich sie wieder öffne, ist sie weg. Ich atme aus und suche das Gelände ab. Ich warte, so lange ich kann, während die Kälte weiter in meine Knochen kriecht. Ich drehe den Kopf und schaue hinter mich. Nichts.

Ich rappele mich auf, ziehe mein Laken zurecht, das jetzt nass und schwer vom Schnee ist, und renne zum Turm. Die Schlüssel liegen hart in meiner Hand, meine Finger sind taub und steif vor Kälte. Ich versuche, den Schlüssel ins Schloss zu stecken, doch der Bund entgleitet mir. Meine verbundenen Finger wühlen panisch im Schnee, mein Atem geht hastig, trotz meiner Versuche, ihn ruhig zu halten.

Ich bekomme den Bund zu fassen und versuche, den

Schlüssel, den ich brauche, von den anderen zu trennen. Endlich gelingt es mir, ihn ins Schloss zu stecken. Ich bin zu panisch, um klar zu denken. Ich drehe ihn um, drücke die Tür auf und stolpere über mein verheddertes Laken in den Raum.

Eine Sekunde lang bleibe ich im Dunkeln auf dem dicken Teppich liegen, dann reiße ich mir das Laken von den Beinen und schiebe die Tür wieder zu. Ich lausche angestrengt, höre aber nur das entfernte Heulen der Wölfe. Der Turm ist still und finster, massiv und fensterlos.

Ich taste mich an der Wand entlang, bis ich gegen einen Tisch stoße und meine Hände eine Öllampe fühlen. Nach drei verfehlten Versuchen, sie mit verbundenen Fingern anzuzünden, muss ich die Daumen und zwei Finger an jeder Hand auswickeln. Ich spüre beißenden Schmerz, als es mir endlich gelingt.

Die Wendeltreppe befindet sich auf der gegenüberliegenden Seite des Raums. Ich trete das Laken zu einem Knäuel zusammen und schiebe es unter den Tisch, dann eile ich zur Treppe, um nach unten zu gehen. Das Licht der Lampe ist so schwach, dass ich beinahe gegen die Tür pralle, bevor ich sie sehe. Sie ist aus starkem Holz mit Eisenbeschlägen. Ich starre sie an, und Panik breitet sich in mir aus, als ich meine Schlüssel betrachte. Einen nach dem anderen stecke ich ins Schloss, wobei ich versuche, die Lampe ruhig zu halten. Als ich zum letzten komme, halte ich ihn ganz fest, als könnte ich ihn in die passende Form drücken, wenn ich es mir nur stark genug wünsche. Ich hole tief Luft und schiebe den Schlüssel ins Schloss.

Er passt nicht.

Ich sinke auf die Türschwelle und blicke auf die kleine Flamme, die gelb in meiner Hand glimmt. Wenn ich jetzt hier sitzen bleibe, werde ich nie wieder aufstehen. Ich werde zulassen, dass die Lawine der Hoffnungslosigkeit auf mich einstürzt und mich zerschmettert. Und dann wird ein Friedenswächter mich entdecken. Also befehle ich meinen Beinen, wieder aufzustehen. Ich werde den Schlüssel suchen. Oben im Studierzimmer. Ich werde den Schlüssel zu dieser Tür finden.

Das wiederhole ich immer wieder im Stillen, während ich einen Fuß vor den anderen setze und die Treppe hinaufsteige. Im Erdgeschoss bleibe ich stehen und lausche, doch in Tyur'ma ist alles still. Schnell suche ich den Raum mit dem blauen Teppich ab, dann den Raum mit dem Tisch und den Stühlen und den Raum mit dem Notenständer – heute ohne Violine –, aber ich entdecke nichts, wo man einen Schlüssel aufbewahren würde.

Im Zimmer ganz oben im Turm ducke ich mich und verberge das Licht der Lampe vom Fenster. Ich habe keine Ahnung, wie lange der Friedenswächter auf dem Wehrgang bleiben wird, und der einzige Weg zurück führt durch diesen Raum. Ich muss schnell sein. Schnell und leise. Er kann jeden Moment zurückkommen.

Ich stelle die Lampe unter dem Schreibtisch auf den Boden und suche den Tisch ab. Dokumente, Tinte, aber kein Schlüssel. Einen Augenblick lang habe ich die verrückte Vorahnung, dass ich die Spieluhr hier finden werde. Niemand würde auf die Idee kommen, in Tyur'ma danach zu suchen. Mein Herz schlägt schneller beim Gedanken daran.

Aber in den Schubladen befinden sich nur weitere Papiere und ein Lineal. Keine Spieluhr. Und nichts, was darauf hindeutet, dass der Prinz sie gestohlen hat. Ich will gerade eine der Schubladen wieder schließen, als mein Blick an etwas hängen bleibt. Es ist ein Brief an Aufseherin Kirov mit dem königlichen Siegel darauf. Ich halte ihn vor die Lampe und sehe durch das Pergament des Umschlags schwarze Buchstaben. Ganz unten steht in einer hochmütig steilen Schrift ein Name: Prinz Anatol.

Ich beiße mir fest auf die Unterlippe. Draußen auf dem Wehrgang ertönt ein Geräusch. Ich stopfe den Brief unter meinen Mantel und durchsuche die letzte Schublade mit zitternden Fingern. Kein Schlüssel. Ich drehe mich um und suche hastig den Raum ab. Er muss hier irgendwo sein.

Die Geheimtür in der Wand öffnet sich und lässt eisigen Wind ins Zimmer. Ich kauere mich unter dem Schreibtisch zusammen, trete mit dem Stiefel die Lampe aus und mache mich so klein, wie ich kann. Dieses entsetzliche Versteckspiel ist ganz anders als die Kinderspiele von Sasha und mir. Blut rauscht in meinen Ohren, und der Geruch von verbranntem Fell dringt mir in die Nase, als der Friedenswächter hereinkommt. Die Geheimtür gleitet zu. Schritte durchqueren den Raum. Ich ziehe die Knie so dicht an die Brust, dass ich kaum atmen kann.

Die Schritte gehen die Treppe hinunter. Ich sitze wie erstarrt, die Augen in der Dunkelheit weit aufgerissen. Nach einer Zeitspanne, die mir wie eine Ewigkeit vorkommt, öffnet und schließt sich die Tür am Fuß des Turms. Mein Kopf sinkt auf meine Knie und ich beginne zu zittern. Aber ich darf keine Zeit verlieren, also krieche ich unter dem Tisch hervor. Licht vom klaren Sternenhimmel fällt durch das einzige Fenster quer über den Schreibtisch.

Wenn ich ihn so ansehe, wirkt er seltsamerweise viel tiefer, als die Schubladen vermuten lassen. Ich öffne noch einmal die mittlere Schublade. Mein Eindruck war richtig – sie ist viel zu kurz für die Tiefe des Tischs. Ich schiebe die Finger hinein und taste an der Rückseite entlang.

Nichts, nur glattes Holz. Meine Finger gleiten über eine Erhebung in der Maserung und plötzlich senkt sich die falsche Rückwand und ein flaches, samtbezogenes Fach kommt zum Vorschein. Ich atme geräuschvoll aus. Auf dem Tablett liegen eine goldene Klammer in der Form einer Faust und ein dicker goldener Ring mit dem königlichen Siegel. Und zwei identische schwarze Schlüssel mit Griffen, die wie lange, gedrehte Brote geformt sind, wie sie in der Bäckerei am Marktplatz angeboten werden.

Ich könnte einen Luftsprung machen, doch ich halte mich zurück. Stattdessen stopfe ich meine gelösten Verbände in die Ärmel meines Mantels, nehme einen der beiden Schlüssel und lasse alles andere unberührt. Mit der Lampe in der Hand eile ich die Treppe hinunter. Meine Augen sind auf die Tür geheftet, während ich die Lampe wieder anzünde und weiter ins Untergeschoss laufe.

Ich stecke den Schlüssel ins Schloss, warte einen Moment und drehe ihn um. Das Schloss öffnet sich geschmeidig. Ich lehne meine feuchte Stirn an das kühle Eisen der Tür. Mit einem Mal bin ich völlig erschöpft vor Müdigkeit und Erleichterung. Hinter der Tür ist kein Geräusch zu hören, trotzdem presse ich ein Ohr dagegen. Nichts.

Ich drücke die Klinke herunter, halte die Lampe vor mich und stoße einen kleinen Schrei aus. Vor mir in der Dunkelheit befinden sich mehrere Tunneleingänge, jeder von ihnen hoch und breit genug, dass zwei Männer nebeneinander hindurchgehen können. Es sind insgesamt vier, jeder ist von einem Bogen eingefasst und mit alten Mosaiken gefliest.

Drei der Tunnel sind dunkel; schwarze, muffige Kälte dringt aus ihnen heraus und Spinnweben hängen an ihren Eingängen. Der vierte jedoch, dessen Eingang sich direkt vor mir befindet, ist sauber und schwach erleuchtet von Öllampen, die die ehemals glänzenden Mosaike in weiches Licht tauchen. Er erstreckt sich in einer geraden Linie, soweit ich sehen kann. So also taucht der Prinz ohne Vorwarnung hier auf und verschwindet wieder. Er ist nur das eine Mal mit dem Wagen gekommen, als er mit Friedenswächter Rurik gefahren ist. Aufseherin Kirov sagte, der Prinz habe sich mit ihm unterhalten wollen, um mehr über das Gefängnis zu erfahren – ausgerechnet von dem Friedenswächter, der auch mich vom Palast zum Gefängnis gebracht hat ...

Ein modriger Geruch liegt in der Luft, aber auch ein schwacher Duft nach Öl. Ich schließe die Augen und rufe mir die geheimen Karten ins Gedächtnis, die ich in Vaters Büro gesehen habe. Wenn sie stimmen, dann führt dieser Tunnel in die Stadt. Aber die Aufseherin weiß nicht, dass ich das weiß.

Morgen Abend werden wir alle Spinnweben vor den Eingängen entfernen. Sollte die Aufseherin die Tunnel kontrollieren, wird sie nicht wissen, welchen wir genommen haben. Ich spähe nach vorn. Außer mir könnte noch jemand hier sein. Vorsichtig gehe ich ein Stück den beleuchteten Tunnel entlang. Morgen werden wir fliehen. Und so wird es sich anfühlen, Sashas Hand in meiner zu halten und loszulaufen, weg von den Zellen und Friedenswächtern und der Arbeit in den Minen. Weg von Aufseherin Kirov und Tyur'ma und Prinz Anatol. Ich stelle mir vor, wie hell ihre Augen strahlen werden, wenn wir uns der Stadt nähern. Der Weg zum Hafen wird nicht ungefährlich sein, und vielleicht werden wir hungern und frieren, aber wir werden frei sein.

Ich bleibe stehen. Ich muss bis morgen warten. Jetzt muss ich zurück in meine Zelle.

Ich verschließe die Tür hinter mir, laufe die Treppe hoch und lege den Schlüssel an seinen Platz auf dem Samttablett zurück. Unten hole ich mein Laken aus seinem Versteck, erleichtert, dass der Friedenswächter es in der Dunkelheit nicht bemerkt hat, stelle die Öllampe auf den kleinen Tisch zurück und puste das Licht aus. Ich wappne mich dafür, noch einmal mit hämmerndem Herzen den gefährlichen Weg über das Gefängnisgelände zurückzulegen.

Die Schlüssel in der Hand, bereit, den Turm wieder zu verschließen, werfe ich einen letzten Blick hinter mich. Alles ist so, wie ich es vorgefunden habe. Ich öffne die Tür einen Spalt. Der Wind weht über das stille Gefängnisgelände und kräuselt den Schnee. Meine Spuren sind bedeckt worden, während ich im Turm war. Frischer Schnee fällt wie feiner Puder durch den Spalt. Ich schlinge das Laken um mich, trete nach draußen und mache die Tür leise hinter mir zu.

»Guten Abend, Valor«, sagt Aufseherin Kirov.

KAPITEL 16

Ihre Stimme trifft mich wie ein Eimer Eiswasser. Ich taumele zurück und sauge eisige Luft in die Lunge, so schnell, dass es mir die Kehle zuschnürt. Aufseherin Kirov hat einen Friedenswächter an jeder Seite und streckt mir die in einen makellosen grauen Handschuh gehüllte Hand entgegen.

Ich starre sie an, bis sie ungeduldig mit der Zunge schnalzt und mir klar wird, dass sie die Schlüssel verlangt. Ich betrachte meine Hand, die sich nicht mehr wie meine eigene anfühlt, hebe sie und gebe ihr den Schlüsselbund. Sie mustert jeden einzelnen Schlüssel. Dann zieht sie die Augenbrauen zusammen. »Ich würde sagen, wir führen diese Befragung in der Schmiede durch.« Die Friedenswächter stellen sich neben mir auf, doch meine Beine wollen nicht auf mich hören. Sie sind aus Eis, und wenn ich mich bewege, werden sie zersplittern wie mein Herz.

Sie schleifen mich zur Schmiede. Das Gebäude ist leer, doch an der Wand brennen Fackeln, und in den Feuerstellen glimmt Kohle. Die Friedenswächter zerren mich zu einem Amboss. Ich warte und bemühe mich, gerade zu stehen und nicht weinend zusammenzubrechen. Sie sehen mich an. Hinter ihnen an der Wand hängen große Eisengeräte: Zangen und Hämmer, Schürhaken und Ketten und reihenweise Handschellen, düster und bedrohlich im schwachen Licht.

»Ich werde dir zwei Fragen stellen, Valor. Nur zwei«, sagt Aufseherin Kirov. Eine Seite ihres Gesichts ist von der Fackel erhellt, ein Auge in orangefarbenes Licht getaucht, das andere liegt im Schatten. »Woher hast du die?« Sie hält meine Schlüssel hoch. »Und was hast du im Turm gemacht?«

Es ist warm in der Schmiede und riecht nach heißem Metall, aber ihre Worte sind wie schwarzes Eis, kalt und glatt und drohend. Ein Schauer läuft mir über den Rücken.

»Ich ... ich habe sie einem Friedenswächter gestohlen«, sage ich.

Aufseherin Kirovs Augen verengen sich zornig. »Keiner meiner Friedenswächter vermisst seine Schlüssel. Und keine ihrer Schlüssel sind silbern. Das ist die letzte Lüge, die ich mir von dir anhören werde, Valor.«

Ich schlucke. Sie darf auf keinen Fall herausfinden, wer noch daran beteiligt war. »Ich habe Seife gestohlen und

Abdrücke von den Schlüsseln eines Friedenswächters gemacht, dann habe ich sie zurückgebracht und die Schlüssel hier in der Schmiede gegossen«, sage ich schnell und spüre, wie mir die Hitze den Nacken hoch und ins Gesicht schießt.

»Willst du mir etwa weismachen, dass du das alles allein getan hast? Ohne Hilfe?« Aufseherin Kirov macht einen Schritt auf mich zu und ich weiche zurück und pralle gegen den Amboss. Sie schreitet langsam durch den Raum, nimmt einen Schürhaken von der Wand und geht zur Feuerstelle, wobei sie die gebogene Spitze des Hakens über den Boden schleifen lässt. Das Feuer brennt schwach, und sie steckt den Haken hinein und wendet die Kohlen, sodass sie orangefarben aufglühen.

Schweiß rinnt mir über den Rücken.

»Versuchen wir es mit der anderen Frage. Sag mir, was du im Turm gemacht hast.«

Meine Gedanken zappeln wie ein Fisch auf dem Trockenen. Ich kann den Blick nicht von der Aufseherin lösen, die langsam das Feuer neu entfacht und mit dem Schürhaken in den heißen Kohlen stochert. Ich muss etwas sagen. Aber sie darf nicht herausfinden, dass ich von den Geheimgängen weiß.

»Ich wollte Prinz Anatol töten«, sage ich aufs Geratewohl. Es ist das einzige Geständnis, das mir einfällt, und genau dafür bin ich ja ohnehin schon im Gefängnis. »Ich weiß, dass er oft im Turm ist. Ich habe ihn am Fenster gesehen, und er hat mich schon mehrmals von den Friedenswächtern dorthin bringen lassen, um mich zu befragen. Ich dachte, er wäre dort oder ich könnte mich verstecken und auf ihn warten. Er hat meine Schwester hierhergebracht, er hasst mich und wird mir keine Ruhe lassen, bis einer von uns tot ist.« Die Worte stolpern übereinander, so eilig strömen sie aus mir heraus.

Aufseherin Kirov zieht den Schürhaken aus dem Feuer und betrachtet die Spitze, die jetzt rötlich glüht. Meine Hände pochen beim Gedanken an das heiße Wasser, das sie verbrannt hat. Sie blickt zu mir herüber und ich weiche noch weiter zurück. Meine Füße scharren über die mit Kohlenstaub bedeckten Steinfliesen. Der Brief, den ich gestohlen habe, gleitet aus meinem Mantel und fällt vor mir auf den Boden. Aufseherin Kirov nickt einem der Friedenswächter zu, der ihn aufhebt und ihr aushändigt. Sie liest die Aufschrift auf dem Umschlag, ihren eigenen Namen in der steilen Handschrift, die sie als die Schrift des Prinzen erkennen muss, und runzelt die Stirn. Natürlich. Er ist versiegelt. Sie hat ihn noch nicht gelesen. Ich leider auch nicht.

Sie untersucht das Siegel, öffnet es jedoch nicht. Ich würde mich am liebsten auf sie stürzen und ihr den Brief entreißen. Sie sieht den Namen des Prinzen durch das Papier, so wie ich, und stößt dann den Schürhaken so heftig ins Feuer, dass ich zusammenzucke.

»Bringt sie in eine Einzelzelle«, befiehlt sie. Sie geht mit großen Schritten auf die Tür zu, dann bleibt sie stehen. »Nein – kettet sie hier an. Sie kommt nicht zurück in den Zellenbau.«

Ich mache einen Satz vorwärts, dann reiße ich mich zusammen.

Aufseherin Kirov bemerkt es. »Nun, die Zellen können dich nicht aufhalten, nicht wahr, Valor? Wir müssen uns für dich etwas anderes einfallen lassen.« Nach ihrem Lächeln zu urteilen, hat sie sich bereits etwas überlegt. Etwas, das mir nicht gefallen wird.

Sie verlässt die Schmiede. Ich starre ihr nach, während die Friedenswächter mir kalte, schwere Eisenringe um Hand- und Fußgelenke legen und Ketten daran befestigen. Als sie die Schmiede verlassen, sinke ich zu Boden. Das Gewicht der Fesseln zieht mich nach unten, und ich bin so erschöpft, dass ich das Gefühl habe, mich nie wieder bewegen zu können.

Die Aufseherin wird dem Prinzen Bericht erstatten. Er wird also herausfinden, dass ich seinen Brief gestohlen habe.

Eine Weile sitze ich reglos da, wie festgenagelt von den schweren Eisen, und sehe den Fackeln beim Ausbrennen zu. Meine Augenlider werden immer schwerer, bis ich mit einem Mal wieder hellwach bin. Die Aufseherin hat mir nicht geglaubt, dass ich es allein getan habe. Was also hatte sie vor, als sie die Schmiede verlassen hat? Wohin ist sie gegangen?

»Steh auf!«

Ich blinzle ins trübe Morgenlicht, ziehe mühsam die Hände an den Körper und erinnere mich beim Klirren der Ketten wieder an alles, was letzte Nacht passiert ist. Ich bin erwischt worden. Ich musste die Schlüssel abgeben. Ich bin gescheitert.

Friedenswächter Rurik steht über mir, die Schlüssel für meine Fesseln in der Hand. Als ich aufstehe, sind meine Arme und Beine steif vor Kälte. Er befreit mich aus den Ketten und führt mich nach draußen. Es schneit leicht. Träge, feine Flocken fallen sanft vom Himmel. Draußen vor den Zellengebäuden stehen die Insassen reihenweise, einige zitternd, alle mit nebligen Atemwölkchen vor dem Mund, die in den fahlen Morgenhimmel steigen.

Ich sehe Nicolai, dessen Mund fest zusammengepresst ist. Feliks sehe ich nicht. Ich suche nach Sasha und Katia, aber es sind zu viele andere Mädchen da. In der Mitte steht die Aufseherin, die Hände hinterm Rücken gefaltet, als würde sie gleich eine Rede halten. Zwischen ihr und den Gefangenen draußen auf dem frischen Schnee befinden sich zwei Miniaturversionen der Eishalle. Diese jedoch haben Kuppeldächer, als wäre ein schimmernder, durchsichtiger Ball in zwei Hälften geschnitten und auf den gefrorenen Boden gesetzt worden.

Die Eiskuppel, die mir am nächsten ist, hat eine Öffnung, und daneben stehen mehrere große Eisblöcke im Schnee. Der Friedenswächter hinter mir schubst mich vorwärts. Aufseherin Kirov tritt beiseite, und dann sehe ich, was sie mit mir vorhat. Sie hat es bereits mit jemand anderem getan.

In der anderen Kuppel kauert eine Gestalt am Boden. Das dicke Eis verzerrt das Bild, aber der Anblick der großen, dunklen Augen zerreißt mir das Herz. Sasha. Sie ist im Eis eingeschlossen.

Aufseherin Kirov wendet sich an die versammelten Insassen. »Ihr habt zweifellos gehört, dass eure Genossin Valor einem Friedenswächter die Schlüssel gestohlen und vergangene Nacht ihre Zelle verlassen hat. Ich habe euch heute Morgen hier einberufen, um euch zu zeigen, was passiert, wenn man gegen die Regeln verstößt. Ich meine all diejenigen, die glauben, dass die Regeln nur für die anderen gelten. Diejenigen« – sie hält inne und schaut zu Sasha, die zitternd am Boden kauert und die steifen Arme um die Knie geschlungen hat –, »die anderen dabei helfen, die Regeln zu brechen, und auch diejenigen, die wegschauen.« Sie schreitet die Reihen der Gefangenen ab. »Wenn ihr heute eurer Arbeit nachgeht, denkt über euer Verhalten nach. Denkt über das Verhalten anderer nach und denkt daran, dass selbstsüchtige Handlungen katastrophale Folgen haben können.« Sie zeigt mit ausgestrecktem Arm auf Sasha, als sie den Satz beendet.

Eine Träne gefriert auf meiner Wange. Aufseherin Kirov hat recht. Ich habe meine Strafe verdient. Ich habe alle, mit denen ich in Tyur'ma zu tun hatte, in Gefahr gebracht, ohne meinem Ziel auch nur ein Stück näher gekommen zu sein. Im Gegenteil, ich habe Sasha in nur noch größere Gefahr gebracht. Sie leidet und es ist meine Schuld. Die Reue schmerzt in meiner Brust.

Hoffnung gibt mir nur, dass Aufseherin Kirov mir anscheinend glaubt, dass ich den Prinzen töten wollte. Dass sie mich dafür und für die Flucht aus meiner Zelle bestraft und nicht, weil ich die Geheimgänge gefunden habe.

Die auf dem Platz versammelten Häftlinge stehen ganz still, einige sind so tief in ihre Pelze vermummt, dass nur ihre niedergeschlagenen Augen zu sehen sind. Keiner von ihnen schaut mich an. Die Aufseherin geht zu der offenen Eiskuppel und der Friedenswächter schubst mich vor sich her. »Macht keinen Fehler«, droht die Aufseherin, und ihre Stimme dringt klar durch den kalten Morgen. »Das war keine Flucht.« Sie schweigt einen Augenblick. »Es gibt keine Flucht aus Tyur'ma.«

Mit diesen Worten nickt sie dem Friedenswächter zu, der mich durch die Öffnung in die Kuppel stößt. Ich balle die Fäuste und bemühe mich, ruhig zu atmen, während er die Eisblöcke vor den Eingang schiebt. Ich sehe nicht hin, als die Blöcke übereinandergestapelt werden und mich im Eis versiegeln. Der Wind legt sich, alle Geräusche sind gedämpft und die Welt verschwimmt zu verzerrten Bildern. Ein weiterer Friedenswächter kommt und schlägt mit einem großen Werkzeug auf das Eis. Ich weiche zurück, als ein dicker Metalldorn durch die Eisschicht bricht. Als er wieder herausgezogen wird, bleibt ein Loch zurück. Er wiederholt das an mehreren Stellen und durch jedes Loch bläst eisiger Wind. Ich kauere mich zusammen und vergrabe das Gesicht in meinen Fäustlingen, um nichts mehr sehen zu müssen. Als ich den Kopf hebe, bin ich in einer Blase eiskalter Luft gefangen. Ich zittere schon jetzt. Wie lange ist Sasha schon hier draußen? Während ich in der warmen Schmiede war und mich selbst bemitleidete, wurde sie von der Aufseherin verhört und in die Kälte gebracht.

Eine Welle der Scham überkommt mich. Ich habe sie glauben lassen, ich könnte sie befreien. Ich habe ihr falsche Hoffnungen gemacht. Sie hat mir vertraut.

Ich lasse den Kopf sinken und weigere mich, aufzublicken, während die Insassen ihren Arbeitstag beginnen. Anweisungen werden gerufen und Stiefel stapfen an mir vorbei. Als ich das nächste Mal den Kopf hebe, bin ich starr vor Kälte, und meine Zähne klappern so stark, dass es wehtut. Der Platz ist leer. Alle sind bei der Arbeit. Die Sonne klettert dem Zenit entgegen, doch es ist schwer vorstellbar, dass ihre Strahlen Wärme spenden.

Sasha liegt am Boden. Ich betrachte sie, während mein Herz sich abmüht, Blut durch meinen steifen Körper zu pumpen. Ich erhebe mich auf die Knie und schlage gegen das Eis, dann stehe ich auf und beginne zu rufen. Sie rührt sich ganz leicht. »Sasha, steh auf! Du musst aufstehen. Wir müssen uns bewegen!«, schreie ich gegen das Eis.

Ich springe auf meinen tauben Füßen auf und ab. »Steh auf. Steh sofort auf, Sasha!« Plötzlich wird mir klar, dass sie sterben wird, wenn sie sich nicht bewegt. Wenn das geschieht, werde ich niemals darüber hinwegkommen. »Beweg dich!«

Sie rührt sich. Ich werfe Arme und Beine in die Luft, springe auf und ab und rufe ihr zu, dass sie dasselbe tun muss. Sie braucht eine Ewigkeit, um sich auf die Knie zu stützen und schließlich auf die Füße zu stellen.

Ich meine zu sehen, dass ihr Mund sich öffnet, aber ich kann nichts hören. Ich schüttle den Kopf.

»Es tut weh.« Ihre Worte sind schwach.

»Ich weiß. Aber wir müssen uns bewegen. Sonst erfrieren wir.«

Schwerfällig imitiert sie meine Bewegungen, und ich weiß, dass ich, auch wenn ich müde bin, nicht aufhören darf, weil sie es sonst auch tun würde. Wir stampfen und springen, und trotzdem ist es so kalt und ich bin so müde, dass ich nur noch schlafen will.

Der Gedanke, mich einfach im Schnee zusammenzurollen und auszuruhen, schleicht sich in meinen Kopf. Nur eine kleine Weile. Ich starre die Wirbel und Wellen an, die das Eis auf Sasha wirft, während sie mit den Armen rudert. Die Sonne erreicht ihren Höhepunkt und klettert langsam wieder abwärts. Ich überlege, mich durch den Schnee am Boden zu graben oder gegen das Eis zu treten, bis es bricht – oder ich. Und dann höre ich auf, irgendetwas zu denken. Mir ist so kalt. Ich weiß nur, dass meine Füße sich noch bewegen, weil ich sie sehe.

Irgendwann merke ich, dass ich im Kreis trotte. Ich kann mich nicht mehr schneller bewegen – selbst wenn ich es wollte. Die Eishalle ist für das Abendessen erleuchtet und die anderen Gefangenen sind darin. Mein Magen knurrt und krampft sich zusammen.

Sasha rührt sich nicht mehr. Sie sitzt am Boden, hat sich an die Wand gelehnt und nicht einmal mehr ihre Arme und Beine an den Körper gezogen. Ich hämmere gegen das Eis, bis meine Arme von den Ellbogen bis zu den Schultern schmerzen. Ich schreie sie an und dann alle anderen, doch niemand hört mich, niemand kommt. Ich will zu Mutter. Aber das Schlimmste ist, zu wissen, dass sie nichts tun könnte. Als ich klein war, war ich fest davon überzeugt, dass sie mir immer helfen würde. Mir konnte nichts wirklich Schlimmes geschehen, weil es nichts gab, was sie nicht in Ordnung bringen konnte. Ich musste sie nur darum bitten.

Jetzt stehe ich hier, atemlos vom vielen Schreien, um meine Schwester vom Erfrieren abzuhalten, und spüre noch eine andere Art der Kälte in mir. Die Kälte sagt mir, dass es nichts bringt, meine Mutter herbeizusehnen. Sie kann mir nicht helfen.

Ich schiebe mich an der Wand entlang und will dagegenschlagen, aber mein Arm ist zu schwer und gehorcht mir nicht.

Als die Gefangenen aus der Eishalle kommen, um in ihre Zellen zu gehen, sehe ich ihnen nach, als wäre ich nicht mehr ich selbst. Es ist ein anderes Mädchen. Ich starre das Eis an. Stein und Eis zwischen mir und der Welt außerhalb von Tyur'ma.

Die letzten Gefangenen gehen in den Zellenbau. Der Friedenswächter verschließt die Tür. Weiter hinten wird auch der Zellenbau der Jungen abgeschlossen. Die Fackeln auf der Mauer werden angezündet, eine nach der anderen lodert auf und wirft ihr schwaches Licht in mein Gefängnis aus Eis.

Und dann ist alles still. Die Sterne kommen hervor. Die Wölfe heulen in der Ferne. Ich will nur noch die Augen schließen. Also tue ich es.

Panisch wache ich auf. Etwas stimmt mit meinen Augen nicht. Ich reiße einen Fäustling ab, obwohl ich mehrere Sekunden brauche, bis ich mich erinnere, wie es geht, und meine Hände dazu bringen kann, mir zu gehorchen. Ich reibe mir das Gesicht und streife die kalten Kristalle ab, die meine Augen verkleben. Raureif hat sich auf meine Wimpern gesetzt. Mit meinen Augen ist alles in Ordnung.

Meine Fingernägel sind blau. Ich brauche ewig, um den Fäustling wieder anzuziehen. Als ich mich aufsetze, habe ich das Gefühl, mein Körper müsste in der Mitte durchbrechen. Ich frage mich, warum ich aufgewacht bin.

Dann sehe ich den orangefarbenen Schein. Höre gedämpftes Knacken. Rauch steigt in den Himmel.

Eine dunkle Gestalt rennt über die weiße Fläche vor mir, aber ich verliere sie in der Nähe des Lagers aus den Augen. Das Glühen klettert höher, flackert und wird stärker. *Feuer,* denke ich. Träume ich? Ist es nur mein Wunsch nach Wärme, der es so echt wirken lässt? Vielleicht fantasiere ich schon.

Ich starre das Feuer an, das immer höher in den dunklen Nachthimmel züngelt, während mir nutzlose Gedanken durch den Kopf jagen. Schreie ertönen und plötzlich bin ich hellwach. Friedenswächter rennen über den Schnee. Ich krabbele dorthin, wo die Tür in der Kuppel mit Eisblöcken verschlossen wurde. Die Aufseherin eilt in ihren grauen Pelzen über den Schnee auf das Feuer zu. Es ist tatsächlich ein Feuer. Ein Gebäude auf dem Gelände brennt. Ich drehe mich um und versuche, mich zu orientieren. Die Zellenblöcke sind zu meiner rechten, immer noch dunkel, aber die Türen sind geöffnet und Gefangene strömen heraus. In dem wilden Gedränge kann ich niemanden erkennen.

Die Friedenswächter rufen Anweisungen und ich sehe andere Gefangene aus dem Zellenblock der Jungen Eimer weiterreichen. Hin und her laufende Körper versperren mir die Sicht. Ich stemme mich auf die Füße, als mir dämmert, welches Gebäude es ist.

Es ist unser Fluchtweg. Es ist der Turm.

KAPITEL 17

Jemand schlägt gegen die Eiswand neben mir, ein gedämpfter Schlag, ein dunkler Schatten. Aber ich stehe nur da und starre entsetzt auf die Flammen. Sie müssen sie löschen. Sie müssen den Turm retten.

»Valor!« Es ist Katia, die mit den Fäusten gegen das Eis hämmert. »Geht es dir gut? Valor!«

Ich löse den Blick vom Feuer. »Katia. Es geht mir gut.« Doch das stimmt nicht. Ich weiß, dass es mir nicht gut geht. Meine Gedanken sind wie eingefroren, meine Hände und Füße sind taub, und unser Fluchtweg – die einzige Hoffnung, die ich noch hatte – verbrennt vor meinen Augen.

Ein Mädchen eilt vorbei und stößt mit Katia zusammen. Katia rappelt sich wieder auf. »Aufseherin Kirov hat gesagt, dass ich euch jetzt rauslassen darf. Wir brauchen jeden Einzelnen, um das Feuer zu löschen.«

Ich scharre an dem Eisblock vor mir, aber ich weiß

nicht mehr, wo der Eingang war. Katia rüttelt an einem der Blöcke und wirft sich dagegen. Nichts passiert. Sie rennt weg und kommt wenig später mit einer Hacke aus der Mine zurück. Die ganze Zeit über brüllen Häftlinge und Friedenswächter über das Tosen des Feuers hinweg und alle rennen wie dunkle Blitze auf dem weißen Schnee durcheinander.

»Pass auf«, ruft Katia und schwingt die Hacke über die Schulter.

»Nein. Hol erst Sasha raus.« Ich stemme mich gegen die Eiswand. Sasha rührt sich nicht mehr.

Feliks kommt mit einer Schaufel dazu. Katia gibt ihm ein Zeichen und sagt etwas zu ihm, was ich nicht verstehen kann. Er nickt und läuft zu Sashas Kuppel, schwingt die Schaufel und rammt sie ins Eis. Katia wuchtet ihre Hacke nach vorn. Es knirscht laut, als sie das Eis trifft und kurz das Gleichgewicht verliert. Sie packt den Griff erneut und reißt die Hacke aus dem Eis.

Wieder und wieder schwingt sie die Hacke und gerät dabei jedes Mal ins Schwanken. Aber sie macht weiter, bis ein kleines Loch entsteht, durch das Luft hereinweht. Ich atme sie ein, obwohl sie eiskalt und beißend vom Rauch ist.

Katia zerrt an dem Eisblock, schiebt die Hände in die Lücke und schnauft vor Anstrengung, bis er sich löst und mit einem dumpfen Geräusch im Schnee landet. Dann machen wir uns beide über die restlichen Blöcke her, drücken und ziehen und hacken, bis ich mich durch das Loch zwängen und Katia mich an den Armen herausziehen kann.

Sie drückt mich an sich, ihr Gesicht ist dunkelrosa, ihre tiefen Atemzüge pusten eisige Wolken in die Luft. Ihre Arme sind schlaff und zittrig, als sie mich umarmt. Ich erwidere ihre Umarmung kurz, dann muss ich zu Sasha. Ich rappele mich auf und bleibe abrupt stehen. Feliks hat sie aus der Eiskuppel gezogen. Um ihn verstreut liegen die zerbrochenen Reste der Eisblöcke. Und auf dem Boden liegt Sasha, ihre Lippen und Lider sind blau und ihre Haut ist so aschfarben wie der Schnee um sie herum.

Ich sinke auf die Knie. Katia streicht Sashas Haare zurück. »Sie ist so kalt.«

Feliks legt ihr die Hand an den Hals. »Valor, ihr Herz ... ich fühle keinen Puls.«

Ich schüttele den Kopf. Nein. Das darf nicht sein.

In mir wird alles taub.

Hinter mir ertönen Schritte. »Bringt sie auf die Krankenstation. Sie auch.« Es ist Dr. Lenina. Ihr Gesicht ist grimmig, ihr Zopf fällt ihr über die Schultern. Sie hat zwei Gefangene bei sich, die eine behelfsmäßige Liege aus zwei Latten mit darübergespanntem Stoff tragen. »Komm mit.« Die Ärztin nimmt meinen Arm, während die anderen Sasha auf die Trage heben.

Ich weiche zurück. »Nein, ich muss das Feuer löschen. Ich muss ... der Turm ...« Ich kann nicht mehr klar denken. Alles um mich herum ist brüchig, wie gesprungenes Eis.

Sie schüttelt den Kopf, aber ich renne los. Meine Füße haben jegliches Gefühl verloren, und ich stolpere und falle in den Schnee, aber ich muss das Feuer löschen. Ich muss verhindern, dass der Turm niederbrennt, bevor alles kaputtgeht. Es ist die falsche Entscheidung, mich darauf zu konzentrieren. Irgendwo in meinem Hinterkopf weiß ich das. Aber mit der anderen Sache kann ich mich nicht beschäftigen. Noch nicht. Nicht jetzt.

Katia rennt neben mir her, ihre Stiefel schlagen schwer auf den Schnee. Der Boden unter uns ist hart, der Schnee festgetreten von den Gefangenen um uns herum. Ein Friedenswächter hat eine Mannschaft von etwa vierzig Jungen und Mädchen um sich geschart, die Schnee in Eimern sammeln und am Waschhaus auftürmen.

Ich packe ein Mädchen am Arm. »Was machen die da?«

Die Gefangene schüttelt meine Hand ab. »Sie versuchen, die Gebäude in der Nähe des Turms zu schützen. Der Friedenswächter sagt, wir müssen verhindern, dass das Feuer sich ausbreitet.« Sie rennt in Richtung des Lagers.

Irgendetwas hoch oben am Turm gibt ein Knirschen und Krachen von sich. Katia beißt die Zähne zusammen. Sie weiß genau, was es bedeutet, wenn es uns nicht gelingt, die Flammen zu löschen. Funken und Glut fliegen durch die rauchschwere Luft und legen sich auf unsere Kleidung. Wir gehen weiter in die Hitze hinein und meine Hände beginnen zu brennen. Aber immerhin sind sie nicht mehr blau. Die Hitze durchdringt mich und schärft meine Gedanken.

Gefangene schippen Schnee und schichten einen Wall um das Feuer, doch er schmilzt ebenso schnell, wie sie graben. »Wir müssen etwas tun«, rufe ich Katia zu. Es darf nicht alles umsonst gewesen sein.

Ein heißer Luftzug weht mir ins Gesicht und ich blinzle warme Asche aus meinen Wimpern. Vier Reihen Gefangener reichen Eimer voll Schnee die Kette weiter und werfen ihn in die Flammen. Jedes Mal schmilzt er in der Luft und verdampft mit einem Zischen. Sie müssen schneller sein.

»Komm«, rufe ich Katia zu. Wir rennen nach vorn. Ich sehe mich um, blinzle gegen den Rauch an und halte nach etwas Ausschau, womit wir das Eis bewegen können. Wenn wir die Blöcke der Eiskuppeln hierherbringen und aufs Feuer werfen, können wir damit vielleicht mehr bewirken.

Ich packe Katias Hand, um sie im Gedränge nicht zu verlieren. Das Feuer im Turm wütet. Die Tür ist geöffnet und brennt, das Innere steht in orangefarbenen Flammen, die so heftig lodern, dass ich es tosen hören kann. Das Fenster an der Turmspitze zerbirst und Glasscherben fliegen herab. Wir springen zurück, als eine große Scherbe vor uns in den Schnee fällt.

Von der Turmspitze ertönt ein Poltern. Einen Augenblick lang sieht es so aus, als würden sich die Zinnen absenken. Wie in Zeitlupe sackt der Mittelteil des Gebäudes zusammen und ein Schwall Hitze stößt heraus.

»Zurück!«, ruft ein Friedenswächter, als die ersten Steine herabstürzen und der zerstörte Turm schwankend über uns aufragt. Gefangene stürzen in alle Richtungen und prallen gegeneinander, während sie verzweifelt versuchen, sich zu retten. Katias Hand wird aus meiner gerissen und ich werde zu Boden geschleudert. Jemand tritt mir auf die Finger und ich schreie und muss vom Rauch und der Asche husten.

Ich darf Katia nicht verlieren. Niemals.

Ich stemme mich hoch und suche die schmutzigen Gesichter um mich herum ab.

»Valor! Valor!« Katia kämpft sich zu mir zurück, hin und her geschubst von Gefangenen, die auf dem aufgeweichten Boden ausrutschen. Rauch sammelt sich heiß und beißend über mir, brennt in meinen Augen und nimmt mir die Sicht.

Eine Hand legt sich auf meinen Arm. Katia. »Lauf!«, brüllt sie und zieht mich mit sich auf den offenen Platz. Ich folge ihr. Meine Stiefel rutschen weg. Ich verliere das Gleichgewicht, kann mich aber wieder fangen. Meine Lungen fühlen sich an, als wären sie gegrillt worden, meine Augen brennen und Tränen rinnen mir über die Wange. Ich renne.

Um uns herum rennen weitere Gefangene wild durcheinander, bis es hinter uns noch einmal laut kracht und das Gebäude in sich zusammenstürzt, sodass die Erde bebt. Rauch und Staub wallen auf und regnen auf uns nieder. Wir rennen alle blind weiter, aber Katia lässt meinen Arm nicht los, bis wir auf der anderen Seite des Geländes sind.

Ich lasse mich hustend und keuchend zu Boden fallen. Katia kniet sich neben mich. »Bist du verletzt?«

Ich schüttle den Kopf, obwohl ich nicht weiß, ob es stimmt. Meine Hände und Füße fühlen sich an, als würden sie brennen. Meine Brust rasselt und mein Hals ist wund.

Gruppen von Gefangenen sammeln sich um uns auf dem Boden. Einige laufen umher und suchen nach Freunden. Andere schleppen Tragen, leer oder belegt, zur Krankenstation.

Überall auf dem Gelände stehen Friedenswächter und beobachten die Gefangenen, aber die meisten Augen sind immer noch auf das Feuer gerichtet. Auch die von Aufseherin Kirov. Sie steht mit grimmigem Gesicht am Eingang zum Zellenblock der Mädchen und schaut zu, wie die Überreste des Turms ausbrennen.

Nicolai kommt zu uns und zieht meine Aufmerksamkeit auf sich. Er hat Angst. Mehr als jeder andere, den ich heute Abend gesehen habe. Eine seiner Augenbrauen ist rußverschmiert.

»Geht es euch gut?«, fragt er. »Wisst ihr, ob jemand im Turm war?«

»Alles in Ordnung«, erwidert Katia, deren Hand wieder auf meinem Arm liegt.

»Wer sollte im Turm gewesen sein?«, frage ich, doch die Antwort wird mir klar, bevor ich ausgeredet habe. Aufseherin Kirov ist hier draußen bei uns, und die einzige andere Person, die den Turm nutzt, ist Prinz Anatol.

Nicolai beißt sich auf die Lippe. »Was ist mit Sasha?«

Ich kann ihm nicht antworten. Ich blicke zurück auf das brennende Geröll. Schmutziger Schnee vermischt sich mit Matsch, Steinen und verkohlten Trümmern. Asche und brennende Fetzen fliegen durch die Luft wie schwarze Feen.

Ich sitze da, den Kopf an den von Katia gelehnt, und sehe den Turm und die Innenmauer von Tyur'ma brennen. Als die Ruinen in Rauch aufgehen, nehmen sie mir den letzten Funken Hoffnung, dass wir diesem Gefängnis aus Eis und Schnee jemals entkommen werden.

KAPITEL 18

Es beginnt zu schneien. Ich kneife die Augen zusammen und blinzle die dicken Flocken weg. Die Turmruine ist von einer Art Graben umgeben, in dem der fallende Schnee schmilzt, das Feuer sich aber nicht weiter ausbreitet. Es brennt herunter, erst nur zentimeterweise, dann schneller. Die Aufseherin sieht es auch. Sie kommt mit großen Schritten in unsere Richtung. Die meisten Gefangenen sitzen jetzt zusammengekauert am Boden, von Ruß und Schmutz bedeckt.

»Ihr werdet in euren Zellen bleiben, bis die Ermittlungen beendet sind«, ruft die Aufseherin über das Gelände.

Plötzlich erinnere ich mich an die Gestalt, die ich aus dem Turm habe rennen sehen, als ich in der Kuppel war, noch bevor die anderen die Flammen überhaupt bemerkt haben. Es war kein Unfall. Jemand hat das Feuer gelegt.

»Morgen finden keine regulären Arbeiten statt. Diejenigen, die wir zum Aufräumen und für die Reparaturen brauchen, werden morgen und in den folgenden Tagen aus den Zellen geholt.«

Die Friedenswächter bilden Gruppen von Gefangenen, die sie zurück in die Zellen bringen.

»Du musst auf die Krankenstation«, sagt ein Friedenswächter zu mir. Ich habe ihn gar nicht kommen sehen. Zwei Mädchen mit rußverschmierten Gesichtern stehen neben ihm. Sie haben eine von Dr. Leninas Tragen dabei und stampfen mit den Füßen im Schnee.

Ich zwinge mich dazu, mich aufrecht hinzusetzen und sie abzuwehren, ohne trotzig zu wirken. Ich will da nicht hin. Ich will nicht erfahren, was ich erfahren werde, wenn ich mit ihnen gehe.

Katia legt den Arm um mich. »Geh«, sagt sie leise. »Es ist besser so.« Bevor ich etwas erwidern kann, springt sie auf und reiht sich in die Schlange ein, die zurück zu den Zellen geht. Die Mädchen mit der Trage starren mich an.

»Ich kann laufen«, sage ich und rappele mich auf die Füße.

Durch das Schneetreiben sehe ich, wie Aufseherin Kirov dem Friedenswächter zunickt. Mit steinernem Blick sieht sie mich lange an, bevor sie einem anderen Friedenswächter einen Befehl erteilt. Sie ist noch nicht mit mir fertig.

Der Friedenswächter nimmt meinen Arm und führt mich zur Krankenstation. Ich bemühe mich, nicht zu langsam zu gehen, um ihn nicht gegen mich aufzubringen, aber ich würde alles dafür geben, um nicht dorthin zu müssen. Der Gedanke an Sasha ist unerträglich. Ich weiß nicht, was ich tun werde. Ich stolpere halb blind durch den Schnee. Der Friedenswächter zieht mich hoch, und ich muss unvermittelt so heftig weinen, dass ich mich nur durch ein Wunder auf den Beinen halten kann.

Völlig orientierungslos erreiche ich die Tür. Der Friedenswächter öffnet sie und schubst mich hinein. Ich stehe weinend auf der Fußmatte. Öllampen leuchten in kleinen Nischen an der Wand und diesmal sind alle sechs Betten belegt. Dr. Lenina beugt sich über eines und spricht mit einem Mädchen, das auf der anderen Bettseite steht. Die Ärztin schaut in meine Richtung, drückt dem Mädchen eine Schale in die Hand und eilt zu mir.

»Valor. Wir bringen dich in dieses Zimmer.« Sie geht auf den Raum zu, in dem ich das letzte Mal war. Ich folge ihr nicht. Das Mädchen unter den schweren Decken in dem Bett, neben dem sie gerade gestanden hat, ist Sasha.

»Ich dachte, sie ist ... ich dachte ...« Ich verstumme und schluchze. Die Beine geben unter mir nach und ich lehne mich an die Tür.

»Kennst du sie?« Dr. Lenina mustert mein Gesicht, ihre Augen sind so freundlich und besorgt wie zuvor. Ich schluchze heftiger. Ich kann der Ärztin nicht in die Augen sehen, als ich hervorbringe: »Sie ist meine Schwester.« Mehr als das. Sie ist ein größerer Teil von mir, als ich selbst es bin.

Die Ärztin will etwas sagen, aber ich stolpere neben Sashas Bett. Sie folgt mir und zieht den Berg Pelze, der Sasha bedeckt, noch etwas höher. Eine Träne rinnt mir übers Kinn auf die Decke. Ich wische sie weg, und meine Finger wandern hoch, um Sashas Wange zu streicheln.

»Sie ist so kalt.« Ein Spinnennetz aus winzigen blauen Adern überzieht ihre Lider.

Dr. Lenina presst die Lippen zusammen. »Sie ist noch nicht aufgewacht. Wir können sie nur warm halten und hoffen.«

»Kann ich irgendetwas tun?«

Sie lächelt. »Das Beste, was du für deine Schwester tun kannst, ist, dich von mir behandeln zu lassen. Du willst doch nicht krank im Bett liegen, wenn sie aufwacht, oder?«

Ich schüttele den Kopf und lasse mich in den Nebenraum bringen, in dem sie mich schon einmal behandelt hat. Sie lässt mich Stiefel und Mantel ausziehen, gibt mir saubere Kleider und erneuert die Verbände an meinen Händen. Die Geräusche aus dem anderen Zimmer schwinden aus meiner Wahrnehmung, während ich auf dem Bett sitze, und als die Ärztin gerufen wird, sinke ich in die frischen weißen Laken. Meine Hoffnung ist heruntergebrannt und mein Herz liegt in Asche.

Als ich aufwache, ist es noch dunkel. Im Zimmer ist es still. Ich gleite aus dem Bett und finde meine Pelze und Stiefel in einem ordentlichen Stapel daneben. Jemand hat sie gereinigt und getrocknet. Wie lange habe ich geschlafen? Ich trinke riesige Schlucke Wasser aus dem Wasserhahn und wische mir den Mund mit dem verbundenen Handrücken ab. Der Himmel über den hohen Fenstern im Krankenhaus ist tiefblau, besetzt mit winzigen Lichtpünktchen. Ein paar Lampen brennen, doch der Raum ist nur schwach erleuchtet.

Es sind nur noch vier Betten belegt. Drei Jungen und ein Mädchen liegen darin, ihr schlafschwerer Atem ist das einzige Geräusch. Ich tappe zu Sashas Bett. Ihr Gesicht ist so still. Ich halte meine Wange unter ihre Nase, um mich davon zu überzeugen, dass sie noch atmet, verharre ein paar Minuten lang so und hoffe bei jedem Atemzug, dass ein weiterer folgt.

»Geh wieder ins Bett, Valor. Du kannst jetzt nichts für sie tun.« Ich zucke beim Klang von Dr. Leninas Stimme zusammen und drehe mich hastig um. Ich nicke, stumm, traurig und voller Schmerz, und tue, was sie sagt.

Als ich wieder erwache, ist die Tür zu meinem Zimmer geschlossen. Ich blinzle in dem Bewusstsein, dass mich etwas geweckt hat, aber ich weiß nicht, was. Ich dehne meine Finger. Sie fühlen sich immer noch wund an, aber besser. Mein Magen knurrt.

»Ich muss mit ihr sprechen. Ihre Befragung und Strafe stehen immer noch aus.«

Meine Muskeln verspannen sich. Es ist Aufseherin Kirovs Stimme, direkt vor meiner Tür.

»Ich verstehe«, entgegnet Dr. Lenina kurz. »Aber sie ist noch nicht wieder bei Bewusstsein. Ebenso wenig ihre Schwester. Ihr könnt euch selbst davon überzeugen.«

»Das werde ich in der Tat«, erwidert die Aufseherin und stößt die Tür auf. Der Luftzug bewegt mein offenes Haar, aber ich halte die Augen geschlossen und bemühe mich, ruhig zu atmen.

»Was erwartet Ihr, wann sie aufwachen?«, fragt die Aufseherin, ohne die Stimme zu dämpfen.

»Das lässt sich unmöglich sagen«, erwidert die Ärztin ruhig. »Die Prinzessin hat sich ebenfalls danach erkundigt. Ich kann Euch nur sagen, was ich auch ihr gesagt habe. Die Mädchen werden aufwachen, wenn ihre Körper so weit sind. Und wenn ihr Zustand es zulässt, können sie zurück in ihre Zellen.«

Es folgt eine Pause. »Das habt Ihr Prinzessin Anastasia gesagt?«

»Genau das habe ich Prinzessin Anastasia gesagt«, erwidert Dr. Lenina. »Wie Ihr sicherlich wisst, bin ich durch Eid dazu verpflichtet, unsere Gefangenen zu schützen und unserer gegenwärtigen und künftigen Königin Bericht zu erstatten. Die Prinzessin war sehr besorgt, als sie erfuhr, dass der Prinz im Turm hätte sein können, als das Feuer ausbrach, und sehr interessiert am Wohlergehen von Valor und ihrer Schwester. Sie scheint persönlichen Anteil zu nehmen.«

Die Ärztin klingt so unschuldig, dass ich am liebsten

die Augen einen Spalt öffnen würde, um das Gesicht der Aufseherin zu sehen. Ich weiß nicht, ob die Ärztin die Aufseherin davon abhalten kann, mich wieder zu bestrafen, aber Wärme durchströmt mich beim Gedanken daran, dass sie es versuchen würde.

»Ja, es war ein großes Glück, dass Seine Königliche Hoheit nicht im Turm war. Nun, ich hoffe, dass ich die Mädchen bald wieder unter meiner Obhut im Zellenblock haben werde.«

Beim eisigen Klang ihrer Stimme überläuft mich ein Schauer. Dem Prinzen ist also nichts passiert. Mich überrascht meine eigene Erleichterung.

Schritte ertönen und die Tür schließt sich.

»Du kannst die Augen jetzt aufmachen, Valor«, sagt Dr. Lenina.

Ich öffne ein Auge. »Sie wussten, dass ich wach bin?«

Sie lächelt. »Ich bin schließlich Ärztin.«

Ich lasse die Beine über die Bettkante baumeln und setze mich auf.

Ihr Lächeln verblasst. »Valor, in den Zellen kann ich dich nicht beschützen. Das ist das Revier der Aufseherin, dort habe ich keinen Einfluss.«

Ich schlucke. »Ich weiß. Danke, dass Sie das für mich getan haben. Und für Sasha.«

»Du kannst mir danken, indem du noch eine Weile hierbleibst«, sagt sie. »Iss etwas. Setz dich zu deiner Schwester.«

Am nächsten Tag verlasse ich die Krankenstation. Ich blinzle in das blendende Licht auf dem Gelände. Friedenswächter Rurik wurde geschickt, um mich abzuholen, und ich habe keine andere Wahl, als Sasha allein in Dr. Leninas Obhut zu lassen. Ich fühle ein Ziehen - wie ein unsichtbares Band zwischen uns, das sich spannt, als ich das Gebäude verlasse und hinaus in den Schnee trete.

Etwa dreißig Gefangene arbeiten dort, wo der Turm gestanden hat. Die innere Wand der Wehrmauer ist bereits zur Hälfte wieder aufgebaut. Aufseherin Kirov muss Tag und Nacht Arbeitsgruppen eingeteilt haben. Die Trümmer sind weggeschafft worden und der unebene Boden ist von einer dicken Schneeschicht bedeckt.

Es ist, als wäre der Turm nie da gewesen. Der Tunnel liegt unter den Steinen begraben, die in sich zusammengesackt sind. Ich wende den Blick ab. Ich wäre gerne bei Sasha geblieben, aber wie soll ich ihr sagen, dass wir beide den Rest unseres Lebens im Gefängnis verbringen werden? Ein weiterer grimmiger Gedanke kommt mir in den Sinn - dass der Rest unseres Lebens möglicherweise nicht besonders lang sein wird. Ich werde Aufseherin Kirov und Prinz Anatol nicht ewig mit Prinzessin Anastasia drohen können. Und was bringt uns ihre königliche Gnade, wenn wir beide tot sind?

Friedenswächter Rurik schließt die Tür zum Zellenbau auf und, kaum dass ich hindurch bin, wieder zu. Auf der unteren Etage sind lange Tische wie die in der Eishalle aufgestellt worden. Die Zellentüren sind aufgerollt und die Mädchen, die nicht arbeiten, an verschiedenen Orten im Gebäude versammelt.

»Valor!« Katia läuft zu mir. »Geht es dir gut? Und Sasha? Was ist passiert?«

Ich nehme ihre Hand und bemühe mich um eine Erklärung in wenigen Worten. Über die Schulter sehe ich Natalia, die an einem der Tische gesessen hat und jetzt auf uns zukommt.

Ich ziehe Katia mit mir und laufe die Stufen zu unserer Zelle hoch. Ich werfe mich auf mein Bett und schaue zur Wand.

Schritte folgen uns. »Was ist los, Valor? Du könntest die neue Zellengenossin deiner Schwester ruhig höflicher begrüßen.«

Ich rappele mich auf. Katia verkrampft die Hände.

»Seit wann?«, frage ich.

»Seit gestern«, erwidert Natalia. »Aber mach dir keine Sorgen – wir werden gut zurechtkommen. Ich werde auf sie aufpassen, wenn sie aus dem Krankenhaus entlassen wird. Aber kommen wir zu wichtigeren Dingen. Hast du einen neuen Plan?« Sie lehnt sich mit verschränkten Armen an die Türöffnung. Ihre Füße sind gekreuzt, die Spitze ihres Stiefels liegt auf dem glatten Steinboden.

Ich antworte nicht. Das ist für Sasha ja noch schlimmer als die Haft bei den Schwarzen Händen. Da oben war sie zwar allein, aber wenigstens in Sicherheit. Nicht einmal meine Schwester wird Natalia besänftigen können.

Natalia beugt sich vor. »Kein neuer Plan? Dann lässt du dir besser schnell einen einfallen.«

»Ohne Sasha gehen wir nirgendwohin.« Als ich die Worte ausspreche, wird mir klar, dass ich noch nicht besiegt bin. Ich werde Natalia nicht wissen lassen, wie sehr mich der Gedanke quält, dass meine Schwester ihr nachts hilflos ausgeliefert sein wird. Und ich werde Sasha nicht sagen, dass sie niemals hier rauskommen wird. Das kann ich ihr nicht antun und den anderen auch nicht. Feliks und Katia sind meine Freunde. Was sie für mich getan haben, darf nicht umsonst gewesen sein. Katia setzt sich aufs Bett und legt den Arm um mich.

»Ich werde einen Weg finden, versprochen«, sage ich zu Natalia. »Aber nicht ohne Sasha.«

Am dritten Tag im Zellenbau verkündet Aufseherin Kirov, dass die Mauer repariert ist und wir die Arbeit morgen wiederaufnehmen werden. In den letzten zwei Tagen bin ich jedes Mal zusammengezuckt, wenn ein Friedenswächter in den Zellenblock gekommen ist, weil ich dachte, Aufseherin Kirov ließe mich holen. Aber bis jetzt hat sie es nicht getan.

Wir werden zum Frühstück in die Eishalle gebracht. Wir arbeiten in den Minen, essen in der Eishalle zu Abend, und ich kehre jedes Mal müde in meine Zelle zurück und mache mir Sorgen, was geschehen wird, wenn Sasha zurückkommt und mit Natalia die Zelle teilen muss.

Als wir am sechsten Tag zurück in den Zellenblock geschickt werden, muss ich die Hand vor den Mund schlagen, um nicht überrascht aufzuschreien. Sasha ist wieder da. Mit einem Mal schäumen meine Gefühle über, wie der Perlwein, der an Mutters Geburtstag ihr Glas füllt.

Sasha lächelt und macht einen wackligen Schritt auf mich zu. Ich stürze zu ihr, und wir umarmen uns fest.

»Es tut mir leid, es tut mir so leid.« Die Worte sprudeln aus mir heraus. Ich konnte in den letzten Tagen nichts anderes denken.

Sie löst meine Arme von ihrem Hals und lacht leise. »Mir geht es gut. Hör zu, Natalia hat mich vorhin schon gesehen. Sie hat gesagt, jetzt müssten wir nicht mehr warten. Weißt du, was das heißt?«

Ich halte Sashas Hände ganz fest, ich will sie einfach nicht loslassen.

»Es heißt, dass sie auf einen neuen Plan von mir wartet. Und jetzt, wo du wieder da bist ...«

»Müssen wir nicht mehr warten.« Sashas Augen werden ernst. »Willst du es wirklich noch einmal versuchen?« Sie nimmt meine Hände und dreht sie sanft um. Die Handflächen sind immer noch rosa und wund.

»Nur wenn du willst. Ich will dein Leben nicht noch einmal in Gefahr bringen. Du wärst beinahe ...« Ich kann es nicht aussprechen.

Sie gibt mir einen Klaps gegen die Stirn, wie Katia es getan hat, genau zwischen die Augenbrauen.

»Gut«, sage ich. »Ich schließe daraus, du willst.«

Zwei Tage später stehen wir in der Eishalle hinter unseren Stühlen und warten auf die Verteilung der Aufgaben. Obwohl wir gestern die ganze Küche und alles darin geschrubbt haben, hat Feliks noch immer einen Schmutzfleck am Hals. Katia mustert ihn stirnrunzelnd, während Nicolai verkündet, dass wir heute in der Wäscherei arbeiten werden. Seit der Turm eingestürzt ist, ist er sehr schweigsam. Auch heute spricht er wenig. Er führt uns an unseren Arbeitsplatz im Waschhaus und übernimmt es mit den beiden anderen Jungen, die Berge an Schmutzwäsche einzusammeln und zu uns an die Waschkessel zu bringen. Der Friedenswächter, der uns bewacht, postiert sich wie üblich an der Tür.

Natalia wirft mir einen Blick zu, als sie den Mantel auszieht. Sie beobachtet mich ständig, und ich spüre, dass sie bald die Geduld verlieren wird. Sie muss mir nicht erst sagen, dass Sasha dafür büßen wird. Ich kann an nichts anderes denken. Vielleicht hat sie schon jetzt die Geduld verloren, denn sie kommt mit großen Schritten durch den Raum und baut sich vor mir auf. »Aufseherin Kirov wird Sasha heute vor dem Abendessen zu sich holen.«

Ich erstarre. »Woher weißt du das?«

Natalia zuckt die Schultern und grinst. »Ich habe Kontakte. Ich höre so einiges.«

»Was will sie von Sasha?«

»Was glaubst du? Sie will wissen, was in der Nacht passiert ist, als du die Zelle verlassen hast. Deshalb hat sie deine Schwester ja in die Eiskuppel gesteckt. Sie wird es schon noch aus ihr herausholen.« Sie zuckt wieder die Schultern. »Ich dachte, das solltest du wissen.«

Natalia schlendert zurück an ihren Arbeitsplatz. Ich knie mich vor meinen Zuber und schrubbe drauflos, die Hände bis zu den Ellbogen im Seifenwasser. Doch es ist nur mein Körper, der seine Pflicht tut. Mein Geist denkt nur an das Gefühl von Taubheit und Schrecken, das mich überkam, als ich glaubte, ich hätte Sasha verloren.

Bald mischt sich der Dampf mit dem Schweiß auf meiner Stirn. Trotz Dr. Leninas Wundersalbe schmerzen meine Hände noch immer.

»Was wollte Natalia?«, fragt Katia.

»Nichts«, erwidere ich. »Das Übliche.« Natalia will mich mit allen Mitteln zwingen, sie hier rauszubringen. Das mit Sasha könnte eine Lüge sein. Trotzdem muss ich beim Schrubben die ganze Zeit daran denken.

Nach einer Weile stöhnt Katia. »Die Sachen sind jetzt noch dreckiger als vorher. Wir brauchen sauberes Wasser.«

»Nicolai!«, rufe ich. Er schleppt gerade weitere Hosen und Unterwäsche zu Sasha und Feliks, die auf der gleichen Seite des Raums arbeiten wie wir.

Er bleibt stehen und verliert ein zerschlissenes Hemd.

»Wir müssen das Wasser wechseln.« Ich rüttele an der Kette, die den Zuber hält. Wasser schwappt über den Rand und rinnt nach unten, und plötzlich schießen mir mehrere Gedanken gleichzeitig durch den Kopf, wie Pfeile, die Schlag auf Schlag ein Ziel treffen: Eigentlich dürfen wir das Wasser nicht wechseln. Es ist normalerweise auch nicht nötig, aber heute haben wir mehr Wäsche als sonst und die Sachen sind schwarz vom Ruß. Das Wasser muss irgendwo ablaufen. Die Rohre müssen sich unter dem Gefängnis befinden, genau wie die Tunnel. Und sie müssen irgendwohin führen – vermutlich zum Klärwerk vor der Stadt.

»Valor?« Nicolai sieht mich stirnrunzelnd an. Und natürlich hat Natalia mein Zögern bemerkt. Ihr entgeht nichts.

»Ich ... wir brauchen frisches Wasser«, sage ich. Aber natürlich ist es nicht so, als würde der Friedenswächter mir einfach seinen Schlüsselbund geben, um den Zuber loszuketten. Nicolai beißt sich auf die Wange. Er denkt das Gleiche wie ich.

»Ich werde fragen«, sagt er.

Noch bevor er beim Friedenswächter an der Tür ist, steht Natalia neben mir. »Ich habe dein Gesicht gerade gesehen. Was ist los?« Sie schaut sich argwöhnisch um. »Brauchst du eine Erinnerung, mit wem ich jetzt die Zelle teile? Vielleicht hat Sasha heute Nacht ja einen kleinen Unfall.«

Ich schließe die Finger um den Rand des Zubers und bohre die Nägel ins Holz. »Ich hatte gerade eine Idee. Vielleicht sind unter dem Zuber Kanalrohre.«

Ein Funke glimmt in ihren Augen. »Vielleicht?«

Nicolai kommt zurück und schüttelt kaum merklich den Kopf. Aber wir brauchen den Schlüssel. Die Zuber können nur gekippt werden, wenn wir die Ketten lösen. Und nur dann kann ich die Rohre unter dem Gefängnis in Augenschein nehmen.

»Also gut, es gibt mit Sicherheit Rohre«, sage ich zu Natalia. »Aber ich muss sie erst sehen. Und du musst mir Zeit geben, um mir zu überlegen, wie wir es am besten anstellen.«

Sie sieht mich lange und bohrend an und geht dann weg. Wir setzen unsere Arbeit fort, aber meine Gedanken rasen die ganze Zeit herum. Kann ich es riskieren, Feliks noch einmal die Schlüssel stehlen zu lassen? Wann wird das Waschwasser geleert – wenn wir mit dem Tagwerk fertig sind? Erst als Katia mich mit dem Ellbogen anstößt, merke ich, dass Natalia den Friedenswächter zu sich gerufen hat. Ich arbeite mit gesenktem Blick weiter, als er an mir vorbeigeht. Sekunden später ertönen ein erstickter Laut und ein dumpfer Schlag.

Ich drehe mich hastig um. Natalia steht über dem Friedenswächter, der bewusstlos neben ihrem Zuber zusammengebrochen ist. Sie hat einen eisernen Eimer in der Hand.

»Du kannst nicht behaupten, dass ich nichts für dich tue, Valor«, sagt sie.

Sasha sieht mich quer durch den Raum mit großen Augen an. »Was hast du getan?«, fragt sie Natalia in einem gebrochenen Flüstern.

Einige Sekunden lang stehen wir alle wie erstarrt da, keiner rührt sich, keiner spricht.

Doch während ich den Friedenswächter entsetzt anstarre, wird mir klar, dass es jetzt kein Zurück mehr gibt.

»Worauf wartet ihr?«, fragt Natalia. »Holt die Schlüssel. Gehen wir.«

»Valor?« Nicolai schüttelt den Kopf.

Ich ignoriere ihn und mache einen Satz nach vorn, um die Schlüssel vom Gürtel des Friedenswächters zu lösen. Er atmet. Ich weiß nicht, wie viel Zeit wir haben, bis er aufwacht.

»Valor, was ist mit den beiden?« Feliks' Stimme ist eindringlich. Er zeigt auf die Treppe. Die Jungen, die Nicolai geholfen haben, sind im Obergeschoss und hängen die nicht enden wollenden Wäschestücke zum Trocknen auf die Leinen.

»Wir müssen ihnen etwas geben, was sie lange genug beschäftigt«, sagt Sasha und schaut auf die Zuber voll triefnasser Kleidung.

Ich nicke ihr zu, dann stecke ich nacheinander die Schlüssel in das Schloss an der Kette, bis ich den richtigen gefunden habe. Ich muss mich beherrschen, um den Friedenswächter nicht anzusehen und nicht daran zu denken, was Aufseherin Kirov mit uns machen wird, wenn dieser Plan nicht funktioniert.

Katias Gesicht ist wild entschlossen. Sie sucht meinen Blick und wir machen uns in grimmigem Schweigen an die Arbeit, lösen die Ketten und ziehen sie aus den Halterungen am Zuber.

Die Ketten rollen sich wie Schlangen am Boden zusammen. Ich stelle mich hinter den Zuber und stemme mich mit meinem ganzen Gewicht dagegen, um das Schmutzwasser auszugießen. Doch der Zuber bewegt sich nicht. Feliks hilft mir, dann auch noch Katia, und endlich neigt er sich zur Seite, sodass schmutziges Wasser über den Rand schwappt. Als das Wasser erst einmal läuft, ist es leicht, den Zuber in Schräglage zu halten.

Nicolai steht neben mir und schaut abwechselnd panisch zur Tür und zum Friedenswächter, der immer noch bewusstlos am Boden liegt. »Du musst aufhören, Valor. Das ist …«

»Ich weiß. Ich habe Natalia nicht darum gebeten. Aber was passiert, wenn wir jetzt aufhören?«

Darauf hat er keine Antwort.

Sasha und Feliks holen so viele nasse Kleider, wie sie tragen können, und kurbeln sie durch die Presse, die das Wasser auswringt. Sie schleppen bergeweise feuchte Kleidung nach oben, bis ich die beiden Jungs protestieren höre.

»Das sollte sie fürs Erste beschäftigen«, sagt Sasha. Sie ist außer Atem, wie wir alle, ihre Arme glänzen vor Nässe und sind mit Seifenschaum benetzt. Auch ihre Augen glänzen, wild und hektisch, ängstlich und hoffnungsvoll zugleich, und ihr Gesicht ist gerötet. Genau so habe ich es mir vorgestellt, als ich in der Nacht, bevor der Turm abbrannte, im Tunnel war. Ihr Anblick beruhigt meine Nerven und festigt meinen Entschluss.

Feliks stößt mich mit dem Ellbogen an. Er schaut zu Natalia. Sie grinst zufrieden. Ich laufe auf die andere Seite des Zubers, wo sie steht und zusieht, wie das Wasser in ein Rohr fließt, über dem ein Eisengitter liegt. Eine rundes Gitter, gerade breit genug, um eine schlanke Person durchzulassen.

Ich greife nach unten, als der letzte Wasserschwall versickert ist, und hinterlasse mit den Händen einen seifigen Film auf den Stäben. Meine Finger haken sich in die Eisenstreben, und mein Herz hämmert in meinen Ohren, als ich ziehe. Das Gitter hebt sich mit einem Ruck und ich falle beinahe auf den Boden.

Natalia klopft mir auf die Schulter, als wären wir Freundinnen. »Ich wusste doch, dass du es kannst, Valor.«

Nicolai wischt sich die Hände an der Hose ab. Seine Augen huschen über die Gruppe und dann zurück zu mir. »Glaubst du wirklich, dass wir das *jetzt* tun sollten?«

Ich sehe ihn an. Ich weiß selbst nicht mehr, was ich glaube. In meinem Bauch zwickt es nervös.

Meine Schwester nimmt meinen Arm. »Valor, es ist auch nicht gefährlicher als dein erster Plan. Wenn wir erwischt werden, werden die Konsequenzen die gleichen sein, ganz egal, wie oder wann wir gehen.«

»Recht hat sie«, stimmt Natalia ihr zu.

»Ich weiß«, fauche ich zurück.

Welche Wahl habe ich noch, nachdem Natalia den Friedenswächter bewusstlos geschlagen hat? Dieses Rohr muss irgendwohin führen, und wir haben keine Zeit, um mehr herauszufinden, keine Zeit, um zu überlegen, ob wir dem Plan trauen wollen oder nicht. Es gibt nur hier und jetzt und die eine Chance, zu gehen. Ich sehe die anderen an. Alle Blicke sind auf mich gerichtet, und ich weiß, dass es an der Zeit ist.

»Kannst du rennen?«, frage ich Sasha.

Sie nickt.

Ich nicke ebenfalls. »Dann los.«

Natalia dreht sich zu Nicolai. »Bist du für oder gegen uns?«

»Ich bin für euch«, erwidert er, aber er sieht mich dabei an.

»Dann lasst uns keine Zeit mehr verlieren«, sage ich.

Wir ziehen unsere Mäntel an. Hoffentlich werden wir sie nicht irgendwo zurücklassen müssen. Ohne sie würden wir in der Kälte nicht lange überleben.

Ich schiebe das Gitter beiseite und lege mich auf den Bauch. Die Öffnung führt in die Dunkelheit, aber einige

Meter unter mir kann ich helle Seifenschaumflöckchen sehen. Sie schwimmen in einem anderen Rohr davon. Es wird eng werden – besonders für Natalia –, aber es müsste reichen. Trotzdem wissen wir nicht, wohin das Rohr führt, und erneut überkommen mich Zweifel.

»Ich gehe gerne als Erste«, sagt Natalia und schiebt mich aus dem Weg. Sie setzt sich an die Kante des Rohrs und lässt sich ohne zu zögern nach unten fallen. Feliks folgt ihr. Er gleitet in das Rohr, hebt das Gesicht, um uns noch einmal anzusehen, dann verschwindet er ebenfalls. Katia ist die Nächste, ihre Augen sind vor Angst geweitet, als sie sich hinabfallen lässt.

»Jetzt du«, sage ich zu Nicolai. Ich will Sasha so dringend hier wegbringen, dass es sich wie ein körperliches Bedürfnis anfühlt. Aber ich will, dass Nicolai vorgeht. So ängstlich und unentschlossen, wie er im Augenblick ist, könnte er Panik bekommen und uns verraten, wenn wir ihn zurücklassen.

Er beißt sich auf die Lippe und verschwindet dann leise im Rohr.

»Und jetzt du.« Sasha nickt und umarmt mich plötzlich so fest, dass ich beinahe umfalle.

Ich erwidere ihre Umarmung, dann befreie ich mich aus ihrem Griff. »Wir müssen gehen.«

Sie lässt sich in das Loch gleiten und dann sitze ich selbst an der Kante. Ich hole tief Luft und folge ihr, während mein Magen mir in die Kniekehlen rutscht. Die Wand des Abflusses, glatt von Wasser und Schleim, rauscht an mir vorbei, und ich lande mit einem Aufschlag, den ich bis in die Knochen spüre, am Boden. Das Rohr vor uns ist dunkel und eng. Ich kann nur die Sohlen von Sashas Stiefeln sehen. Es riecht schwach nach der Seife, die wir im Waschhaus benutzt haben, vor allem aber feucht und kalt.

»Alles in Ordnung?«, flüstere ich. Meine Stimme klingt seltsam dumpf in dem engen Rohr.

»Ja«, raunt sie zurück. Das Rohr ist zu eng, um sich umzudrehen.

Es ist mir egal, wenn ich den ganzen Weg zur Stadt auf Händen und Knien krabbeln muss, solange es funktioniert. In meinem ganzen Körper kribbelt es, zum Teil vor Angst, zum Teil vor Hoffnung. Ich krieche vorwärts und wünschte, ich hätte meine Handschuhe angezogen, als meine Hände zentimetertief in den Schlick am Boden des Rohres einsinken. Unser kleiner Konvoi schiebt sich im Dunkeln voran, Hände und Knie in einer Pampe, über die ich gar nicht nachdenken möchte, während unser Atem durch das enge Rohr hallt.

Meine Knie beginnen zu schmerzen. Natalia ist schnell und gibt eine Geschwindigkeit vor, mit der ich zufrieden wäre, wenn ich Sasha nicht vor Anstrengung schnaufen hören könnte.

»Weiter, immer weiter«, sage ich zu ihr. Ich versuche, nichts anderes zu denken als daran, eine Hand vor die andere zu setzen. Die Angst würde mich lähmen, wenn ich mir gestatten würde, an Aufseherin Kirov zu denken. Doch egal, wie sehr ich mich anstrenge, die Gedanken auszublenden, sie schleichen sich zurück in meinen Kopf. Die Friedenswächter sind zu groß, um uns durch die Rohre zu folgen. Andere Gefangene allerdings nicht. Gefangene, die man mit Messern oder Pfeilen bewaffnen könnte. Ich unterdrücke ein Schaudern und krieche weiter.

Nach einer Weile verliere ich jegliches Gefühl für Raum und Zeit. Meine Hände und Knie sind taub, meine Arme tun weh, meine Beine sind verkrampft. Die Luft ist schal und stinkt nach Schimmel. Es fühlt sich so an, als müssten wir längst unter der Stadt angekommen sein, mitten unterm Palast. Aber wir könnten uns ebenso gut eine Meile unter der gefrorenen Steppe befinden und über uns nichts als Ödnis und Schnee und knurrende Wölfe. Das Einzige, was ich höre, ist das leise Echo unseres Keuchens.

Stunden später, so kommt es mir vor, stößt Natalia einen Schrei aus. Es könnte auch Einbildung sein, aber vor uns scheint es heller zu werden. Meine Arme zittern, meine Knie sind weich. Ich bin sicher, dass sie mittlerweile grün und blau sein müssen.

Und dann höre ich ein Rauschen hinter uns. Es klingt wie Wind, der durch die Bäume weht, oder wie ... Wasser.

KAPITEL 19

Anfangs ist das Geräusch noch entfernt, wie die Brandung des Meeres, doch es wird schnell lauter. Rostige Eisenspäne streifen meine Ärmel, als ich die Lücke zwischen Sasha und mir schließe. Das Rauschen wird zum Dröhnen und das ganze Rohr scheint zu vibrieren. Kalter Schweiß überzieht meine Haut. Meine Hände und Knie bewegen sich unter mir, aber ich bin einfach nicht schnell genug.

»Valor?« Sashas Stimme ist voller Panik.

»Halt die Luft an«, rufe ich verzweifelt. Vor uns schluchzt jemand und dann erfüllt ein Brüllen meine Ohren. Katia schreit.

Eisiges Wasser schwappt über mich und taucht mich in Dunkelheit, durchdringt meine Kleider und nimmt mir den Atem, während ich nach vorn auf Sasha geschleudert werde. Die Kälte zieht meine Brust zusammen und lässt jeden Gedanken erstarren.

Ich stoße mit dem Oberkörper gegen etwas Hartes – vielleicht einen Stiefel – und verliere die letzte Luft, die noch in meinen Lungen ist. Ich bekomme Panik und schlage mit den Armen gegen die Wände des engen Rohrs. Ich werde ertrinken. Ich bin so weit gekommen, nur um jetzt von Aufseherin Kirov ertränkt zu werden. Wir werden für immer in diesen Rohren feststecken, und niemand wird erfahren, was mit uns geschehen ist. Ich brauche Luft.

Ich öffne den Mund und eiskaltes, fauliges Wasser dringt mir in den Hals. Dann, so plötzlich, wie es gekommen ist, ist das Wasser wieder verschwunden, und ich sinke keuchend und hustend in mich zusammen. Wasser brennt in meiner Nase und ich huste und huste und sauge zwischendurch Luft in meine Lungen.

»Sasha? Sasha?«

»Alles in Ordnung.«

Ich wische mir das Wasser aus dem Gesicht, atme in tiefen, keuchenden Stößen. »Wir müssen hier raus. Sind alle noch da?«

Ängstliche Stimmen antworten mir. Irgendjemand weint. Nicolai hustet so stark, dass es wehtun muss, und Feliks flucht. Aber entweder, wir bewegen uns vorwärts, oder Aufseherin Kirov jagt noch mehr Wasser durch das Rohr, und wir ertrinken wirklich.

»Ich glaube, da vorn ist ein Ausgang«, ruft Natalia. Sogar sie klingt mitgenommen.

»Dann kriecht weiter«, rufe ich. »Weiter, weiter!«

Meine Brust hebt und senkt sich heftig und ich zittere. Meine völlig durchnässte Kleidung zieht mich nach unten, und ich komme nur langsam voran, aber ich treibe mich weiter an. Ich darf Sasha jetzt nicht im Stich lassen. Vor uns ruft Natalia etwas. Katia antwortet. »Wir haben es geschafft!« Ich kann die Erleichterung in ihrer Stimme hören und krabbele schneller. Frische Luft weht mir ins Gesicht, und dann spüre ich, dass Sasha nicht mehr vor mir ist. Hände strecken sich mir entgegen, greifen nach meinen Armen und ziehen mich auf einen Vorsprung, auf dem ich stehen kann.

»Ich glaube, wir sind im Kanalisationssystem unter der Stadt«, sagt Sasha neben mir in der Dunkelheit.

»Ich hab es gewusst«, sage ich. »Oder zumindest gehofft.«

»Seid ihr sicher?«, fragt Katia.

»Also, wenn es stimmt«, sagt Sasha, »dann sollte hier eigentlich ...« Neben meinem Ohr ertönt ein Kratzen.

Eine winzige Flamme leuchtet auf, und ich sehe Sashas Gesicht und die nassen Zöpfe auf ihren Schultern, bevor ich blinzeln muss und schützend die Hand vor die Augen lege. Sie hat ein Streichholz in der Hand. Das Licht wird heller und meine Augen beginnen zu tränen. Sie hält eine Öllampe in der Hand. Die Gesichter der anderen spiegeln alle möglichen Empfindungen zwischen Freude und Verwirrung und alle sind durchnässt und zittern und atmen heftig.

»Woher hast du die?«, fragt Feliks.

»Von da«, sagt Sasha und hebt die Lampe. Der Lichtkegel erhellt eine Nische in der Steinmauer, die gerade groß genug ist, um eine Lampe zu halten. »Wenn das die Kanalisation ist, müssen gelegentlich auch Arbeiter herkommen, um Wartungsarbeiten durchzuführen. Und Arbeiter brauchen Licht, oder etwa nicht?« Es folgt entgeisterte Stille. »Na, darauf hätte doch jeder von euch kommen können«, sagt sie.

Feliks und Katia wechseln einen Blick, ihre Münder sind vor Erstaunen geöffnet.

»Sie hat recht«, sagt Nicolai und wringt Wasser aus seiner Mütze. »Und ich weiß, dass vor der Stadt ein Klärwerk ist. Vielleicht zehn Meilen von hier.«

Natalia macht einen Schritt vorwärts. »So faszinierend das auch ist, wir müssen weiter. Hat jemand eine Ahnung, in welche Richtung wir gehen sollten?«

Sasha hält die Lampe hoch. Der schwache Schein zeigt einen gebogenen Tunnel, kalt und feucht, aber groß genug, um aufrecht hindurchzugehen. Ein weiterer Wasserschwall stürzt aus dem Rohr und ich springe vor Schreck zur Seite und pralle gegen Katia. Sasha tritt mit der Lampe vor, und wir sehen zu, wie das Wasser in die Mitte des Tunnels schießt und abfließt. »Wir folgen dem Wasser zum Klärwerk«, sagt sie dann.

Meine Zähne klappern, aber ich lächle. Wir laufen in die Richtung, in die das Wasser fließt.

An der Wand befinden sich in regelmäßigen Abständen weitere Lampen und bei jeder bleibt Feliks stehen, nimmt sie heraus und zündet sie an. Nach kurzer Zeit haben wir vier Lampen, darunter die, die ich halte. Wir laufen eng an der Wand entlang, als etwas vor uns an der Wand im gedämpften Licht aufleuchtet. Irgendwie kommt mir das bekannt vor. Ich komme abrupt zum Stehen. Nicolai, der jetzt das Schlusslicht bildet, stolpert gegen mich. »Wartet!«, rufe ich.

Die anderen drehen sich um und scharen sich um uns.

»Was ist?«, fragt Sasha. Sie sieht müde aus und hat dunkle Ringe unter den Augen. Sorge durchzuckt mich. Ich wünschte, wir könnten langsamer gehen oder rasten, damit sie sich ausruhen kann.

Ich hebe die Lampe an der Stelle, an der ein kleiner Tunnel mit leuchtenden, von Spinnweben bedeckten Mosaikfliesen nach links abzweigt. Ich kenne das Muster – es ist dasselbe wie das im Tunnel unter dem Turm von Tyur'ma.

»Ich glaube, das ist ein Teil des Tunnels, den wir nehmen wollten, bevor der Turm eingestürzt ist. Wenn das so ist, dann führt uns dieser Weg direkt in die Stadt.«

Endlich – *endlich* – geht mein Plan auf. »Kommt.« Spinnweben kleben mir im Gesicht, als ich in den Tunnel biege und die anderen mir folgen. Meine Beine schmerzen, doch mein Herz fliegt. Als ich vor uns Licht sehe, lache ich hell auf.

Wir kommen in einen Tunnel, der offensichtlich gereinigt wurde. Öllampen brennen an der Wand. Das Licht ist schwach, das Öl ist beinahe heruntergebrannt. Einige Lampen sind bereits erloschen.

Ich schaue nach links. In der Ferne ist der Durchgang von einem Trümmerhaufen versperrt. Es sind die Überreste des eingestürzten Turms. Das bedeutet, dass Aufseherin Kirov uns nicht folgen kann. Ich bleibe nicht stehen, um zu verschnaufen. Ich lasse die Lampe fallen und renne in die Gegenrichtung und der Klang von fünf Paar Stiefeln folgt mir.

Die leuchtenden Farben der Mosaike fliegen an mir vorbei. Mein Atem geht keuchend, und meine nassen Kleider reiben auf meiner Haut und geben mir das Gefühl, mich durch Schlamm zu kämpfen. Aber ich renne und meine Schwester rennt neben mir, ihre Zöpfe flattern hinter ihr her und hüpfen auf ihrem Rücken.

Ich werfe einen Blick über die Schulter. Katia ist ein Stück zurückgefallen, aber ihr Kopf ist hoch erhoben und in ihren Augen liegt Entschlossenheit. Feliks fliegt nur so dahin, sein schmaler Körper springt bei jedem Schritt.

Der Tunnel teilt sich vor uns in vier Abzweigungen. Ich habe mir auf den Plänen meines Vaters eingeprägt, wohin jede einzelne führt. Der Tunnel geradeaus führt zum Palast, der nach rechts zum Hafen. Ich strecke den Arm aus, zeige den anderen die Richtung und biege nach rechts. Ich muss jedoch langsamer gehen, weil dieser Tunnel nicht regelmäßig genutzt wird und es keine Lampen gibt.

»Wir bilden eine Kette«, sage ich und nehme Sashas Hand. Natalia hat immer noch ihre Lampe, deshalb geht sie voran. Sasha reicht Feliks ihre andere Hand, der seine Katia, und wir laufen wieder schneller, Nicolai zuletzt, bis ich Licht sehe – echtes Tageslicht, das in gebrochenen Strahlen durch einen Schacht fällt, als scheine es durch Gitterstäbe.

Ich umklammere Sashas Hand wie einen Rettungsring. Wir werden es schaffen. Wir werden die Ersten in der dreihundertjährigen Geschichte von Tyur'ma sein, denen die Flucht aus dem Gefängnis gelingt.

»Mach die Lampe aus, Natalia«, flüstere ich. »Niemand darf uns sehen.«

Sie pustet die Flamme aus und wir kriechen auf den Ausgang des Tunnels über uns zu. Salziger Seewind bläst mir ins Gesicht, aber nicht weit über den Gitterstäben befindet sich etwas. Holzbretter. In der Nähe rauscht Wasser. Ich kann nicht genug sehen, um auszumachen, wo wir sind.

»Los.« Natalia drängt sich zwischen den anderen hindurch und bietet mir ihren Rücken an, damit ich daraufsteigen kann. Die anderen strecken die Arme aus, um mich zu stützen, als sie sich aufrichtet und mich zum Gitter hebt. Ich schließe die Finger um die Stäbe und habe einen Moment lang Panik, sie könnten nicht nachgeben. Schwarze Flocken rieseln über meine Finger nach unten in den Tunnel. Das Eisen ist von der Salzluft zersetzt.

Ich stemme mich hoch und drücke gegen das Gitter. Natalia unter mir schwankt kurz, dann fängt sie sich wieder. Die Abdeckung bewegt sich, ein lautes Knirschen hallt durch den Tunnel. Ich erstarre und halte den Atem an. Katia hat eine Hand vor den Mund geschlagen, die andere umklammert Feliks' Schulter. Ich schiebe das Gitter vorsichtig zur Seite und spähe über die Kante. Über uns ist ein Lagergebäude auf schmalen Holzstelzen. Wir werden am Boden entlangkriechen müssen, um herauszukommen. Vor uns jedoch sehe ich einen Streifen blaues Meer und mehrere Boote, die sanft auf dem Wasser schaukeln. Am nächsten liegen ein paar Fischerboote mit Netzen an der Seite und auf der anderen Seite des Hafens ankert ein großes, elegantes Segelschiff mit hohen Masten und aufgerollten Segeln.

»Gut, lass mich wieder runter«, sage ich. Ich will den anderen gerade beschreiben, was ich gesehen habe, als ich eine Stimme aus dem Tunnel höre. Panik überkommt mich. Katias Augen werden groß und sie atmet schnell.

Ich zeige auf Sasha. *Du zuerst.*

Sie schüttelt den Kopf und schiebt Feliks nach vorn. Ich öffne den Mund, doch ganz in der Nähe ertönt ein schwaches Geräusch, das uns alle herumfahren lässt.

Niemand bewegt sich, alle warten wie erstarrt. Mein Atem geht flach und hastig.

Da ist es wieder. Kein Zweifel: Stiefelschritte im Tunnel. Ich verschränke die Finger, um eine Räuberleiter zu machen, aber Natalia schiebt mich beiseite und macht selbst eine. Ihr breiter Rücken nimmt die Hälfte des Tunnels ein. Feliks sieht mich ängstlich an, seine Augen glänzen in dem schwachen Licht und er steigt auf Natalias Hände. Sie hebt ihn mit Leichtigkeit hoch. Er kriecht durch die Öffnung und seine Stiefel verschwinden aus unserem Blickfeld.

Sasha schiebt Katia als Nächste vor und ich widerspreche nicht. Noch vor wenigen Wochen habe ich gedacht, ich würde über alle hinweggehen, um Sasha, und nur Sasha, aus Tyur'ma zu befreien. Aber wenn ich jetzt davonkäme und einer meiner Freunde nicht, ich weiß nicht, wie ich mich fühlen würde. Sie sind jetzt alle Sasha. Wir helfen Katia hoch. Sie hängt einen Augenblick lang zappelnd an der Kante, bevor sie sich nach oben ziehen kann.

Die Schritte kommen näher, schwere Stiefel schlagen auf Stein. Eine Männerstimme sagt etwas, eine andere antwortet. Sie sind so nah, dass sich alles in mir danach sehnt, loszurennen.

Natalia hält die verschränkten Hände vor Sasha. Ich habe keinen größeren Wunsch, als meine Schwester nach oben zu schieben und Natalia hier zurückzulassen. Ich sehe sie an, sie sieht mich an, und ich weiß, dass sie erkannt hat, dass sie nicht ohne Hilfe nach oben kommen wird. Sie ist schwer und das Gitter ist hoch.

Ich biete ihr meine Hände. Sie blinzelt zweimal, dann stellt sie ihren Stiefel darauf und stemmt sich hoch. Ich werde beinahe umgeworfen, aber die Stimmen in meinem Rücken machen mich stark. Ich drücke so fest ich kann, Sasha hilft mit und Natalia klammert sich an den Rand und zieht sich mühsam hoch.

In der Dunkelheit hinter uns erscheinen schwarz gekleidete Männer. Einer von ihnen ruft etwas und alle stürzen auf uns zu. Ich drehe mich um, aber Nicolai ist verschwunden. Wo ist er? Seit wann ist er weg? Ich fühle einen Stich der Enttäuschung, aber ich habe keine Zeit, darüber nachzudenken.

»Los!«, schreie ich Sasha an. Sie setzt den Stiefel in meine Hände und ich fühle ihr Gewicht kaum. Ich schiebe sie nach oben zur Öffnung und sie klammert sich daran fest und klettert nach draußen. Sie hat es geschafft. Ich springe höher als je zuvor in meinem Leben und meine Finger erreichen beim ersten Versuch die Kante. Sasha umklammert meine Handgelenke, ihr panisches Gesicht schwebt dicht über meinem. Ich werde es schaffen. Ich werde es auch schaffen.

Ein Arm legt sich um meine Taille. Ich trete und strample. Doch wer auch immer mich gepackt hat, zieht mich wie einen nassen Sack zu Boden. Meine Finger rutschen ab. Ich falle nach unten in den Tunnel.

»Lauf!«, schreie ich, bevor ich überhaupt sehen kann, wer mich festhält. »Lauf, Sasha, lauf!«

»Du kannst ihr nicht helfen. Komm mit mir«, höre ich Natalia von oben. Ihre Stimme klingt verzweifelt.

Ich wehre mich gegen den Griff, aber meine Arme werden festgehalten und an meinen Körper gepresst.

Sashas Gesicht erscheint über mir, angstverzerrt. »Ich gehe nicht ohne dich, Valor.«

»Lauf, Sasha! Verschwinde!«

Ich höre Natalia über uns. »Komm, Sasha!«

Sasha schiebt das Kinn vor. »Ich gehe nicht ohne dich.« Ihr Gesicht verschwindet, und ich bete, dass sie wegläuft, notfalls mit Natalia, doch dann erscheinen ihre Stiefel. Als sie sich neben mir in den Tunnel fallen lässt, sinke ich in die Arme, die schmerzhaft meine Taille umklammern.

»Nimm sie beide mit«, sagt die Person, die mich festhält. »Du weißt, wohin du sie bringen sollst. Ich muss jetzt gehen.«

Mein Körper versteift sich, und ich versuche, ihn abzuschütteln. Ich kenne die Stimme. Es ist Prinz Anatol.

»Komm, Nicolai«, sagt er.

Ich befreie mich aus seinem Griff und drehe mich zum Prinzen um. »Ihr seid ein Dieb und ein Lügner«, schreie ich. »Das könnt Ihr uns nicht antun.« Ich drehe mich zu Nicolai, mein Gesicht brennt vor Zorn. »Und du, du Verräter. Du arbeitest für ihn. Du hast dich weggeschlichen, um uns zu verraten? Um ihn herzuholen? Ich hasse dich. Ich hasse euch beide! Ich …«

»Dafür ist jetzt keine Zeit«, fährt der Prinz dazwischen. Er dreht sich zu einem der schwarz gekleideten Männer. Die blauen Schärpen an ihren Uniformen passen zu seinem Gewand. Seine Leibwachen. »Nehmt sie mit. Stellt sie ruhig. Ich kümmere mich später um sie.«

Zwei Wachen packen mich.

Ich trete und schreie, bis eine der Wachen mir etwas in den Mund stopft und mich knebelt, dann lasse ich mich auf den Boden fallen und weigere mich, zu gehen. Erst, als einer von ihnen Sashas Arm nimmt und sie vor mir herzieht, versinke ich in düsteres Schweigen. Sie fesseln unsere Hände und schleifen uns den Weg zurück, den wir gekommen sind.

Es sind vier Wachen, je eine an jeder unserer Seiten. Sasha ist hinter mir, sodass ich sie nicht sehen kann. Wir gehen bis zu der Stelle zurück, wo der Tunnel sich teilt, und biegen in den Tunnel, der zum Palast führt. Ich kann nur daran denken, wie nah wir unserem Ziel waren. Ich habe die Seeluft geschmeckt. Ich habe die Brise vom Hafen gespürt. Und jetzt hat der Prinz doch noch gewonnen, dank Nicolai, dem Verräter.

Irgendwann erreichen wir eine Gittertür, die ich gar nicht bemerkt hätte, wenn ich nicht durch einen Ruck zum Stehen gebracht worden wäre. Von oben kommt Licht. Ich versuche, mir nicht auszumalen, wohin der

Prinz uns bringen lässt oder was er meinte, als er sagte, er werde sich später um uns kümmern. Der Knebel bringt mich zum Würgen. Ich wünschte, ich hätte vorhin nicht so laut geschrien. Ich hätte meine Stimme schonen sollen.

Als der Wächter vor mir beiseitetritt, sehe ich eine Strickleiter. Einer der Männer klettert daran hoch. Ein anderer löst die Fesseln an unseren Händen. Ich überlege, ob ich losrennen soll, aber Sashas Wächter halten sie immer noch an beiden Armen fest. Also beginne ich widerwillig mit dem Aufstieg, meine Beine schaukeln ungeschickt hin und her, doch schließlich bin ich oben und gelange in einen sonderbaren Urwald.

Die Luft ist heiß und ungewohnt feucht. Wir sind rundherum von üppigen grünen Blättern und großen, geriffelten orangefarbenen Blüten umgeben. Ein schwerer Duft liegt in der feuchten Luft. Kletterpflanzen ranken sich bis zur Decke, über und über behängt mit Blüten von so leuchtendem Pink, dass sie beinahe unecht wirken.

Sasha kommt hinter mir die Strickleiter herauf und stellt sich neben mich. Ich folge ihrem Blick an die Decke. Hoch über uns wölbt sich eine Glaskuppel mit feinem silbernem Gerüst und der Himmel dahinter ist frostig weiß. Wir sind im Gewächshaus des Palasts.

Wasser tropft aus meinen Kleidern auf den Weg, als die Wachen uns zu einer schmalen Tür im hinteren Teil des

Gewächshauses zerren. Sie führt in einen dunklen Gang, der zu einem ganzen Labyrinth aus kalten, fensterlosen Gängen zu gehören scheint. Ich versuche, die Orientierung zu behalten, aber wir werden zu schnell weitergetrieben. Der vordere Wächter hält an einer Kreuzung, doch statt abzubiegen, schiebt er eine Geheimtür in der Wand auf.

Ich versuche, mich zu Sasha umzudrehen, doch die Wächter schieben uns durch die Öffnung in einen Raum mit dunkler Holzverkleidung und dann durch eine weitere versteckte Tür in einen kälteren Flügel des Palasts. Hier sind die Lampen nicht erleuchtet und nur wenig Licht sickert unter den schweren Vorhängen vor den Fenstern hindurch. Staub liegt in der Luft.

Meine Schultern verspannen sich. Ich habe keine Ahnung, wohin wir gebracht werden oder warum. Ohne Vorwarnung öffnet einer der Wächter auf halber Strecke durch einen düsteren Gang eine Tür, stößt uns beide hinein und macht sie hinter uns zu.

Ich rappele mich auf, um nach dem schweren Holzknauf zu greifen, nur um zu hören, dass die Tür von außen verschlossen wird. Ich reiße mir den Knebel ab und spucke das zusammengeknüllte Stück Stoff auf einen Teppich am Boden. Es ist ein Wolfsfell, dick und silbrig mit weißen Spitzen. Es bedeckt den Großteil des Bodens, der nicht von dem hohen Himmelbett eingenommen wird.

Ich drehe mich zu Sasha um und sehe, dass ihr Gesicht meine eigene Verwirrung spiegelt. Schwere rote Samtvorhänge sind mit goldenen Kordeln an den Eckpfosten des Betts festgebunden. Es sieht weich und einladend aus.

Neben dem Fenster steht eine dunkle Kommode mit einem Porzellanbecken und einem goldgerahmten Spiegel darüber. Zwei Gestalten mit wilden, zerzausten Zöpfen und schmutzigen Pelzen starren mir entgegen. Ich renne zum Fenster und schaue hinaus. Steil fallen zwei hohe Stockwerke zu einem verwunschenen Garten hin ab, eingefroren im Schnee, der in der untergehenden Sonne glitzert. Ich rüttle am Rahmen und an der Scheibe, aber nichts rührt sich. Ich durchsuche die Kommode – abgesehen vom Bett das einzige Möbelstück im Raum – nach irgendetwas, was uns bei der Flucht helfen könnte, aber sie enthält nur einige wenige Kleidungsstücke und eine silberne Bürste. Sasha findet einen perlenbesetzten Kopfschmuck. Ich kann nur raten, wie viel er wert ist. Leider hilft er uns jetzt auch nicht weiter.

Schnell suche ich den Rest des Zimmers ab. Es gibt eine weitere Tür. Sasha entdeckt sie zur gleichen Zeit wie ich und wir stürzen beide darauf zu. Sie ist nicht verschlossen. Die Hoffnung steigt in uns auf wie eine Fontäne. Ich reiße die Tür weit auf und stehe vor einem marmornen Badezimmer mit einer in den Boden eingelassenen Badewanne. Es gibt keine weiteren Türen oder Fenster.

»Ich ... verstehe das nicht«, sagt Sasha. »Ich weiß nicht,

warum wir hier sind.« Sie zittert, und mir fällt ein, dass wir immer noch klatschnass sind.

»Ich auch nicht«, sage ich und versuche den Gedanken zu verdrängen, dass dieser Flügel des Palasts so aussieht, als hätte seit Jahren niemand einen Fuß hineingesetzt. Wir könnten tagelang hier eingesperrt sein und niemand würde etwas davon mitbekommen. Vielleicht setzt der Prinz seine Strafen nicht so zügig um wie Aufseherin Kirov. Aber ich will nicht, dass Sasha sich Sorgen macht.

Trotzdem, irgendetwas stimmt hier nicht. Irgendetwas ergibt keinen Sinn und nagt an mir wie der Hunger an meinem ersten Tag in Tyur'ma.

Minutenlang durchsuchen wir jeden Teil des Raums – kriechen unters Bett, schauen hinter die Kommode, klopfen die Wandvertäfelung ab. Irgendwann geben wir es auf, nass, müde und halb erfroren.

»Valor?« Sasha schielt zum Bad. »Mir ist so kalt. Selbst wenn wir fliehen könnten, würden wir erfrieren.«

Sie hat recht. Wir müssen uns aufwärmen und trockene Sachen anziehen, sonst schaffen wir es nie. Und wer weiß, welchen Schaden die Unterkühlung bei meiner Schwester anrichtet, die seit der Strafe in der Eiskuppel ohnehin schon geschwächt ist?

Ich setze zögernd einen Fuß auf den Marmorfußboden. Bald schälen wir uns aus den feuchten Kleidern und lassen Wasser in die Wanne laufen. Ich werde meine Schwester nicht erfrieren lassen.

Als wir beide sauber und trocken sind, ziehen wir die Kleidung aus der Kommode an – zwei Hemden, die feiner sind als alles, was je meine Haut berührt hat. Sashas Hemd ist etwas zu groß, aber das macht nichts. Ihr Blick wird unkonzentriert und sie blinzelt langsam und erschöpft. Sie setzt sich aufs Bett, um sich die zerzausten Haare zu bürsten. Die Decken sind so weich, wie sie aussehen, und sie sinkt hinein. Ich setze mich daneben und beginne, an den Spitzen meines eigenen Haars einen Knoten nach dem anderen zu entwirren.

»Glaubst du, dass die anderen entkommen sind?«, frage ich.

»Ich glaube schon. Natalia war die Einzige, die noch da war, als ich nach draußen gekommen bin.« Sasha blickt über die Schulter und runzelt die Stirn. »Sie schien es gar nicht eilig zu haben. Sie hat wirklich auf uns gewartet und wollte, dass ich mit ihr komme.«

»Bist du sicher?«, frage ich, aber ich erinnere mich selbst an den Klang von Natalias Stimme. Sie wollte Sasha wirklich dazu bewegen, mit ihr zu kommen. Und sie hat allen anderen geholfen, statt selbst als Erste hinauszuklettern. Noch etwas, was keinen Sinn ergibt. Sasha war ihr bisher egal gewesen. Ich habe nie zuvor einen Menschen getroffen, der eigennütziger war als Natalia. Warum ist sie nicht weggelaufen, sobald sie die Gelegenheit hatte? Ich öffne den Mund, um irgendeine Erklärung vorzubringen, aber mir fällt keine ein.

Sasha rollt sich wie eine Maus zusammen und schläft augenblicklich ein. Ich weiß, wie sie sich fühlt. Jeder Muskel meines Körpers schmerzt und das Bett ist so weich. Nach dem heißen Bad ist mir warm, so warm, dass ich schläfrig werde wie von einer Medizin. Es ist so lange her, dass mein Körper durch und durch warm war. Und obwohl ich Angst habe und mir nicht erklären kann, was hier vorgeht, kann ich die Augen kaum noch offen halten. Ich muss nachdenken. Irgendetwas entgeht mir, ich weiß nur nicht, was ...

Ich erwache abrupt, Mondlicht fällt durch das Fenster aufs Bett. Ein Schlüssel dreht sich im Schloss. Ich rutsche nach hinten, bis ich gegen das Kopfteil stoße. Die Tür geht auf und ich rüttele Sasha wach. Eine Gestalt betritt den Raum. Licht fällt auf die goldene Faust an ihrem Hals.

Prinz Anatol.

KAPITEL 20

Ich halte ganz still und versuche zu erkennen, wie viele Wachen er bei sich hat. Mein Herz schlägt plötzlich so fest, dass mir schwindlig wird. Der Prinz macht einen Schritt in den Raum, hält die Öllampe vor sich und schließt die Tür. Er ist allein.

Ich taste nach einem Gegenstand, den ich ihm auf den Kopf schlagen könnte, aber er hebt die Hand. »Gib dir keine Mühe. Ich habe den Raum gründlich durchsuchen lassen, bevor ich euch herbringen ließ. Wenn du nicht gerade planst, mich mit einem Kissen zu ersticken, musst du mir einfach zuhören. Es tut mir leid, wie ich euch gestern behandelt habe, aber es war keine Zeit für Erklärungen und du musstest ja unbedingt schreien und um dich treten.«

Ich setze mich im Bett auf und wühle mich aus der Decke. »Ich ... was?«

Sasha reibt sich die Augen. »Valor?«

»Prinz Anatol ist hier«, sage ich hart.

Sie fährt abrupt hoch, die Augen weit aufgerissen, die Haare um den Kopf wie einen wuscheligen Heiligenschein. »Was ist los?«

»Seine Hoheit ist gekommen, um mich zu tadeln, weil ich geschrien und getreten habe, als seine Wachen mich geknebelt und eingesperrt haben. Als Strafe für ein Verbrechen, von dem er genau weiß, dass wir es nicht begangen haben.« Ich halte den Kopf hoch erhoben, mein Zorn überwiegt meine Angst.

Er stößt einen langen Seufzer aus. »Wenn ihr nicht diese alberne Flucht versucht hättet, hätte ich euch nicht hier einsperren müssen. Ihr habt mich dazu gezwungen.«

Ich schüttele den Kopf. »Wovon redet Ihr? Wir haben Euch zu gar nichts gezwungen.«

Er kommt durch den Raum und stellt die Lampe auf der Kommode ab. »Was glaubst du, warum ihr hier seid und nicht im Kerker? Oder in Tyur'ma?« Prinz Anatol fährt sich mit den Händen über das Gesicht. »Ich bin auf eurer Seite!«

Ich springe vom Bett und starre ihn an. Mein Herz schlägt schnell. Seit wir hergebracht wurden, habe ich gewusst, dass etwas nicht stimmt. Ich sehe meine Schwester an. Sie weiß es auch. Aber das heißt nicht, dass ich alles glaube, was er sagt.

»Ihr habt unsere Flucht verhindert«, erinnere ich ihn. »Wie sollen wir Euch da glauben, dass Ihr auf unserer Seite seid?«

»Du musst endlich einsehen, dass ich immer auf eurer Seite war«, entgegnet er. »Du bist wirklich ein richtiger Dickkopf!«

»Und Ihr seid arrogant und egoistisch und … hinterlistig!«

»Weißt du nicht mehr, dass ich dich zu Dr. Lenina geschickt habe, als du dir die Hände verbrannt hast?«

»Doch, aber …«

»Weißt du nicht mehr, dass ich Sashas Entlassung von den Schwarzen Händen bewirkt habe, damit ihr zusammen sein konntet? Ich konnte ihre Unschuld nicht beweisen, aber wenigstens das konnte ich für euch tun.«

Ich trete einen Schritt zurück. Sasha strafft die Schultern.

»Aber das war doch Prinzessin Anastasia«, sage ich.

»Und was ist mit Nicolai?«, wirft Sasha ein. »Er hat uns hintergangen. Er hat für Euch gearbeitet.« Die Augen meiner Schwester werden schmal und richten sich auf den Prinzen. Sie stellt ihn auf die Probe, stochert nach Informationen.

Der Mond scheint von hinten auf Prinz Anatols Kopf und lässt die Spitzen seiner Locken silbrig schimmern. »Ja, er arbeitet für mich. Er sollte eigentlich auf euch aufpassen und nicht mit euch fliehen. Ich wollte euren Freispruch erwirken, sobald ich herausgefunden hätte, wer die Spieluhr wirklich gestohlen hat.« Er runzelt die Stirn. »Ich habe jedes Mitglied des Personals befragt.

Aber dann musstet ihr euch diese irrsinnige Flucht in den Kopf setzen, bevor ich überhaupt irgendetwas herausfinden konnte.«

Er zieht einen Umschlag aus seinem Gewand und reicht ihn mir.

»Ich habe euch etwas mitgebracht«, sagt er leise. »Damit ihr mir glaubt.«

Ich nehme den Brief entgegen. »Was ist das?«

»Aufseherin Kirov hat ihn mir zurückgegeben, nachdem sie ihn dir weggenommen hat«, erklärt er. »Sie hat ihn nicht geöffnet, da ich ihn ihr nicht persönlich gegeben hatte. Das königliche Siegel ist unangetastet.«

Sasha und ich wechseln einen Blick. Wir warten darauf, dass er noch etwas hinzufügt, aber er schreitet brüsk durch den Raum, nimmt die Lampe und geht. Ich laufe zur Tür, höre aber nur noch das Klicken des Schlosses. Von allen seltsamen Dingen, die in den letzten Wochen geschehen sind, mag dieses Gespräch das seltsamste gewesen sein. Halb erwarte ich, aufzuwachen und festzustellen, dass ich alles nur geträumt habe.

Sasha kommt näher. »Mach ihn auf, Valor.«

Ich drehe den Brief um. Er ist etwas zerknittert, aber es ist eindeutig derselbe Brief, den ich aus dem Turm gestohlen habe und der in der Schmiede aus meinem Mantel gefallen ist. Ich breche das Siegel auf und überfliege gemeinsam mit Sasha den Inhalt. Der Brief umfasst eine Seite in der steilen Handschrift des Prinzen.

Geehrte Aufseherin,
bitte vergebt mir die Kürze und Unvollständigkeit dieses Briefs. Ich schreibe in einer hochsensiblen Angelegenheit und habe bislang nur unzulängliche Kenntnisse, auf die ich mich beziehen kann. Ich habe Gründe zur Annahme, dass die Gefangene Sasha Raisayevna unschuldig ist.

Ich habe Mühe, den Inhalt des letzten Satzes zu verstehen. Es folgen weitere Details, aber nichts Stichhaltiges. Nichts, was Sashas Unschuld beweist oder andeutet, wer der wahre Schuldige ist. In meinem Kopf tost ein Schneesturm, Zweifel und Unglaube wirbeln wild durcheinander. Ich lese die Schlussworte:

Ich vertraue Euch meinen gegenwärtigen Erkenntnisstand an und bitte Euch, die Information sorgfältig und diskret zu behandeln und meiner Mutter, Königin Ana, in dem Falle zu übermitteln, dass mir etwas zustößt.

Die Wahrheit schwebt durch meinen Kopf wie eine einsame große Schneeflocke. Die Flocke gleitet einen Berg hinab, wird schneller und nimmt immer mehr Schnee auf. »Es war jemand anders. Jemand aus dem Palast. Es war nicht Anatol.« Indem ich es laut ausspreche, wird es noch konkreter.

Sashas Augen sind riesig. »Er hat gesagt, dass er das gesamte Personal verhört hat.«

Meine Schwester und ich sehen uns an. Wenn Anatol es nicht war und er nicht herausfinden konnte, wer es war, dann liegt das daran, dass er am falschen Ort gesucht hat. Es gibt eine Erklärung, aber eine, die er nicht wahrhaben will.

Sasha denkt das Gleiche wie ich. Ich kann sehen, dass sie am Boden zerstört ist. Ich lege den Arm um sie. Wie konnte die Prinzessin ihr das nur antun? Warum?

»Warum sollte Anastasia die Spieluhr stehlen?«, frage ich.

Sasha lässt sich aufs Bett sinken. Sie atmet schnell und verzieht vor Konzentration das Gesicht. »Ich … ich könnte mir vorstellen, dass Anastasia hinter Königin Anas Rücken eine Allianz mit Pjots'k eingegangen ist.«

»Was?« Ich schüttele den Kopf. »Aber Königin Ana will Frieden mit Magadanskya, mit Fürstin Olegevna!«

Meine Schwester nickt. »Das stimmt. Aber Anastasia wird bald dreizehn. Bald ist sie selbst Königin. Denk darüber nach. Warum sollte sie es sonst getan haben?«

»Königin Ana hat ihre Verbündeten zum Wohl des Reichs gewählt – um die Gefahr eines Krieges zu verringern und Demidova gegen Pjots'k und ihre Ansprüche auf unsere Häfen zu stärken. Aber vielleicht interessiert es Anastasia gar nicht, warum sie unsere Häfen nutzen wollen. Weißt du noch, dass ich dir erzählt habe, wie viele Fragen sie mir dazu gestellt hat? Ich dachte, sie interessiere sich für Politik. Ich dachte, sie würde etwas lernen.

Aber vielleicht hat sie diese Fragen gestellt, weil sie nicht verstanden hat, dass die Schätze, die unserem Reich geboten wurden, es nicht wert sind, uns in den Krieg hineinziehen zu lassen, den Pjots'k beginnen will.«

Ich bin völlig verblüfft – nicht nur über Sashas Erklärung für Anastasias Verhalten, sondern auch über ihren Mut und ihre Stärke in Anbetracht eines solchen Verrats. Die Zeit in Tyur'ma hat sie härter gemacht. Ich weiß nicht, ob ich stolz oder traurig sein soll.

Eine Weile sitzen wir schweigend da. Ich denke an Nicolai und sein Zögern im Waschhaus, als wir fliehen wollten. Ich denke an das, was der Prinz gesagt hat, und daran, wie er und seine Schwester auf der Mauer in Tyur'ma gestritten haben. Jetzt sehe ich alles in einem anderen Licht und es ergibt Sinn. Es passt zusammen wie ein Uhrwerk.

Aber alles verstehe ich nicht. Noch nicht.

»Was glaubst du, wer das Feuer gelegt hat?«, frage ich Sasha. Ich dachte, es hätte Nicolai sein können, den ich in der Nacht vom Turm habe wegrennen sehen. Aber wenn er für den Prinzen arbeitet, kann er es nicht gewesen sein.

»Katia und Feliks vertrauen wir«, sagt Sasha, eher feststellend als fragend. Es stimmt. Voll und ganz.

»Dann also Natalia«, sagt sie.

Wenn Prinz Anatol Nicolai nach Tyur'ma geschickt hat, ist es möglich, dass Anastasia ebenfalls eine Helferin dort hatte. Jemand, der ganz in unserer Nähe war.

Ich nicke. »Sie könnte ihre Spionin sein. Anastasia wollte, dass wir in Tyur'ma bleiben, weil wir die Einzigen waren, die wussten, dass du die Spieluhr nicht gestohlen hast. Deshalb hat sie Natalia die Hacke stehlen lassen. Natalia hat mich von Anfang an beobachtet. Aber dann ... hat sie uns selbst zur Flucht verholfen. Das verstehe ich nicht.«

Sasha presst die Lippen zusammen und starrt auf die Bettdecke. »Vielleicht haben sich ihre Anweisungen geändert.«

»Aber warum? Warum sollte sie uns aus dem Gefängnis holen wollen?«

»Damit sie ...« Meine Schwester antwortet, bevor sie den Gedanken zu Ende gedacht hat. Sie zieht die Knie an die Brust, wobei ihre schmalen Ellbogen aus den Ärmeln des geborgten Hemds ragen. Kummer steht ihr ins Gesicht geschrieben. »Ich vermute, dass Natalia uns irgendwo hinbringen sollte, wo die Prinzessin uns in Empfang nehmen konnte.« Ihre Augen weiten sich. »Ich wette, Anastasia war dafür verantwortlich, dass Natalia in meine Zelle gekommen ist.«

»Jetzt kann uns nichts mehr passieren«, sage ich und lege ihr den Arm um die Schultern. »Ich bin sicher, dass Natalia geflüchtet ist.« Um ein Haar hätte ich Sasha mit dieser Spionin weggeschickt, wer weiß, welchem Schicksal entgegen. Ich muss wieder an Feliks und Katia denken. Ich wünschte, ich wüsste, dass sie in Sicherheit sind.

»Wir müssen es Anatol sagen. Wir müssen zur Königin«, sage ich.

Sasha zieht unter meinem Arm die Schultern nach oben. »Ohne Beweise stünde unser Wort gegen ihres. Das wäre Hochverrat.«

Das Wort sinkt kalt und hart auf den Boden.

»Dann müssen wir den Beweis eben finden«, sage ich. »Wir müssen die Spieluhr finden.«

Ein zweites Mal reißt mich etwas aus unruhigem Schlaf und wirren Träumen. Sasha ist bereits an der Tür, mit der silbernen Bürste bewaffnet. Ein leises, eindringliches Klopfen ertönt.

Wir sehen uns mit großen Augen an. Ich setze einen Fuß auf den Boden.

»Valor?«, flüstert jemand auf der anderen Seite. »Darf ich den Schlüssel benutzen?«

Sashas Hand schwankt.

»Nicolai?«, frage ich.

»Ja, ich bin es. Darf ich ... reinkommen?«

Sashas skeptisches Gesicht wäre beinahe komisch, wenn es nicht der zweite unerwartete und verwirrende Besucher innerhalb weniger Stunden wäre. Aber Nicolais Stimme ist so höflich, dass sie fast schon schüchtern klingt, und er ist allein, und wir sind zu zweit. Außerdem habe ich ein paar Fragen an ihn, und ich will wissen, warum er hier ist.

Ich sehe meine Schwester an. Sie nickt zustimmend, tritt von der Tür zurück und legt die Bürste leise auf die Kommode.

»Du kannst reinkommen«, sage ich, obwohl es sich unpassend anfühlt, diese Erlaubnis zu geben – es ist schließlich nicht unser Zimmer.

Ein Schlüssel gleitet ins Schloss. Nicolai streckt zuerst den Kopf herein, dann tritt er schnell in den Raum und schließt die Tür. Seine dunklen Haare sind gewaschen und ordentlich gekämmt.

Er schlägt die Augen nieder. »Ich sollte besser nicht hier sein.«

»Warum bist du es dann?« Ich schwinge den anderen Fuß aus dem Bett und stelle mich hin. Sasha verschränkt die Arme und wir warten schweigend.

»Ich bin gekommen, um euch zu sagen, dass ich kein Verräter bin. Wirklich nicht.«

»Was bist du dann?«, fragt Sasha. »*Wer* bist du?« Sie mustert ihn von oben bis unten. Er trägt eine Uniform mit Schärpe, so wie ... die Leibwachen.

Nicolai verschränkt die Hände. »Ich bin immer noch Nicolai. Ich habe nur meine Pflicht getan ... ich habe versucht zu helfen. Der Prinz hat gesagt, ich müsse versuchen, so viel herauszufinden wie möglich. Er sagte, es könne das ganze Reich retten.« Nicolai blickt auf den Teppich. »Aber eigentlich wollte ich euch nur sagen, dass es mir leidtut. Ich sollte wirklich gehen ...«

»Wie bist du nach Tyur'ma gekommen?«, frage ich. »Wusste die Aufseherin, wer du bist?«

Nicolai schüttelt den Kopf. »Prinz Anatol hat ihr gesagt, dass ich ein Gefangener sei, der ihm am Herzen läge – ein Lehrling der Leibgarde, der ein Pferd gestohlen hat –, und dass sie nachsichtig mit mir sein soll. Aufseherin Kirov nimmt ihre Arbeit sehr ernst – vielleicht zu ernst –, und als Prinz Anatol sagte, dass ich wegen meiner Ausbildung eine verantwortungsvolle Position übernehmen könne, hat sie ihm versichert, seine Wünsche zu respektieren.«

»Welche Ausbildung?«, fragt Sasha.

Seine Schultern sinken nach unten, er sieht wirklich jämmerlich aus. »Was glaubt ihr, wie ich mich gefühlt habe? Ich habe bei der Leibgarde mit meiner Ausbildung begonnen und wurde gleich in der ersten Woche als eine Art Spion rekrutiert.« Er schüttelt den Kopf. »Ich glaube nicht, dass ich dafür gemacht war. Ich bin kein guter Lügner. Hört zu, ich muss jetzt zurück in die Kaserne, bevor mein Fehlen bemerkt wird«, sagt er. »Es tut mir leid, Valor.«

»Hast du dich gegen die Regeln rausgeschlichen? Hast du etwa den Schlüssel zu dieser Tür gestohlen?« Ich spüre, wie sich ein kleines Lächeln auf mein Gesicht stiehlt.

Er grinst verlegen. »Vielleicht habe ich ein oder zwei Dinge von dir gelernt.« Das Grinsen verschwindet. »Der Prinz ist ein guter Mensch. Ihr könnt ihm vertrauen.«

Bevor ich ihm antworten kann, schlüpft er aus dem Zimmer, und die Tür wird wieder verschlossen.

Am Morgen weckt mich ein Klopfen. Ich stehe auf und gehe zur Tür. Ich starre Prinz Anatol an und er starrt zurück. Erst sieht er verunsichert aus, dann hält er mir ein Tablett entgegen. Darauf stehen eine Schale mit Früchten, zwei Gläser, ein Krug und ein Korb mit Brötchen.

Sasha schläft noch, einen Arm über dem Kopf, die Haare im Gesicht. Ich trete beiseite und der Prinz stößt die Tür mit dem Stiefel zu. Er trägt heute ein helleres Blau, halb verdeckt von einem schwarzen Umhang.

Ich nehme ein Brötchen und beiße hinein. Vielleicht bin ich eher dazu in der Lage, ihm meine Meinung zu sagen, wenn mein knurrender Magen mich nicht ablenkt. Ich muss dem Prinzen erklären, dass seine Schwester eine Diebin und eine Lügnerin ist. Dass sie gegen die Königin und das gesamte Reich intrigiert und dafür das Leben meiner Schwester aufs Spiel gesetzt hat.

Ich muss es auch deshalb sagen, weil wir ihn als Verbündeten brauchen.

»Ich weiß jetzt, dass Ihr die Spieluhr nicht gestohlen habt«, sage ich zu ihm. »Und ich weiß auch, warum Ihr nicht herausfinden konntet, wer es war.«

Er starrt mich an.

Ich habe mir den Kopf zerbrochen, wie ich die Wahrheit beschönigen kann, aber das ist unmöglich, also sage ich es rundheraus.

»Es war Anastasia.«

Ich schlucke und lasse ihm einen Moment Zeit, um meine Worte zu verarbeiten. Ich kann ihm nicht ins Gesicht sehen. Als er nicht aus dem Zimmer stürmt, um die Wachen oder die Königin zu rufen, und als mein Herzschlag nicht mehr in meinen Ohren dröhnt, sage ich es noch einmal. Ich wiederhole, was Sasha und ich in der vergangenen Nacht besprochen haben.

Anatols Gesicht wird sehr ernst. »Das ist Hochverrat«, sagt er. »Du kannst nicht erwarten, dass ich das glaube.«

Aber ich höre es selbst – den Anflug von Unsicherheit in seiner Stimme. Es ist, als wolle er es nicht glauben, doch als wäre der Gedanke schon da gewesen, bevor ich ihn ausgesprochen habe.

»Denkt darüber nach«, sage ich. »Ihr versucht seit Wochen, den Täter zu finden, doch es ist Euch nicht gelungen. Warum? Wer sonst könnte es sein?«

Ich versuche ihm zu erklären, was Sasha über die Prinzessin und Pjots'k gesagt hat. Ich bin nicht sicher, ob es mir so gut gelingt wie meiner Schwester, aber sie ist erschöpft und schläft. Ich muss den Prinzen überzeugen, damit ich ihr, wenn sie aufwacht, versprechen kann, dass ich ihre Unschuld beweisen und dieses ganze Chaos aufräumen werde.

»Es erscheint Euch doch selbst plausibel, oder nicht?«, frage ich leise.

Anatol streicht sich die Haare aus dem Gesicht und sein

Umhang fällt ihm über die Schultern. Er öffnet ihn gereizt und wirft ihn zu Boden. »Nichts daran ergibt Sinn. Sie ist meine Schwester. Gerade du musst doch verstehen, wie sehr ich mir wünsche, dass das nicht stimmt.«

Hinter uns gibt Sasha ein kleines Geräusch von sich. Als ich mich umdrehe, sitzt sie mit wachem und aufmerksamem Gesicht im Bett, obwohl es noch vom Schlaf zerknautscht ist. Ich habe nicht gehört, wie sie sich gerührt hat. »Sich zu wünschen, dass es nicht wahr ist, hat nichts damit zu tun, *ob* es wahr ist«, sagt sie sanft.

Ich habe plötzlich das Gefühl, dass sie schon die ganze Zeit wach gewesen ist. Sie spricht mit dem Prinzen, sieht aber mich dabei so stolz an, dass mir ganz warm wird.

Meine Schwester steht auf und nimmt sich einen Apfel von dem Tablett, ohne noch etwas zu sagen. Dann lässt sie ein Kissen auf den Boden fallen und setzt sich darauf. Sie klopft auf den Teppich neben sich.

Ich weiß nicht, ob es für Prinzen üblich ist, auf dem Boden zu frühstücken, aber ich setze mich im Schneidersitz auf den dicken Teppich und lehne mich an einen Bettpfosten. Anatol kommt dazu, stützt die Ellbogen auf den gekreuzten Beinen ab und verschränkt die Finger. Dann nimmt er ein Brötchen und bricht ein Stück davon ab.

Sein Gesichtsausdruck ähnelt dem von Sasha, wenn sie über einem schwierigen, nicht sonderlich erfreulichen

Problem brütet. Wir essen schweigend, während er nachdenkt, doch irgendwann sprudeln die Fragen aus mir heraus. Ich muss beweisen, dass meine Schwester unschuldig ist, sonst waren die Kriecherei durch den Tunnel und unsere Todesangst, als wir beinahe ertrunken wären, völlig umsonst.

»Habt Ihr Nicolai gebeten, eine Spitzhacke aus meiner Zelle zu stehlen?«, frage ich.

Er runzelt die Stirn. »Nein. Wisst ihr, wer das Feuer im Turm gelegt hat?«, fragt er zurück.

Der Prinz wickelt den Umhang um seine Schultern und ich ziehe eine Wolldecke vom Bett und lege sie über Sashas und meine Schultern. Sie berichtet ihm von unserem Verdacht gegen Natalia.

»Bei unserem Besuch in Tyur'ma hat Anastasia einem großen, kräftigen Mädchen zugenickt«, sagt er langsam. »Ich habe mich gefragt, warum, aber dann haben wir gestritten und ich habe nicht mehr daran gedacht.«

Er streicht sich über die Augenbrauen und rauft sich die Haare. »Meine eigene Schwester und ihre Spionin haben also das Feuer im Turm gelegt. Ich konnte gerade noch durch den Tunnel entkommen.« Er sieht Sasha an und beißt sich auf die Lippe. »Es tut mir leid, dass sie dich so betrogen hat.«

»Ihr glaubt uns also wirklich?«, frage ich.

Ich sehe ihm ins Gesicht. Ich dachte immer, seine Augen wären kalt und hochmütig, aber jetzt sind sie nur verletzt und müde. Er glaubt uns. Er tut mir beinahe leid.

Wir wissen alle, wie wichtig die Spieluhr für das Friedensabkommen mit Magadanskya ist. Alles, was mir etwas bedeutet – mein Land, meine Eltern, meine Schwester –, steht auf dem Spiel. Ich muss das in Ordnung bringen.

Ich beuge mich vor. »Wir müssen die Spieluhr finden.«

Anatol schüttelt den Kopf. »Ich habe den ganzen Palast abgesucht und sie nicht gefunden. Euer Leben ist in Gefahr. Das Leben eurer Familie ist in Gefahr. Ich muss versuchen, sie aufzuhalten. Zum Wohle des Reichs. Ich … weiß nur nicht, wie.«

Sasha zittert. Aber dass wir den Prinz auf unserer Seite haben, ändert alles. Wenn er bereit ist, gegen seine eigene Schwester vorzugehen, bin auch ich bereit, so weit zu gehen, wie es nötig ist, um unseren Namen reinzuwaschen.

Ich schüttele den Kopf. »Ihr müsst größer denken. Wagemutiger.«

»Hast du einen Plan?« Langsam breitet sich ein Lächeln auf seinem Gesicht aus. »Er hat aber nichts mit Pfeil und Bogen zu tun, hoffe ich?«

»Nein.« Ich lächle zurück, wenn auch nur kurz. »Es ist nur eine Idee.«

Prinzessin Anastasia hat meine Familie auseinandergerissen und meiner unschuldigen Schwester ihr Verbrechen angelastet. Damit werde ich sie auf keinen Fall davonkommen lassen.

Prinz Anatol sieht mir in die Augen. »Was hast du im Sinn?«

KAPITEL 21

Sasha und ich ziehen die Uniformen an, die der Prinz besorgt hat, während er draußen vor dem Marmorbad sitzt und eine Nachricht schreibt. »Und du bist sicher, dass das funktionieren wird?«, fragt er durch die Tür.

»Ja. Schreibt genau das, was ich gesagt habe«, rufe ich, während ich das bestickte Hemd über die Hose ziehe.

»Valor!« Sasha verpasst mir einen Klaps mit ihrer Schärpe. »Solltest du nicht ein bisschen weniger herrisch sein?«

»Unsinn. Ich bin nur ... durchsetzungsfähig.« Ich nehme die Schärpe und binde sie nach Art der Diener um ihre Tunika. Sie passt perfekt. Niemand wird auf die Idee kommen, dass es nicht ihre eigene ist.

»Bitte sehr«, sage ich und drehe Sasha zu dem golfumrandeten Spiegel. »Zwei Dienerinnen des Palasts.«

»Solange wir niemanden sehen, der die beiden entehrten Töchter der ehemaligen ersten Jägerin und des ehemaligen ersten Beraters der Königin erkennt«, sagt sie.

Ich lege ihr die Hände auf die Schultern. »Kleinkram«, antworte ich lächelnd – obwohl ich vor Aufregung nichts von den Speisen herunterbekommen habe, die der Prinz uns zusammen mit den Uniformen mitgebracht hat. Mir ist genug flau im Magen.

Wir gehen zurück ins Schlafzimmer, wo der Prinz über einen Bogen Papier gebeugt an der Kommode sitzt. Er fügt einen Schnörkel an seiner Unterschrift hinzu, trocknet die Tinte und reicht mir den Brief.

Liebste Anastasia,
meine Informanten haben mir Neuigkeiten über zwei gewisse Mädchen zugetragen, die für dich von Interesse sein könnten. Begib dich so schnell wie möglich ins Gewächshaus, damit wir ungestört sprechen können.
Dein Bruder und ergebener Diener
Anatol

»Perfekt«, sage ich.

Er rollt das Papier zusammen und steckt es in seine Tunika.

»Bereit?«, frage ich Sasha.

Sie glättet ihre Zöpfe und nickt.

Prinz Anatol öffnet die Tür, und wir folgen ihm durch den düsteren Korridor, durch die erste Geheimtür, dann durch die zweite, wo wir alle stehen bleiben und die Ohren spitzen. Stille.

Er schiebt einen Teil der Vertäfelung beiseite und wir schlüpfen durch die Öffnung in die Wärme und das Licht des gold-blauen Palastkorridors. Ich halte die Augen gesenkt, während ich dem Prinzen folge. Sasha geht hinter mir. Als wir an dem geheimen Eingang zum Kerker vorbeikommen, überläuft mich ein Schaudern.

Prinz Anatol schreitet eine breite, geschwungene Treppe mit glänzendem Marmorgeländer hinunter. Gedämpftes Stimmengewirr dringt zu uns herauf. Das Blut rauscht laut in meinen Ohren, als wir über die Galerie gehen. Unter uns stehen zwei Höflinge auf dem Mosaikboden und streiten. Mehrere Berater der Königin haben sich zu einem Grüppchen versammelt und diskutieren. Ihre tiefblauen Umhänge leuchten wie die Blüten einer Blume. Drei Diener warten schweigend in einer Ecke, falls sie gebraucht werden.

Anatol versteift sich und zögert. Wir werden an ihnen vorbeigehen müssen, um ins Gewächshaus zu kommen. Er holt tief Luft und führt uns eine weitere Treppe hinunter. Sie erstreckt sich wie eine Schleppe bis hinunter zu den Höflingen. Sie halten in ihrer Auseinandersetzung inne, als sie den Prinz sehen. Er neigt den Kopf, und ich verbeuge mich tief und hoffe, dass niemand meine brennenden Ohren bemerkt.

»Hier, Mädchen.« Eine der Beraterinnen hält mir ihren Umhang hin, als wir vorbeigehen. Ich erkenne ihre Stimme – sie hat mit meinem Vater gearbeitet. Stammelnd setze ich zu einer Antwort an. Ich will ihr nicht das Gesicht zuwenden, andererseits will ich auch keine Aufmerksamkeit auf mich ziehen, indem ich sie ignoriere. Meine Wangen glühen. Anatol schnipst mit dem Finger, und einer der Diener eilt durch den Saal, um den Mantel entgegenzunehmen.

Der Prinz geht weiter. Ich halte den Atem an und rechne jederzeit mit einer vorschnellenden Hand, die mich aufhält, oder einer Stimme, die mir hinterherruft. Aber die Unsichtbarkeit der Diener schützt uns und wir erreichen unbehelligt die Glastür zum Gewächshaus. Der prunkvolle Eingang des Palasts, durch den ich vor wenigen Wochen in Ketten gezerrt wurde, ist geschlossen, damit keine Schneewehen hereindringen. Ich denke an meine Freunde und hoffe, dass sie im Warmen und Trockenen sind. Ich hoffe, dass Feliks einen Ort in der Stadt kennt, der ihnen Sicherheit bietet. Und dass wir bald von ihnen hören.

Wir betreten den heißen, feuchten Raum. Tiefgrüne Blätter, glänzend wie polierter Malachit, umgeben uns von allen Seiten.

»Kommt. Hier entlang«, sagt Anatol. Wir bahnen uns einen Weg durch das Dickicht, das die schmalen Pfade überwuchert.

»Hier könnt ihr euch verstecken«, sagt er. »Ich werde sie hierherbringen.«

Ich schiebe einen dicken Zweig mit blutroten Blüten

aus dem Weg. Ein gläserner Brunnen steht in der Mitte des Raums. Rote, blaue und goldene Fische schwimmen darin. Wasser springt aus dem Maul des großen gläsernen Schneeleoparden, der auf den Hinterpfoten in der Mitte des Brunnens steht.

»In Ordnung. Ihr könnt gehen. Wir werden uns gut verstecken«, erwidere ich.

Anatol schluckt angespannt und nickt kurz. Dann ist er weg. Er wird einem Diener die Nachricht übergeben und am Eingang des Gewächshauses auf die Prinzessin warten.

Sasha schiebt sich durch die dichten Ranken auf der Suche nach einem Versteck. »Hier«, sagt sie nach kurzer Zeit.

Betörend duftende Blätter drücken sich gegen mein Gesicht und meine Hände, als ich ihr in eine Mulde folge, die von dichten Ranken bedeckt ist. Ich spähe zum Brunnen und ziehe einige große Farnwedel zurecht, sodass wir vollständig dahinter verborgen sind. Sashas Schultern stoßen gegen meine. »Ich kann nicht glauben, dass wir das wirklich machen«, flüstert sie.

Ich kann es auch nicht glauben.

Sie presst die Lippen zusammen. Ich sehe, wie sehr sie sich bemüht, tapfer zu sein. Ich war wütend, sogar verletzt, als ich glaubte, Nicolai hätte uns hintergangen. Wie viel schlimmer muss es für sie sein, dass die Prinzessin sie so verraten hat?

Die Tür öffnet sich einen Spalt. Wir halten ganz still. Ich erhasche einen Blick auf Anatols besorgtes Gesicht, dann verschwindet es wieder. Wir warten. Während meine Beine steif werden, wächst in mir der Zweifel, dass unser Plan gelingen wird. Anastasia wird nicht kommen.

Wieder sehe ich Anatol. Er läuft auf dem kleinen Platz vor der Tür unruhig auf und ab.

Die Tür öffnet sich. Anatol murmelt etwas. Seine Stimme wird lauter, Pflanzen und Blätter rascheln, er geht direkt auf den Brunnen zu. Seine Augen suchen das Dickicht ab, finden jedoch nichts. Er kann uns nicht sehen.

»Müssen wir so weit gehen? Du weißt doch, dass ich diesen Urwald nicht ausstehen kann.«

Mein Atem wird flach. Anastasia.

»Es tut mir leid, Schwester. Ich dachte, es käme dir entgegen, abseits von neugierigen Augen und Ohren über dieses Thema zu sprechen. Wir können den Ort wechseln, wenn du es wünschst.«

Die Prinzessin, kerzengerade in dem engen Mieder ihres weißen Kleids, tritt vor und betrachtet die Fische im Brunnen. Verachtung kräuselt ihre Lippen. Perlen schmücken den diamantenen Reif, der ihre Zöpfe hält, und auf jeder ihrer Wimpern sitzt eine winzige weiße Perle.

»Nein. Du kannst mir auch hier sagen, was du mir zu sagen hast. Was haben deine Spione herausgefunden?«

Prinz Anatol verschränkt die Hände hinterm Rücken. »Die Mädchen sind aus Tyur'ma geflohen ...«

Die Prinzessin stampft mit dem Fuß auf. »Das weiß ich längst. Warum vergeudest du meine Zeit?«

»Dann weißt du also auch, dass sie noch immer frei in der Stadt herumlaufen und ihre Unschuldsgeschichte allen erzählen, die sie hören wollen?«

Es folgt eine Pause.

»Unschuldsgeschichte?«, fragt die Prinzessin. »Was meinst du damit?«

Mein Herz schlägt schnell. Sasha umklammert meine Hand so fest, dass es schmerzt.

Ich glaube, dass Anatol sie rundheraus bezichtigen muss, aber die Geschwister scheinen sich so gut zu kennen wie Sasha und ich. Ihre Blicke sagen alles.

Anastasia lacht. Ihre dunklen Haare glänzen im Licht, das durch das Glasdach hereinfällt, ein dunkler Rubin von der Größe einer Dattel funkelt an ihrem Finger. »Wer würde den Worten zweier Verbrecherinnen aus einer entehrten Familie mehr Glauben schenken als den Worten der künftigen Königin?«

Ich mache mich ganz klein und bin so still wie eine Eisskulptur. Sasha neben mir rührt sich nicht, aber ich bin sicher, dass es sie noch schwerer trifft als mich, ihre Herrin, ihre *Freundin*, so über unsere Familie reden zu hören.

»Niemand wird ihnen glauben«, sagt Anatol. »Deshalb wollen sie in den Palast einbrechen und die Spieluhr finden.«

Die Prinzessin lacht, verstummt jedoch schnell wieder. »Sollen sie es versuchen«, sagt sie.

»Es ist natürlich unwahrscheinlich, dass sie hereinkommen, da stimme ich zu.« Anatol setzt sich auf den Brunnenrand und lässt die Finger ins Wasser gleiten. »Selbst für zwei Mädchen, die Aufseherin Kirov getäuscht haben und aus Tyur'ma entkommen sind. Du hast wie immer recht, Schwester. Dennoch hörte ich, dass sie die Ersten in über dreihundert Jahren sind, denen die Flucht gelungen ist. Und trotz größter Anstrengungen haben wir noch immer kein Mitglied ihrer Gruppe gefunden.«

Anastasias Mund teilt ihr feines Gesicht wie ein roter Schlitz. »Warum kommst du damit zu mir, Bruder? Willst du dich gegen Mutter verbünden? Etwa auf Kosten von Valor und ihrer teuren Schwester?«

Der Prinz zuckt gleichmütig die Schultern. »Ich habe nicht den Wunsch, Unschuldige hinter Gitter zu bringen. Ich habe aber auch nicht den Wunsch, meiner künftigen Königin zu missfallen.« Er geht vor ihr auf die Knie und küsst ihre Hand, wobei seine dunklen Locken den Rubin an ihrem Finger streifen.

Ein Rascheln in den Zweigen direkt neben meinem Ohr lässt mich zusammenfahren. Flügel schlagen gegen Blätter, ein gelbes Knäuel zuckt vorbei und piepst verängstigt. Sasha quiekt leise und schlägt sich die Hand vor den Mund. Mein Herz flattert wie die Flügel des Vogels, als er nach oben unter die Glaskuppel fliegt.

»Nur ein Vogel«, sagt Anatol, der auf die Füße gesprungen ist. »Aber wir haben ohnehin genug Zeit verloren. Darf ich darauf vertrauen, dass du meiner Treue gewiss bist, nachdem ich dir diese Information überbracht habe?«

Die Lippen der Prinzessin verziehen sich zu einem Lächeln, aber ihre Augen sind kalt. »Du darfst.«

Ich glaube ihr kein Wort.

»Dann werde ich jetzt gehen.« Er eilt davon und wenige Augenblicke später öffnet und schließt sich die Glastür.

Ich wage kaum zu atmen und lasse die Prinzessin nicht aus den Augen. Sie ahnt nicht, dass sie nicht allein ist. Sie starrt in den Brunnen, die Hände vor der Brust verschränkt.

Schluck den Köder, beschwöre ich sie wieder und wieder.

Und wie ein Schneehase, der in eine meiner Fallen getappt ist, tut sie es.

Sie dreht sich auf dem Absatz um und läuft zur Tür. Sasha atmet in einem Stoß aus und macht einen Satz nach vorn, aber ich halte sie zurück und presse einen Finger auf die Lippen. Ich weiß, wie man jagt.

Ich schlüpfe durch das Dickicht, ohne das Laub mit meinem Gewand zu berühren. Das weiche Leder meiner Dienerschuhe, die gemacht sind, um die prächtigen Böden des Palasts nicht zu zerkratzen, gibt auf dem Pfad keinen Laut. Die Prinzessin bleibt an der Tür stehen, hebt den Kopf und schwingt die Tür auf. Sie geht nach links. Wir warten drei unerträgliche Sekunden, dann folgen wir ihr.

Der große Saal ist leer. Ich spähe um die Ecke. Ein langer Gang führt zu einer Galerie, an deren Ende sich eine goldene Bogentür befindet. Anastasias Kleid wallt auf, als sie die Tür aufstößt, sich kurz umsieht und weitereilt.

Wir rennen hinterher. Ich halte mich mit Sasha an der Wand, jederzeit bereit, hinter den schweren Vorhängen zu verschwinden, die jedes Fenster umgeben, falls die Prinzessin stehen bleibt. Ich gebe Sasha ein Zeichen, die Augen offen zu halten und uns Rückendeckung zu geben.

Als wir die Galerie erreichen, müssen wir einen offenen Raum mit einer Kuppel durchqueren, die wie ein blauer Sommerhimmel bemalt ist. Das Licht und die Schatten der feinen Wolken wirken so echt, dass ich einen winzigen Augenblick stehen bleibe. Ich spähe durch den goldenen Türbogen. Anastasia ist verschwunden.

Die Panik lässt mich unvorsichtig werden, und ich stürme, gefolgt von Sasha, in den angrenzenden Gang.

»Passt doch auf, Mädchen!« Eine ältere Frau mit Brille und mehreren Papierrollen in der Hand sieht uns stirnrunzelnd an.

Ich öffne den Mund, doch es kommt nichts heraus.

»Wir bitten um Verzeihung«, sagt Sasha, neigt den Kopf und zieht auch mich nach unten.

Ich hebe den Kopf ein Stück und sehe aus dem Augenwinkel etwas Weißes um die nächste Ecke verschwinden.

»Das will ich hoffen«, brummt die Frau und setzt leise schimpfend ihren Weg fort.

Wir sehen uns an und rennen weiter, doch wir kommen abrupt vor einem großen bestickten Wandteppich mit einer Luftansicht der Stadt zum Stehen. Der Gang geht nicht weiter, es gibt keine Abzweigungen mehr, keine weiteren Türen.

Ich raufe mir die Haare. »Ich dachte, ich hätte ihr Kleid gesehen.«

Sasha dreht sich im Kreis. Sie presst die Lippen zusammen und runzelt die Stirn, dann beginnt sie, leicht an der Wandvertäfelung zu rütteln und zu ziehen. Ich helfe mit, wobei ich den Gang nicht aus den Augen lasse. Meine Finger suchen verzweifelt, und ich reiße mir einen Nagel ein, doch nichts rührt sich.

»Bist du sicher, dass du sie gesehen hast?« Sasha atmet schnell und unterdrückt die Panik.

»J...ja. Ich glaube schon.«

Ich drehe mich noch einmal um. »Sie kann doch nicht einfach verschwinden. Sie muss hier irgendwo sein.« Ich ziehe den Wandteppich nach vorn und hebe den schweren Stoff von der Wand. Die Vertäfelung dahinter ist aus dem gleichen dunklen Holz wie vor den anderen Geheimgängen. Doch noch immer können wir nichts in Bewegung setzen.

»Schau mal«, sagt Sasha plötzlich. Sie zeigt auf den Palast auf dem Stadtplan. Die Stadt ist in schwarzem Garn gestickt, nur der Palast leuchtet in den hellen Farben seiner Zwiebeltürme. »Vater hat diesen Teppich einmal erwähnt, aber ich wusste nicht, wo er war. Du weißt ja, der Palast verfügt über …« Sie greift nach oben und drückt gegen die Stickerei des Palasts. Hinter dem Teppich bewegt sich etwas. Ich lächle und Hoffnung steigt in mir auf.

»… mehrere Geheimgänge«, beendet sie den Satz.

Als wir diesmal den Teppich anheben, hat sich dahinter ein schmaler Gang aufgetan, der staubig wegen der seltenen Nutzung ist. Wir eilen weiter, eine Hand an der Wand. Die Luft ist schwer und muffig und ich unterdrücke ein Niesen. Etwas weiter vorn ertönt ein Rascheln. Sasha umklammert meinen Arm, und wir gehen langsam weiter, bis wir zu einer schmalen Holztreppe kommen.

Schwaches Licht dringt nach oben und wir halten uns im Schatten der Wand. Ich setze einen Fuß auf die oberste Stufe. Sie knarrt, als ich das Gewicht darauf verlagere. Ich erstarre, dann ziehe ich den Fuß zurück und versuche die nächste Stufe. Sie gibt keinen Laut, also schleiche ich weiter und Sasha folgt genau meinen Schritten.

Auf halber Strecke macht die Treppe eine Biegung. Wenn wir weitergehen, riskieren wir, gesehen zu werden. Ich kauere mich zusammen und spähe ins düstere Dämmerlicht. Unter mir liegt ein kleiner Raum. Die Prinzessin steht mit dem Rücken zu mir, ihr weißes Kleid ist mit Spinnweben besetzt.

Ich weiche zurück, beinahe ohne zu atmen, und halte das Gesicht dicht an Sashas Ohr. »Hol Anatol und die Königin. Bring sie her. Schnell.« Sie gleitet in den Schatten und macht sich auf den Weg zum vereinbarten Treffpunkt mit Anatol. Ich bleibe bei Anastasia zurück. Sie kniet vor einer geöffneten Truhe.

Sie greift in die Truhe und nimmt vorsichtig etwas heraus. Ich umklammere das Geländer so fest, dass es wehtut. Es ist die Spieluhr. So etwas Schönes habe ich noch nie gesehen. Der Boden besteht aus einem achteckigen Goldpodest mit feinen Gravuren. An der Vorderseite steckt ein goldener Schlüssel mit winzigen goldenen Schnörkeln. Auf diesem Fundament thront ein Ei, so glänzend rot, dass es zu glühen scheint. Es ist rundum mit rosa schimmernden Diamanten besetzt. Die ganze Zeit war die Spieluhr hier im Palast in diesem staubigen, dunklen Zimmer.

Anastasia wirft einen Blick über die Schulter, und ich presse die Arme an den Körper und versuche, mich so klein wie möglich zu machen. Der Schatten verbirgt mich. Sie sieht mich nicht. Sie legt Daumen und Zeigefinger zusammen und dreht den Schlüssel der Spieluhr. Ich höre den Mechanismus im Inneren, während sie den Schlüssel weiterdreht, und als sie ihn loslässt, beginnt das Ei sich langsam im Kreis zu drehen. Dabei öffnet es sich wie eine Blüte. Leises Klimpern dringt durch den Raum und ich sitze wie gebannt da. Es klingt, als würden winzige Eisglöckchen eine liebliche Melodie spielen.

Das Innere des Eis ist aus poliertem Gold. Eine winzige Matrjoschka erhebt sich aus der Mitte und dreht sich in die Gegenrichtung. Unwillkürlich beuge ich mich vor, und die Stufe unter meinen Füßen knarrt.

Anastasia wendet hastig den Kopf. Ihre Augen huschen umher, während sie lauscht. Ich lehne mich zurück und wage kaum zu atmen. Sie drückt die kleine Puppe nach unten, klappt das Ei zu, legt die Spieluhr zurück und schließt die Truhe.

Hinter mir ist es dunkel. Kein Anzeichen von Sasha. Das Herz pocht mir bis zum Hals. Die Prinzessin klopft ihr Kleid ab, rafft ihren Rock zusammen und läuft zur Treppe. Ich springe auf die Füße und werfe einen letzten verzweifelten Blick zum Gang.

Anastasia schnappt nach Luft, als sie die Bewegung wahrnimmt, doch beinahe augenblicklich wird ihr erschrockenes Gesicht zornig. Mein Gesicht ist im Schatten verborgen. Sie kann nur meine bestickte Tunika sehen. »Du wagst es, mir zu folgen? Ich werde dafür sorgen, dass du deine Stellung verlierst!«

»Du wirst überhaupt nichts tun«, erwidere ich. »Ich bin nicht deine Dienerin.«

Ich lege eine Hand an die Wand, damit sie aufhört zu zittern, und trete ins Licht.

Erkennen spiegelt sich auf Anastasias Gesicht und einen Augenblick lang auch Angst. Sie schiebt das Kinn vor und fasst sich. »Was hat das zu bedeuten?«, ruft sie und versucht, sich an mir vorbeizudrängen. »Du bist aus Tyur'ma geflohen, um hierherzukommen?«

Ich versperre ihr den Weg.

»Mein erbärmlicher Bruder hatte also recht. Du willst noch immer die Unschuld deiner Schwester beweisen. Das wird dir nichts bringen, wenn du wieder verhaftet und in den Kerker geworfen wirst. Ich glaube kaum, dass wir dich noch einmal nach Tyur'ma schicken werden.«

»Du wirst mich nirgendwohin schicken, wenn die Königin erfährt, was du getan hast«, entgegne ich.

Ein triumphierendes Lächeln breitet sich auf ihrem Gesicht aus. »Mutter wird dir niemals glauben.« Ich presse die Lippen zusammen, während sie hämisch lacht und mit verstellter Stimme hinzufügt: »Mutter, diese Verbrecherin ist in den Palast eingedrungen und hat mich zu dem Versteck gezerrt, an dem ihre Schwester, die Diebin, die Spieluhr versteckt hat.« Sie schlägt dramatisch die Hand vor den Mund. »Oh, Mutter, ich hatte schreckliche Angst.«

»Meine Schwester ist keine Diebin.« Ich stehe starr auf der Treppe.

Die Prinzessin macht einen Schritt zurück und sieht mich aus schmalen Augen an. »Oh doch, das ist sie. Vielleicht hat sie sogar noch mehr gestohlen als die Spieluhr. Vielleicht war ich nur zu gutmütig, um das bei ihrem Prozess nicht zu erwähnen. Natürlich werde ich es jetzt nicht mehr verschweigen können, nachdem du zurückgekommen bist, um die Spieluhr ein zweites Mal zu stehlen, und mich dabei angegriffen hast. Ich werde Mutter und allen anderen sagen, dass es zuerst nur ein Gebäckstück war. Dann eine silberne Haarbürste und ein goldenes Medaillon. Aber das war Sasha einfach nicht genug. Nein, sie hatte die Spieluhr im Auge. Sie war schon immer eine Diebin. Eine abscheuliche kleine Diebin.«

Ich mache einen Schritt nach vorn und balle die Fäuste. »Das stimmt nicht und das weißt du. Ich weiß, dass du falsche Spuren gelegt hast. Anatol weiß es und er wird ...«

»*Anatol?* Heißt er jetzt *Anatol*? Nicht Seine Königliche Hoheit? Wie schön für dich. Ich hoffe, ihr werdet glücklich miteinander, wenn Mutter euch verbannt. Oder vielleicht lässt sie sich für dich und Sasha ja noch etwas Schlimmeres einfallen.«

Meine Wangen brennen. Ich versuche, meine Wut zu kontrollieren, aber sie lodert in mir wie das Feuer im Turm. »Du hättest deinen Bruder umbringen können. Wenn er im Turm gewesen wäre, als deine Spionin das Feuer gelegt hat, wäre er jetzt tot.«

»Und wenn Natalia nicht so nutzlos wäre, hätte sie

deine Schwester nach eurer albernen Flucht zu mir gebracht. Sasha wäre längst aus der Welt, und ich müsste mich nicht mit diesem ermüdenden Unsinn herumschlagen.«

Ich bin so wütend, dass ich mich nicht länger beherrschen kann. »Wie konntest du das Sasha nur antun? Warum ihr? Sie hat dich geliebt!«

»Ja, und sie hat auch Mutter geliebt – und Mutter sie. Sasha muss nur fragen und die Königin von Demidova sagt Ja. Natürlich nicht zu ihrer eigenen Tochter. Ich bin nur die, die über dieses Land herrschen wird. *Mich* kann man keine eigenen Entscheidungen treffen lassen. Aber *Sasha*? Sasha ist so wunderbar, Sasha lernt so schnell, Sasha wird so eine brillante Beraterin sein. Wir müssen uns keine Sorgen machen, wenn Anastasia auf dem Thron sitzt, sie hat ja *Sasha* ...«

»Sprich nicht so über sie!«, schreie ich. »Wag es nicht, ihren Namen in den Schmutz zu ziehen!«

Anastasia richtet sich zu voller Größe auf und beugt sich vor, um mir ins Gesicht zu sehen. »Ihr Name wird überhaupt nichts mehr wert sein, wenn ich mit ihr fertig bin. Ihr hättet lieber in Tyur'ma bleiben sollen, Valor, denn jetzt werdet ihr darum flehen, zurückgehen zu dürfen, bevor der heutige Tag vorüber ist. Geh mir aus dem Weg.« Sie wedelt majestätisch mit der Hand.

Ich weiche nicht vom Fleck. »Nein.«

»Du wagst es, mir zu widersprechen?« Ihre Augen blitzen, ihre Nasenflügel blähen sich und dann holt sie mit der Hand aus. Ich balle die Fäuste.

»Halt!«

Es ist nur ein Wort, doch der Befehl duldet keinen Widerspruch. Ich drehe mich um, die Fäuste noch immer geballt.

Über uns auf der Treppe steht Königin Ana.

KAPITEL 22

Ich lasse die Hände sinken.

Die Königin schreitet die Treppe hinunter. Sie trägt ein bodenlanges Kleid, ein weißes Tuch über den Schultern und Diamanten und Perlen im Haar. Ihre strahlende Gestalt nimmt den kleinen, dämmrigen Raum ganz ein. Hinter ihr erscheint Prinz Anatol mit zerzausten Haaren. An seiner Seite ist Sasha, atemlos und mit rotem Gesicht.

Prinzessin Anastasia sieht mich an. Ihr Kopfschmuck hat sich gelöst, die Zöpfe fallen ihr über die Schultern. Sie zupft ihr Kleid zurecht und eilt an die Seite ihrer Mutter. Beide sehen mich an, die Königin mit undurchdringlichem Gesicht, die Prinzessin mit offenkundiger Schadenfreude. Ich habe genau das getan, was sie von mir wollte. Ich habe alles ruiniert.

Unbeholfen verneige ich mich vor der Königin, eigentlich sacke ich eher in mich zusammen. »Anatol, hol meine Leibwachen«, befiehlt die Königin.

Er öffnet den Mund, um etwas zu sagen, doch sie sieht ihn so streng an, dass er sich verbeugt und geht.

Die Königin atmet tief ein und streckt elegant die Hände aus. Sie blickt auf Sasha herab, die sich an ihrer Tunika festklammert. »Wo ist die Spieluhr?«

Sasha räuspert sich und ihr Blick springt zu mir. »Ich ... ich weiß es nicht, Majestät.«

Prinzessin Anastasia schnaubt empört. »Ihr wollt diese Scharade doch nicht noch weiterführen? Mutter, diese Verbrecherinnen ...«

Königin Ana bringt ihre Tochter mit einem Blick zum Schweigen, doch als sie sich umdreht, starrt die Prinzessin sie verbittert an.

»Sie ist hier«, sage ich, trete vor und öffne die Truhe. »Ich bitte um Vergebung, Majestät, wenn Ihr erlaubt, kann ich alles erklären. Ich ...«

»Müssen wir uns diese Lügen anhören?«, schreit die Prinzessin. »Dieses Mädchen hat mich angegriffen! Ihre Schwester ist eine Diebin, und sie hat versucht, Anatol zu ermorden.«

»Schweig, Anastasia.« Die Heftigkeit der Königin lässt mich zusammenfahren. »Ich habe jedes Wort gehört, das du vor wenigen Minuten gesagt hast, als dieses Mädchen dir gegenübergetreten ist, um ihre Schwester zu retten und die Ehre ihrer Familie wiederherzustellen.«

Die Prinzessin atmet schnell, hellrote Flecken kriechen ihr über den Nacken und das Gesicht. »Das waren Lügen,

Mutter. Ich habe versucht, sie zum Geständnis zu bringen. Sie ...« – sie zeigt mit zitterndem Finger auf Sasha – »... ist eine Diebin und Lügnerin. Die beiden intrigieren gegen mich. Gemeinsam mit Anatol. Es ist Hochverrat, gegen die Königin zu intrigieren!«

»Du bist aber nicht Königin«, sagt Anatol, der mit zwei blau gekleideten Leibwächtern zurückgekommen ist.

Die Königin lächelt ihn traurig an. »Nein, das ist sie nicht. Und sie wird es auch nie sein.« Sie nickt den Wachen zu, als läge ein schweres Gewicht auf ihr, und als sie sich neben Anastasia postieren, blickt sie auf ihre Tochter herab. »Du hast völlig recht. Gegen die Königin zu intrigieren, ist Hochverrat.«

Meine Schwester steht ganz still, die Hände noch immer in ihr Dienergewand geklammert, mit Tränen in den Augen. Ich will irgendetwas für sie tun, aber ich weiß, dass ich es nicht kann, und ich wage nicht, mich zu rühren.

»Mehr noch«, fährt die Königin fort und senkt die Stimme, »denk daran, was du dieser Familie angetan hast – einer Familie, die uns viele Jahre lang treu gedient hat. Und wofür?«

Der Trotz im Gesicht der Prinzessin weicht der Verzweiflung. »Ich habe ihnen das Leben gerettet!« Sie sieht mich an. »Was glaubt ihr, wer befohlen hat, den Turm anzuzünden? Ohne mich wärt ihr in den Eiskuppeln erfroren. Ich hätte Sasha doch nicht sterben lassen.«

Ich öffne den Mund, um ihr meine Meinung zu sagen, doch die Königin kommt mir zuvor.

»Wenn es wahr ist, was Anatol mir über deine Pläne mit Pjots'k gesagt hat, dann hast du uns alle in große Gefahr gebracht. Siehst du das nicht, Anastasia? Die Erlaubnis, ihre Kriegsschiffe von unserem Hafen ablegen zu lassen, nutzt uns nur auf kurze Sicht. Was bringt uns ihr Gold, wenn sie den Krieg verlieren und die gegnerische Armee von der anderen Seite des Meeres uns angreift?«

Die Prinzessin sieht aus wie ein in die Enge getriebenes Tier, panisch und wild in ihrem Zorn. »Sogar jetzt«, sagt sie mit einem blitzenden Blick auf Sasha, »bist du auf *ihrer* Seite.«

»Gerade jetzt bin ich auf ihrer Seite«, erwidert die Königin. »Du bist im Unrecht!«

Die Prinzessin beißt die Zähne zusammen, ihre Lippen sind so fest aufeinandergepresst, dass sie weiß werden.

»Hast du nichts mehr zu sagen, Anastasia?« Es ist schmerzhaft, die Stimme der Königin zu hören, flehentlich, zornig, gebrochen. »Sag mir, was du getan hast.«

Wir warten alle auf die Antwort, aber es kommt keine.

Die Königin schlägt die Hände zusammen und richtet sich mit sichtlicher Anstrengung auf. »Wenn du mir nicht antwortest, werde ich dich vernehmen lassen wie jeden anderen Angeklagten auch. Ich werde in Erfahrung bringen, welche Vereinbarungen du getroffen hast und welche Pläne bereits umgesetzt wurden.« Sie wendet sich an die Leibwachen. »Bringt sie in den Kerker. Vielleicht hilft ihr etwas Zeit allein dort unten dabei, sich klar zu werden, was sie sagen will.«

Sasha und ich sehen uns an, während die Prinzessin aus dem Raum geführt wird und Stille sich ausbreitet.

Langsam gehe ich zu der Truhe, öffne den Deckel und nehme vorsichtig die Spieluhr heraus. Sie liegt glatt und schwer in meiner Hand. Sie ist wirklich atemberaubend – die Farben sind so lebhaft, die Details so aufwendig. Als ich mich umdrehe, steht die Königin flankiert von Anatol und Sasha vor mir.

Ich trete vor und überreiche Königin Ana die Spieluhr.

KAPITEL 23

Ich sitze auf der Treppe vor den großen Türen des Palasts und überblicke den Garten. Zu meiner Linken sitzt Sasha, zu meiner Rechten Anatol. In seiner Uniform und mit dem Schwert an der Seite wirkt er sehr steif. Ich ziehe meine Pelze enger um mich und werfe einen Blick auf die Zwiebeltürme, die hinter uns in den weißen Himmel ragen. Der große Platz füllt sich schnell. Königin Ana hat keine Zeit verloren, Fürstin Olegevna in Kenntnis zu setzen, dass die Spieluhr gefunden wurde. Schon am Morgen nach ihrer Entdeckung kann die Königin ihrem Volk zeigen, dass das Friedensabkommen endlich unterzeichnet wird.

Bei der heutigen Zeremonie gibt es keine Eisskulpturen – die Zeit war zu knapp, um sie nachzubilden –, doch das spielt keine Rolle: Die Spieluhr wird ihrer rechtmäßigen Besitzerin zurückgegeben und die Allianz zwischen Demidova und Magadanskya endlich besiegelt.

»Glaubst du, dass eure Freunde sich zu erkennen geben werden?«, fragt der Prinz. Er hat seine Haare mit Wasser zurückgekämmt, doch an der Stirn hat sich bereits eine widerspenstige Locke befreit. Überall um die Stadt wurden Benachrichtigungen aufgehängt, dass Katia und Feliks begnadigt werden sollen und dass die Königin die Zustände in Tyur'ma überprüfen lassen wird. Prinz Anatol wird die Kommission leiten. Sasha kann es kaum erwarten, Vater zu sagen, dass die Reformen, die er sich seit Langem für das Gefängnis gewünscht hat, endlich eingeleitet werden.

Ich lächle. »Katia vielleicht. Aber Feliks? Ich glaube kaum.« Hinter den goldenen Toren am Rande der Palastgärten herrscht wieder das belebte Gedränge des Marktes. Verkäufer preisen ihre Ware an und der Duft nach gerösteten Kastanien, heißer Schokolade und gebackenen Kartoffeln liegt in der Luft. Der Lärm und die Gerüche dringen bis zu uns herüber. Ich stelle mir Feliks vor, wie er sich, die Taschen voll gestohlener Datteln, grinsend durch die Menge schiebt.

»Wie geht es der Königin?«, frage ich Anatol. Ich habe sie nicht mehr gesehen, seit sie uns begnadigt und versprochen hat, unsere Eltern wieder zur ersten Jägerin und zum ersten Berater zu machen. Sie war zu sehr damit beschäftigt, die Veranstaltungen für den heutigen Tag zu organisieren. »Und dem König?«

Anatol lächelt ebenso traurig wie die Königin gestern

im Geheimzimmer. »Ihre Herzen sind schwer, auch wenn unser Reich in Sicherheit sein wird, wenn das Friedensabkommen unterzeichnet ist. Mutter hat erklärt, sie werde vorerst weiter regieren. Vielleicht, bis ich eine Tochter habe, die die Krone übernehmen kann.« Er wird knallrot, und ich senke schnell den Blick, um die Adern in der Marmorstufe zu meinen Füßen zu studieren.

»Valor.« Sasha nimmt meinen Arm und erhebt sich rasch.

Ich springe ebenfalls auf, die Freude treibt mich auf die Zehenspitzen. Am Rand des Marktes erscheinen zwei Gestalten auf dem gepflasterten Platz: eine Frau im grauen Pelz und ein Mann im tiefblauen Umhang. Sie bahnen sich einen Weg durch die schnell wachsende Menge und eilen zu den goldenen Toren, wo sie von zwei Wächtern eingelassen werden.

Ich sehe Anatol an und er lächelt. »Na los!«

Ich nehme Sashas Hand, und wir stürmen unseren Eltern entgegen, mit knirschenden Stiefeln im frischen Schnee. Die Arme meiner Mutter sind bereits ausgestreckt, ihr Gesicht ist strahlend und glücklich, zornig und erleichtert zugleich. Sie weiß nicht, wen sie zuerst ansehen soll, und verschlingt uns beide mit ihren Blicken.

Wir werden wie magnetisch zu unseren Eltern hingezogen und dann liegen wir uns in den Armen und umschlingen uns alle vier so fest wir können. Vater schluchzt in meine Haare. Ich drücke beide immer noch an mich, als die Musik einsetzt. Auf dem Platz steht die große Marschkapelle, die mit Bläsern und Trommeln den Beginn der Zeremonie ankündigt. Wir müssen unsere Plätze einnehmen. Als wir zum Tor laufen, um dort auf die Königin zu warten, fassen wir uns bei den Händen, Sasha und ich zwischen unseren Eltern. Ich blicke zu meiner Mutter auf. Sie schüttelt ungläubig den Kopf und in ihren Augen glitzern Tränen. »Ich bin so stolz auf dich, Valor.«

Mein Hals wird eng und ich kann nichts erwidern. Dann tritt Königin Ana auf die Stufen des Palasts, gefolgt von Anatol und seinem Vater. Sie führt die von Wachen flankierte Prozession an, vier Diener gehen hinter Anatol, jeder von ihnen trägt den Griff einer gläsernen Truhe, die von einem goldenen Tuch bedeckt ist.

Als die Königin das Tor erreicht, legt sich ihr Blick auf mich. Sie lächelt, aber etwas huscht über ihr Gesicht – eine dunkle Sturmwolke. Ich begebe mich an den Ehrenplatz zu ihrer Linken, wie mir gesagt wurde. Sasha nimmt den Platz zu ihrer Rechten ein und meine Eltern stellen sich hinter den König und Prinz Anatol.

Am Brunnen wartet Fürstin Olegevna auf dem Rücken ihres Pferdes, wie schon einmal an einem Tag, der mir Jahre zurückzuliegen scheint. Ich kann nicht anders, als zum Turm hinaufzublicken, von dem ich meinen Pfeil abgeschossen habe. Das Erkerfenster ist mit Holzlatten verrammelt worden. Ich sehe die Königin an. Wir gehen weiter, und die Menge jubelt, als wir zum Brunnen kommen. Königin Ana sagt etwas mit leiser Stimme, ohne uns den Kopf zuzuwenden.

»Ich muss euch etwas sagen. Ich dachte, ihr solltet es als Erste wissen.«

Ihr angespannter Ton lässt mein Herz schneller schlagen.

»Ich habe vor wenigen Minuten erfahren, dass Prinzessin Anastasia nicht mehr im Kerker ist.«

Meine Schwester atmet scharf ein.

Ich bin ebenso erschrocken wie sie. »Ich ... ich verstehe nicht ... Wo ist sie?«

Wir steigen auf die breite Umrandung des Brunnens, vor uns erheben sich die Hinterbeine der gewaltigen steinernen Stute.

Die Königin schüttelt den Kopf. »Ich weiß nicht, wo oder wie es geschehen ist oder was sie vorhat. Aber auf irgendeine Weise ist sie spurlos entkommen.«

Mein Magen taumelt, und ich versuche, Sashas Blick aufzufangen. Aber wir sind jetzt an der Vorderseite des Brunnens angekommen, die Musik hat ausgesetzt, und die Menge verstummt, um den Worten der Königin zu lauschen. Ich höre kaum, was sie sagt. Die Hufe von Fürstin Olegevnas Pferd scharren auf dem Pflaster, als sie absitzt und vor dem Brunnen zu uns tritt.

Ich lasse den Blick über die Menge schweifen, suche Gesichter ab und muss plötzlich einen überraschten Aufschrei unterdrücken. Zwei Gestalten mit tief in die Stirn gezogenen Kapuzen stehen etwas abseits des Marktplatzes. Der Junge grinst mich an, seine großen Schneidezähne sind selbst aus der Entfernung deutlich erkennbar. Unter der Kapuze der größeren Gestalt schaut die Spitze eines hellen Zopfs hervor. Feliks und Katia. Die Königin würde sie begnadigen, da bin ich sicher. Warum haben sie sich nicht zu erkennen gegeben? Haben sie die Schilder vor der Stadt nicht gesehen?

Da schüttelt Katia den Kopf. Langsam. Entschieden. Sie legt einen Finger an die Lippen. Unsere Blicke begegnen sich, und ihr Gesicht ist so ernst, dass ich mich beherrschen muss, um nicht zu ihr zu rennen und sie nach dem Grund zu fragen.

Die Königin hat ihre Rede beendet. Sie und Fürstin Olegevna stehen jetzt neben der gläsernen Truhe. Ein Raunen geht durch die Menge und lenkt mich von Katia ab. Sasha hat schwungvoll das goldene Tuch weggezogen und die Spieluhr funkelt in der Sonne.

Prinz Anatol stellt sich neben mich und fragt mit leiser Stimme: »Bist du sicher, dass du deine Armbrust heute zu Hause gelassen hast?«

Ich werfe ein Lächeln über die Schulter. Er weiß noch nicht, dass seine Schwester entkommen ist. Und er hat es verdient, diesen Augenblick auszukosten. Ebenso wie Sasha. Ich sehe zu, wie sie die Glastruhe öffnet und die Spieluhr herausnimmt. Ich sehe den nervösen Blick, den sie der Königin zuwirft, und das aufmunternde Nicken, mit dem die Königin antwortet.

Meine Schwester dreht sich zu Fürstin Olegevna und ihre Stimme tönt klar über den still gewordenen Platz.

»Im Namen von Königin Ana von Demidova bitte ich Euch, diesen Schatz zurückzunehmen, der rechtmäßig dem Reich Magadanskya gehört. Er steht für den wichtigen, starken und fruchtbaren Bund unserer Reiche, der, so ist es unser aller Wunsch, hoffentlich lange Zeit währen wird.«

Sasha und ich haben lange darüber gestritten, wer diese Rede halten sollte, wem die Ehre gebührt, die Spieluhr zu überreichen. Sie sagte, sie stünde mir zu, und listete mehr Gründe dafür auf, als mir je eingefallen wären. Ich war weniger wortgewandt, dafür umso entschlossener. Und als ich jetzt höre, wie sie zu Fürstin Olegevna spricht, während sie ihr die Spieluhr überreicht und die Menge jubelt, die Königin lächelt und ihr Gesicht für einen Augenblick sorgenfrei ist, weiß ich, dass es richtig war, nicht nachzugeben.

Niemand außer Sasha hätte das geschafft.

DANKSAGUNG

Dieses Buch läge nicht in den Händen meiner Leser ohne die Arbeit und Liebe einer Menge Leute, aber besonders dreien von ihnen gebührt ein riesiges Dankeschön:

Meiner Agentin Andrea Somberg, die unglaublich optimistisch und hilfsbereit ist, die meinen großen Traum wahr gemacht hat und die, ich schwöre es, niemals schläft, denn wie könnte sie sonst jede meiner E-Mails umgehend beantworten?

Meiner Verlegerin Hali Baumstein. Ich kann gar nicht sagen, wie viel besser dieses Buch ist, seit sie ihre Begeisterung und ihre Kenntnisse über den Schnee von Demidova gestreut hat. Ich habe unwahrscheinliches Glück gehabt, als sie beschloss, diese Geschichte zu mögen.

Meiner Freundin und Kritikerin Michelle Krys. Dieses Buch wäre eine einzige Aneinanderreihung von Kommata, und ich wäre völlig verloren, wenn sie nicht jedes Wort, das ich schreibe, lesen würde.

Außerdem danke ich den Mitarbeitern bei Bloomsbury in Großbritannien und den USA, ganz besonders Cindy Loh, Sally Morgridge, Ilana Worrell und Ben Holmes (das mit den Anführungszeichen tut mir so leid!).

Ich danke meinen Freunden Amy Tintera, Amy Christine Parker, Corinne Duyvis, Deborah Hewitt, Gemma Cooper, Kim Welchons, Lori M. Lee, Natalie C. Parker und Stephanie Winkelhake. Sie schreiben die besten Bücher und geben die besten Ratschläge.

Julia Churchill: Danke. Ich habe viel gelernt.

Ich habe auch im Internet viele nette und begabte Menschen kennengelernt. Danke für eure Zeit und Hilfe, Jennifer Honeybourn, Katie Zachariou, Emma Madden, Kate Kelly, Kathleen Nelson, J. D. Field, Mark Stone, Chris Kinkaid und Linda McLaren.

Mrs Blakemore und Mr Ryan von Cool Teachers: Danke. Sie werden erfreut sein zu hören, dass ich der Sprache mächtig bin und dass ich zugehört und Ihre Anregungen ernst genommen habe.

Ich danke meinem Vater, der mich Bücher auf seine Büchereikarte ausleihen ließ, wenn ich meine eigene überzogen hatte, und meiner ganzen Familie. Dave, Dan, Tom, Leo, Sam und Elysia: Ich liebe euch, danke, dass ihr zu mir gehört.

Ruth Lauren

VALOR

RIVALINNEN DER MACHT

LESEPROBE ZU BAND 2

KAPITEL 1

»Valor!«

Ruckartig hebe ich den Kopf, und der Honig, an dem ich herumgenestelt habe, tropft als klebriger Batzen auf die goldene Tischdecke. Sofort springt ein Diener herbei, um ihn wegzuwischen.

»Tut mir leid, Mutter.«

Alle Blicke an der langen Tafel im königlichen Bankettsaal von Magadanskya sind auf mich gerichtet. Es fühlt sich genauso an wie damals, als mich alle Gefangenen im eisigen Speisesaal von Tyur'ma angestarrt haben.

Ich ziehe den Kopf ein und starre auf den zerbrechlichen Porzellanteller vor mir. Bei all dem Essen muss ich unwillkürlich an Feliks und Katia denken und weiß doch nicht einmal, wo meine Freunde überhaupt sind.

»Valor.« Diesmal ist es nicht mehr als ein leises Zischen, Mutter schüttelt den Kopf und sieht mich vorwurfsvoll an. Ich blicke auf das Gewirr aus leuchtenden Fäden, das sich über den Tisch zieht. Noch mehr Honig. Ich schiebe meinen Teller darüber und Mutter lässt resigniert die Schultern sinken. Sie sitzt mir gegenüber, gleich neben Fürstin Olegevna, der Regentin von Magadanskya. Auf einem erhöhten Podest hinter ihr steht eine große gläserne Truhe. Darin liegt die Spieluhr. Sie ist auf den gleichen tiefvioletten Samt gebettet, aus dem auch der Umhang von Fürstin Olegevna gefertigt ist, und wird an unserem letzten Abend zu Ehren meiner Schwester, die sie ihren rechtmäßigen Besitzern zurückgebracht hat, hier ausgestellt.

Schon wieder blickt Mutter besorgt zu den prunkvollen Flügeltüren hinüber. Der erste Gang hat sich bereits verzögert, weil Vater und Sasha noch nicht hier sind. Neben mir wartet ein leerer Platz auf meine Schwester und ein weiterer neben Mutter ist für Vater bestimmt. Sie verpassen noch das Bankett. Schon den ganzen letzten Monat waren die beiden ständig beschäftigt.

Dem Himmel sei Dank, dass dies die letzte Veranstaltung ist, an der wir teilnehmen müssen, ehe wir morgen nach Demidova zurückkehren. Aber ich sollte mich wahrscheinlich etwas besser benehmen, schließlich findet das Bankett heute Abend zu unseren Ehren statt, und ich bin die Erstgeborene – wenn auch nur um vier Minuten.

Ich hatte mich so gefreut, als Mutter darum gebeten hatte, dass wir Vater und Sasha hierher begleiten dürfen, damit wir nicht schon wieder getrennt wären. Und

Königin Ana hat sofort zugestimmt, nach allem, was wir durchgemacht haben. Aber jetzt spricht Mutter mit Fürstin Olegevna, als wäre *sie* die erste Beraterin der Königin und nicht Vater, und ich würde mir am liebsten die silberne Gabel in die Hand stechen, wenn ich dadurch nur von hier verschwinden könnte.

Mutter kann ihre Finger kaum ruhig halten und fasst sich schließlich an den Hals. »Ich verstehe wirklich nicht, wo sie bleiben. Es tut mir so schrecklich leid. Sie sind bestimmt gleich hier.«

Fürstin Olegevna neigt wohlwollend den Kopf, aber ich sehe Mutter an, wie peinlich es ihr ist.

Kurz entschlossen springe ich auf und stoße dabei gegen meinen Stuhl. »Ich hole sie«, sage ich, vielleicht eine Spur zu eifrig.

»Ich lasse nach ihnen schicken«, entgegnet Fürstin Olegevna. Als Fürstin trägt sie nicht die Kokoschnik einer Königin, sondern hat ihre Haare zu Hunderten von kleinen, mit Perlen durchzogenen Zöpfen geflochten, die im Kerzenschein schimmern.

»Ich kann das machen. Wirklich. Darf ich?«, frage ich und blicke von ihr zu meiner Mutter.

Sie will schon antworten, dann zögert sie kurz. »Danke, Valor«, sagt sie schließlich. »Aber beeil dich.«

Ich bemühe mich, nicht zu offensichtlich hinauszurennen, aber ich habe keine Ahnung, ob mir das überzeugend gelingt.

So leise ich kann, schließe ich die Flügeltüren hinter mir und hole in der riesigen, leeren Halle tief Luft. Den ganzen Monat schon hat Mutter genügend Gründe gefunden, mich in ihrer Nähe zu halten. Seit dem Tag, als wir Fürstin Olegevna die Spieluhr zurückgebracht haben und Königin Ana mir von Prinzessin Anastasias Flucht aus dem Verlies erzählt hat, in dem sie ihre Strafe absaß, weil sie meine Schwester zu Unrecht beschuldigt hatte, hat Mutter mich kaum je aus den Augen gelassen. Anfangs gefiel es mir sogar. Ich hatte Mutter in meiner Gefangenschaft in Tyur'ma so sehr vermisst, dass ich gern die ganze Zeit in ihrer Nähe war. Aber Sasha und ich sind dreizehn. Wir haben unsere Lehrzeit fast abgeschlossen. Ich würde lieber heute als morgen zurück nach Hause auf unser Gut fahren. Je eher dieses Bankett endet, desto eher kann ich meine Armbrust wieder hervorholen.

Ich laufe den Korridor entlang. Die Fußböden hier sind aus Holz und nicht aus Mosaiken oder Kacheln wie in Demidova, und die weichen Pantoffeln, die hier alle im Palast tragen, scheuern ungewohnt an meinen Füßen, ganz anders als meine vertrauten Stiefel. Ich ziehe sie aus und nehme sie in die Hand – alle Palastdiener sind in der Küche oder dem Bankettsaal beschäftigt, also wird es schon niemandem auffallen.

Ich renne immer schneller durch die Korridore bis in die gewaltige Bibliothek, in der ich mich schnell nach Sasha umsehe, aber nur ein paar schlafende Hunde entdecke. Der Palast ist wie ausgestorben. Also laufe ich weiter zum Flur, in dem Vaters provisorisches Büro untergebracht ist. Ich hätte gleich hierherkommen sollen, denke ich, als mir auffällt, wie töricht ich bestenfalls wirken werde, wenn Vater und Sasha vor mir im Bankettsaal eintreffen.

Der Palast von Magadanskya ist kastig und gedrungen, geformt wie ein weit auseinandergezogenes Kreuz und ganz und gar mit Gold verkleidet, völlig anders als die weißen Kuppeln und Zwiebeltürme von Demidova. Ich biege in den linken Flügel ein, in dem sich die offiziellen Amtsräume der Fürstin von Magadanskya befinden und wo Vater und Sasha die meiste Zeit unseres Besuches gearbeitet haben. Während ich einen schmalen Gang entlangrenne, höre ich plötzlich ein einzelnes Wort aus einem der Zimmer. Abrupt bleibe ich stehen.

Jemand hat »Verräter« gesagt.

Und dieser Jemand war Vater.

Ich bin an seinem Büro vorbeigelaufen. Jetzt erkenne ich es auch, obwohl die Türen hier alle gleich aussehen.

Langsam gehe ich zurück und versuche wieder ruhiger zu atmen; ich will gerade klopfen, als ich erneut Vaters Stimme höre.

»... wenn überhaupt niemand, schon gar nicht Königin Ana, mitbekommen hat, wie sie fliehen konnte und wohin sie danach verschwunden ist, ist das die einzig logische Erklärung. Sie ist immerhin seine Schwester.«

Er kann nur über Anastasia reden. Und ... über ihren Bruder, Prinz Anatol? Denselben Anatol, der mir dabei geholfen hat, den Verrat von Anastasia aufzudecken und Sasha zu befreien. Wie könnte *er* ein Verräter sein? Ich lasse die Hand sinken und strecke den Kopf ein wenig vor.

»Was wird mit ihm geschehen?«, fragt Sasha. Ihre Stimme klingt so, wie ich mich fühle. Nach allem, was Anatol für Sasha und mich getan hat, würde ich auch alles für ihn tun.

»Man wird ihn in die Verbannung schicken«, sagt eine Stimme, die ich nicht zuordnen kann – eine Frauenstimme, leise und schwer zu verstehen. *In die Verbannung schicken?*

»Aber wohin?«, fragt Vater. »Und wann? Wir können heute Abend noch nicht abreisen. Fürstin Olegevna gibt ein Festessen und erwartet ...«

Die Frauenstimme unterbricht ihn, doch ich kann nicht verstehen, was sie sagt. Ich lehne mich weiter vor und presse meinen Kopf fest an einen Spalt in der Tür. Ich erhasche einen Blick auf die Uniform der königlichen Garde von Demidova, aber ich höre nur die Worte »Palast« und »heute um Mitternacht«.

»Wir werden so schnell wie möglich nach Demidova zurückkommen«, sagt Vater, seine schwarzen Augenbrauen sind tief heruntergezogen. »Aber jetzt können wir Fürstin Olegevna wirklich nicht länger warten lassen.«

Er blickt Sasha an und sie nickt. Die Frau verbeugt sich, dann dreht sie sich auf dem Absatz um, blitzschnell laufe ich den Gang zurück, bleibe kurz stehen, um mir die Schlappen wieder anzuziehen, und gehe langsam zurück zu Vaters Büro. Ich hätte nicht einfach so lauschen dürfen; Vater wäre enttäuscht von mir.

Ich höre sie noch miteinander sprechen, aber verstehe kein einziges Wort, dann tritt die königliche Leibwache aus dem Büro und marschiert den Gang entlang, ohne mich eines einzigen Blickes zu würdigen. Hinter ihr tauchen Sasha und Vater auf.

»Valor!« Meine Schwester klingt froh, als sie mich sieht.

Ich lächle. Es mag verrückt klingen, aber obwohl wir alle zusammen nach Magadanskya gekommen sind, damit wir uns nicht schon wieder trennen müssen, habe ich sie bisher kaum gesehen.

»Ich soll euch holen«, sage ich. »Das Bankett hat längst angefangen.«

Vater nickt. »Dann sollten wir uns wohl besser beeilen.« Mit großen Schritten geht er voran, Sasha und ich müssen uns sputen, um hinterherzukommen.

Ein neues fantastisches Abenteuer wartet auf Valor und diesmal liegt das Schicksal des Königreiches in ihren Händen.

Lies weiter in *Valor. Rivalinnen der Macht*

ISBN 978-3-407-74953-6